悪魔のキューピー

大西政寛の激烈生涯

ほいと谷

　そうじゃったかいの、昭和二十五（一九五〇）年一月十八日、なんでも雨上がりの寒い朝やったそうじゃから、そうかもしれんの。呉《くれ》の生粋《きっすい》の博徒で古い友達がおるんじゃ。お互いに爺ちゃんと呼んどるけん、ここでもそう言わせて貰《もろ》とくが、その爺ちゃんが知り合いの熊本さんいう家におると、夜明けに刑事が何人もでやってきおったそうじゃの。

「お早《はよ》う、お早う、寒いけんお茶飲ませい」

　言うてるのが、爺ちゃんの懇意な部長刑事じゃったけん、

「なんかい、お前ら、こがいに早く」

　そう訊《き》いたら、それが大西政寛《まさひろ》が死んだ直後のことらしいよの。そのときは刑事一人が大西に撃たれて即死、指揮しとった刑事係長は病院で危篤状態やったわけじゃ。

　ほいで大西を撃ったんが川相刑事いうんかいな、その人の話も出たそうじゃけんど、一発

撃ったあと弾が出んようになってしもうたらしいよの。指に力をこめて、引けども引けども二発目も三発目も出んのじゃ。故障じゃ思うたようじゃけん、なんの、一発目のあと引き金から指を離さんから、引き金が戻っておらんだけじゃった言うてたな。

臨場感いうか、わし、ほんまじゃろう思うた。

それにこれは爺ちゃんの話じゃないけんど、大西は二丁拳銃で七、八発撃っとるし、すごい銃声じゃった思うわな。だから大西が隠れとった家の犬、秋田と土佐を掛け合わせたいう、耳のぱっと立った大きな犬がの、腰が抜けたようなってしもうて、震えて怖《お》じけづいたんじゃろね、一週間も縁の下から出てこんようになったらしいよの。これもほんまじゃろう思う。獰猛《どうもう》な犬に脅かされちょって、腰抜けた犬をわしも見とるからの。

長く生きとって古老なんぞ言われるようなると、いろいろ見聞きすることも多いけん、ほいでも大西政寛の死は印象に残っとるものの一つじゃ。大西のまーやんが射殺された、悪魔のキューピーが死んだいう話は、呉の街でももちきりじゃったからのう。

そうじゃ、思い出した、爺ちゃんはこげんことも言うとったんじゃ。戦後の焼け跡にはじめて市電が通った頃な、本通りから広長浜《ひろ》まで電車で行けるのに、広におった大西は絶対に電車に乗らんと、コトコト、コトコト歩いて帰ったんじゃそうじゃ。

「電車で帰らんかい」

爺ちゃんがレールを指して言うと、大西は答えたそうじゃの。

「警察に会《お》うたら電車は逃げられん。逃げられんいうことは、わしゃ撃たないけん、殺さないけんけん、わしゃ歩いて帰るんじゃ」

激しい気性よのう。それが三年たって事実となるんじゃ、自分の命も絶つことになるんじゃ。もっともこれは推測じゃけんど、わしゃ大西が死に場所を求めてたように思えてならんのよ。当時の状況から考えての。


当時の大西政寛を取り巻くもろもろの状況は徐々に述べることになるが、そもそも大西逮捕へ向かう直接の事件は、二週間前の一月四日に起きていた。

正月気分で賑わう呉市中通りを抜け、右へ曲がって本通りへ出た大西と妻の初子は、五丁目付近まで歩いてきたところで、酒の入った土建屋の作業員ら数人とすれ違った。

初子は小柄だが色が白く、目鼻立ちの整ったいわゆる別嬪《べっぴん》である。そうして並んで歩いている大西は、顔だけみればまさにキューピー人形であり、坊ちゃんなみの男前だ。

酔った男たちは嫉妬の裏返しから、ヒョヒョと卑しい口笛で二人を冷やかした。なかには図に乗って言う者もいた。

「この女子《おなご》は進駐軍のパンパンじゃろが」

日頃から女房だけは大事にしていた大西だった。売春婦と言われて、たちまち怒りが表情に出た。よく知る人たちが「眉間が縦に立つ」と言ったように、眼光が険しくなって、寄せた眉根の間から額へすっと縦じわが走ったのだ。

「なにい」

短いが相手の腹に響く声を聞いて、まともに受け答えができた男は呉にいなかったが、彼らは不運なことに大西を実際に見たことはなかった。しかし、名前だけは耳にしていたから、不運は倍加したというべきだろう。

二人に従《つ》いていた若い衆が、大西の顔色をうかがうまでもなく前へ出て、彼らを睨みつける。

「わりゃあ、誰にものを言うとるんない」

しかし、彼らは大西をなめきっていた。

「ほいじゃきに言うとるけん。わしゃ山村組の大西じゃ、名前聞いて風邪ひくな」

一人が前へ出てきて啖呵を切った。彼は大西輝吉という二十二歳の青年で、同姓ということもあって、偶然にも本人の前で悪魔のキューピーの名を騙《かた》ってしまったのである。

仲間たちも同じだった。その啖呵を耳にすると同時に、下駄を手に大西たち三人へ向かって襲ってきたのだ。

初子は大西の袖を離さなかった。離せば大西がどうなるかわかっている。

「こらえて、うちと逃げて」

見物人の輪もできはじめていた。大西は初子に引きずられるように、その輪の中へ消えたが、縦に立った眉間は元に戻らなかった。

すぐ山村組の若い衆らが手分けして、大西を騙った男をさがし出してきた。当時の大西は形こそ山村組の客分であったが、事実上の若者頭となっていた。親分の山村辰雄は、阿賀《あが》の土岡組から大西を迎えたことで、土岡組と対決できる態勢をつくり出したのだ。山村組と土岡組についても徐々に述べることになるが、山村組の山村辰雄はのちに「仁義なき戦い」の一方の主人公となるように、この頃から呉で力をつけはじめている。しかし、呉に隣接する阿賀では土岡組が呉を圧する勢力を持っていた。その原動力が「悪魔のキューピー」大西政寛であり、山村は土岡組に対抗するため、術数の限りを尽くして大西を迎えていたのだが、その大西が最も大事にしている初子がチンピラに辱《はずかし》めを受け、しかも山村組の名も騙られているのである。

その日の夕方五時半頃、冬の夕闇のたれこめだしたなかに大西輝吉は立っていた。本通りの現場から坂を上がった和庄本町の高日神社の境内だった。

彼は次第に自分がどのような立場に置かれているかがわかってきていた。彼を連れてきた若い衆の態度ともの言いから、自分が騙った男が目の前にいる大西政寛本人だと察しがついたからだ。

しかし彼にはまだ、虚勢がいくぶんなりとも残っていた。

「さっきのことは、こらえてつかあさい。悪いことした思うちょるけんね」

愛想笑いとともに言ったときだった。

「なにい」

大西の眉間がさらに深く立った。呉の極道の誰もが怖れた表情だった。彼は夕闇のなかで愛想笑いをこわばらせ、土下座もいとわぬほど頭を下げようとして、反射的に体をひねって逃げようとした。

大西が腹巻きから拳銃を取り出すのが視線の端に入ったからだった。しかしその行動はさらに不幸を招くことになった。

大西はかつて、何度か拳銃を抜きながら撃たずに元へ収めたことがある。相手が平身低頭して謝ったからで、そういうとき大西は、拳銃をくるりと器用に回し、銃把でガツンと相手の頭へ一撃して許しているのだ。

しかし、そのときそうしていたらどうだったか、ということは軽々しく言えることではあるまい。大西は逃げる相手に向かって、咄嗟《とっさ》に愛用のコルト45口径の引き金を冷たく引いたのである。それが習性であったのか、狂気を秘めた冷徹さであったのかはわからない。

とにかく銃声が轟《とどろ》くと同時に、男の後頭部は砕け散ったのだった。


呉署はただちに大西政寛を犯人と断定、捜査を開始した。

大西は昭和二十一（一九四六）年三月に復員してから、それまでに傷害と賭博の前科を持つうえ、保釈の身ながら一カ月余前の二十四年十一月二十六日、福山競馬場で八百長レースのもつれから、騎手をめった打ちにする事件を起こしている。それが呉へ帰ってきて堂々と目抜き通りを歩いていたばかりか、射殺事件まで引き起こしたのだ。

呉市の治安に強力な指導力を持つMP、つまり米軍憲兵隊からも「緊急逮捕、抵抗すれば射殺もやむなし」の指令が出ていた。

呉署の主だった刑事たちで、大西の顔を知らない者はなかった。

「むかし楠木、いまは乃木。むかしの仁吉、昭和の大西まあちゃん」

こんな囃《はや》し唄が戦後の闇市などで口にされたばかりか、チンピラを取締る警察官までが、「おんなじ遊ぶなら、まあちゃんみたいになりない」と説教したほどなのである。

楠木正成と乃木希典。吉良の仁吉と大西政寛。そう比べ喩《たと》えられるだけあって、大西の一本筋金の通った極道ぶりは、すべて進駐軍の命令下にあった呉市民の間で、一種の英雄伝説ともなっていたのだ。

事実、昭和二十一年から二十三年にかけての大西の売り出しぶりは、すさまじいまでの勢いであった。美少年の面影を残しながら、先頭に立ってのやることは思い切りがよく、人へ命令もしないかわり、誰にも束縛されない無縫の生き方が共感を呼び、それは警察官の心情にまで浸透していたのである。

だから刑事たちも大西を見知っていたし、なかには顔馴染《なじ》みの刑事もいて、大西捜索は執拗に続けられた。山村組への聞き込み、大西の立ち回りそうなところなど、捜査は呉市一帯に及んだ。

しかし、大西の行方は捜査線上に浮かんでこなかった。すでに県外へ逃亡したのではないかという意見も、事件以来二週間目を迎える頃となれば強くなって当然だった。

そうして迎えた一月十七日の夜である。精確度が高いと思われる情報が呉署に入った。

「呉市東鹿田の山村組関係者である岩城義一方に大西が潜《ひそ》んでいる」という情報だった。なぜ精確度が高いかといえば、大西はその岩城宅の奥の間で寝起きしていて、明早朝には大学生の制服制帽姿に変装、関西へ高飛びする手筈になっているというのだ。

事実とすれば、内部にいる者にしか知り得ない情報である。捜査係は色めきたった。ただちに捜査会議が開かれ、張り込みで出発時に逮捕するか、急襲して逮捕するかが問題になったが、結論はいうまでもなかった。

　呉市街は三方を山に囲まれている。もちろんもう一方は呉港で海だ。

　呉駅から市街を眺めて、正面が灰ケ峰、左が鉢巻山、右が休山《やすみやま》となり、それぞれの山麓が市の中心街を抱く形になっている。山麓にある高台の家は、坂道の細い路地つづきで車も入れない。当然ながら路地は迷路のように入り組んでいる。

　東鹿田の岩城宅は休山の山麓、高台の女学校の下方崖下にあり、もし拳銃をぶっ放されて抵抗、逃走されると、周囲は細い迷路でどこへでも抜けられ、山越えで阿賀から広《ひろ》までの逃走も可能なのだ。

　結論は夜明けを待たずに急襲となった。

　暦が一月十八日となった午前三時、私服刑事と制服警官の一行は、夜来の雨に打たれながら岩城宅を包囲、捜査係長の数田理喜夫警部補らが岩城宅の玄関に立った。

　ドンドンドンと戸を叩く。秋田と土佐の混血犬が吠える。また戸を叩く。危急を知らせる犬の鳴き声がさらに激しくなった。

　やがて玄関の灯りがつく。

「警察じゃが、大西政寛がおろうが」

「おらんですよ、そげん人」

答えたのは岩城の妻だった。

「おらんことない。調べがついとるんじゃ」

「おりませんよ」

短い押し問答のあと内鍵が外され、数田係長らは岩城宅に入ると同時に奥の間へ踏み込んだ。灯りをつける。

そこでは炬燵《こたつ》を中央に布団が敷かれ、うち一つが頭から掛布団をかぶっていた。

「撃ってくるかもしれん、用心してかかれ」

数田係長が押し殺した声で言い、鞆井《ともい》刑事、川相刑事らが伏せの姿勢になって、さっと布団をめくった。緊張の一瞬だった。

しかし寝ていたのは山村組の組員で鼻万三、もちろん大西ではなかった。別のほうには同家の手伝いが子供と寝ているのみで、ここにも大西の姿はなかった。

「おらんぞ、手わけして捜すんじゃ、押入れの上の天井もじゃ。気いつけいよ」

数田係長の声に緊迫感がこもる。

発見と同時に撃ってくることは十分に予想されることであり、念には念を入れての命令だった。

刑事らが敏捷に散る。

家中が騒々しくなった。戸を開ける音、同時にひれ伏す音が響く。犬の声は家の中の動きを察知し、さらに激しく高くなっていった。

「二階の階段も注意せい」

指揮をとる数田係長はぬかりない。

やがて二階でもドタドタと足音が響いてくる。

「おらん、逃げた形跡もない」

「押入れも異状なしじゃ」

「外は固めておるんじゃろな」

「外へは逃げられん」

家人らは玄関脇の部屋の隅で、寒さと事の成り行きに震えていた。当主の岩城義一は留守でいない。

昇る時とは反対に、階段を音たてて刑事らが降りてくる。一階のすべてを捜索した刑事たちも、奥の間の数田係長の元へ集まってきていた。

「やっぱりおらんか」

数田係長は逮捕状を手に迷っていた。いない以上は引き揚げるしかないが、内部密告と思える情報だけに、まだ捜し方が足りないのかもしれない。

「どうしますか」

刑事たちの目が問いかけている。

そのときだった。まだ掘り炬燵の中を確認していなかったことに気付いた一人の刑事が、炬燵布団の端をつかんだ。大西がいないという先入観があって、それまでの用心深さが欠けていたのかもしれない。

端を握った手が、頭上を払うように振られた。炬燵布団がふわっとはねのけられたその瞬間、ガン、ガン、ガンといきなり三発の銃声が轟き渡った。

銃口は布団がめくられ、灯りが炬燵の中に差し込んだほうへ向いていて、その先に身をかがめた悪魔のキューピーの姿があった。

銃口の先にいた輌井刑事が吹っ飛ぶように倒れた。

玄関の気配で捜査を素早く察知した大西が、咄嗟に掘り炬燵の中に隠れたものの、布団をめくられたことで発砲、逃走をはかったのだった。

大西が炬燵やぐらを投げつけ、数田係長が飛びかかる。同時に大西の二丁拳銃も火を吹く。ローレル45口径と愛用のコルトだった。数田係長も三発の弾丸を浴びて崩れ落ちた。

大西が背を丸めて敏捷に裏側のガラス窓に突進する。川相刑事がその背へ向けて引き金を引いた。銃声は一発だけだった。指が冒頭の古老の言葉のように動かなかったのかもしれない。

大西はそのまま突進してガラス窓を突き破った。そうして裏側に飛び降りたが、それは落ちたというべき状態だった。少し這《は》ったあたりで、裏庭に配備されていた警官が組み伏せようと飛びかかったとき、大西はすでに事切れていた。

川相刑事の一発は左脇下から心臓へ抜け、即死状態だったのだ。

鞆井刑事は腹部、頭部、右腕に貫通銃創を受けて即死。数田係長は頭部、右腕、右大腿に弾を受け、意識不明のまま病院で午前五時過ぎ死亡した。数田係長三十五歳、鞆井刑事は大西と同じ二十七歳だった。

「逃げられんいうことは撃たないけん、殺さないけんけん」と自ら言っていたような最期だったが、高日神社の発砲といい、この無謀な発砲といい、狂気を秘めたなかにも、古老の言葉のように、なにか死に場所を求めていた気配が感じとれないでもない。

おしゃれでダンディだった大西の最期の服装は、生涯ではじめて着ることになった大学生の制服姿だった。

明治二十（一八八七）年、呉の町がまだ軍港の青写真でしかなかった百余年前、広島県一帯が凶作による大飢饉に襲われたことがあった。なかでも広島市の北西部にあたる山県《やまがた》郡あたりでは、太田川の上流が降り続く雨で氾濫、山崩れもあって田畑はすべて泥濘の下となった。

農民たちは土地を捨てるしかなく、そのうちの一団は南へ南へと流れて海に行きつき、さらに海岸線を辿るうちにどうやら住みつけそうな場所を見出した。海岸線には僅《わず》かな浜辺へそそり立つような山がせり出していて、農民たちが生活できる場はなく、やっと見つけた呉の芦原では、その前年から海軍鎮守府と工廠《こうしょう》地帯の土木工事がはじまっていたから、さらに阿賀の漁村を過ぎ広まで行って、ようやく僅かばかりのなだらかな土地を見出したのである。二百五十メートル余の螺山《にしやま》が海に向かう西麓で、そこが津久茂《つくも》の集落だった。

しかし、飢饉はどこも同じだ。言い伝えによれば、茎や葉に酸味がある自生の犬酸葉《いぬすいば》・すかんぽなど口に入る野草はすべて食べ尽くされ、畑の麦は青い穂を一穂ずつ摘み、焙烙《ほうろく》で煎って食べてしまい、柿の葉が一番うまかったというほどである。

そういうあとへ難民は流れてきたばかりか、彼らは海の幸にありつくすべを知らなかった。残されていた青いものといえば、螺山に自生していた毒草や毒茸の類《たぐい》であったかもしれない。土地の者なら絶対に手を出さないそれらを、彼らは食べて悶絶していった。あるいは食べずに餓死する者もいたことであろう。そうして還《かえ》るべき墓所を持たない死者たちは、螺山の山深くに埋められ、その上にはひとかけらの石が置かれたのみだった。

　そこを土地の人は「ほいと谷」とひそかに呼ぶようになった。「ほいと」とは呉地方の方言では乞食であり、狭い土地へ侵入してきて住みつくようになった難民は、土地の人にとってはそう呼ぶしかなかったのだろうと思われる。

　しかし、なんとか飢えをしのいで生き残った難民たちは逞《たくま》しかった。螺山に段々畑を拓《ひら》くばかりか、入江の干潟に石塁を築いて耕し、ささやかな水田と畑で米と芋をつくるまでになった。

　ところが親子が代がわりするようになる三十年後の大正六（一九一七）年、再び彼らは一から出直さざるを得なくなった。

　広の村に海軍航空隊の水上機基地が開設され、それに続く海軍工廠設置のため、近くの津久茂新開一帯二十五町歩をその敷地にすることが決定したのだ。立ち退きに際し、田畑、家屋などへは涙金ほどの補償はあったが、資産を持たない者は命令に涙を飲むしかなかった。なにしろ植木、果樹は直径二センチ以下は補償なし、あとはどんなに大きくても一律二十銭という馬鹿げた評価だったのである。

　大正八年、当時百二十戸ほどの民家は、広村内の各地に分散したが、大部分は螺山の山腹、上津久茂に移っていった。難民たちはつかの間の希望を奪われ、再び貧しい暮らしを強いられるようになった。

そのなかの一軒が、大西政寛の母、すずよの生家だった。明治三十三（一九〇〇）年生まれのすずよは、家が農家で貧しかったうえ、八人姉弟の三番目ということもあり、幼くして大阪の病院へ住み込みで働きに出ていた。いわば口減らしだが、色白で器量よし、根が快活だった彼女は都会の水が肌に合うようだった。

ところが、津久茂一帯が立ち退き命令で騒然としていた頃、藪入りの休暇で帰郷した彼女は、姉の嫁ぎ先の小坪の港を訪ねた折り、そこで見初《みそ》められるのである。

小坪は津久茂から長浜を経た先にあり、螺山の南麓に面する美しい港町だった。すずよを見初めたのは、そこで海軍御用の雑貨商「よろずや」を営む大西家の次男・万之助。いうなら玉の輿《こし》である。

大正八年、満十九歳ですずよは大西家へ嫁入りした。二年後の大正十年に長男・隆寛が生まれ、また二年後の大正十二（一九二三）年に次男が生まれた。色白で目が西洋人形のようにくりくりとした可愛い子だった。それが政寛である。

しかし、万之助の母サヤは、孫たちは可愛がっても、すずよにはすべて辛《つら》く当たった。そもそもがこの縁談に反対であり、理由はすずよが「ほいと谷」の出と信じていたからだった。

そのことが、のちに大西政寛の人格形成に深くかかわってくる。

悪ガンボー

すずよは嫁入り早々から義母のサヤへどう仕えても気に入って貰えなかった。いわば姑の嫁いびりであり、嫁が気に入らない以上、それは本質的なものを含んでますます激しくなった。

すずよは色白で下ぶくれ、男好きのするタイプのうえに都会生活を経験している。それに快活でよく働く嫁であった。

しかし、当初から貧農の家の娘との結婚には反対だったサヤにしてみれば、すずよが息子の万之助に好かれれば好かれるほど、嫉妬心もあって無性に憎くなるようだった。

すずよが姑へ献身的に仕えようとしても、受ける側はいくらでも逆に取れる。働き過ぎはサヤの領分を侵すことになって当てつけとみられ、サヤの言うことに素直に従っていれば、猫かぶりの愚鈍な嫁とののしられ、結果としてますます辛く当たられるのである。

海軍御用の雑貨商、小坪の「よろずや」は、軍艦などに積む青果、雑穀、雑貨の問屋商いのかたわら、隣接する長浜港や広へ寄港する大陸航路の貨物船の船員たち相手に、裏で小口金融も営んでいた。だから仕事は朝から晩まで忙しく、店を取り仕切るサヤの叱咤の声は絶えることがなかった。

サヤはそれまでに、浮気問題で揉めた夫を家から追い出している。しかも長男が父に同情すると、一緒に戸籍から抜いてしまう強引さもみせていた。

そうして万之助だけを溺愛したサヤは、いわば一家の女帝であり大黒柱となったが、世間はそのあまりの気丈さ故に、陰で「小坪の鬼サヤ」と仇名したほどである。

そのサヤの嫁いびりだった。しかも長男の隆寛が二歳になると政寛が生まれている。それでなくても手のかかる男の子二人の育児のうえに、忙しい家事に追われながら義母の罵声を浴びねばならない。

しかし、すずよはすべてに耐えた。明治生まれの女にとって忍耐は当たり前であり、そしてこれも当たり前の貧乏から逃れ、食う心配がなくなってみれば、姑の嫁いびりくらいは、禍福のあざなえる縄と同じように仕方ないものと思っていたのかもしれない。

すずよもまた気丈な女だった。

だから夫の万之助さえしっかりしていれば、大西家はいずれすずよの切り盛りする時代となって、戦中戦後をなんとか乗り切り、大西政寛の人生もまた別のものとなっただろう。

ところが魔の手は、幼い政寛はもちろん、すずよもサヤさえも知らないうちに「よろずや」へ伸びてきていた。

それが万之助のモルヒネ中毒だった。

麻薬は「よろずや」へ小金を借りにくる大陸航路の船員たちからもたらされた。その頃、朝鮮や中国を往復する寄港地では、周期的に麻薬が流行する現象があったというが、日本軍部の擡頭《たいとう》が満州から北支へと広がるにつれて航海も頻繁になり、それが船員たちに麻薬を求めさせたのだろう。その風潮は、小さな小坪の港にまで及んだのである。

モルヒネを覚えた万之助は、やがてその悦楽のとりこになってゆく。

サヤに溺愛されて育った万之助は、いわゆる田舎の金持ちのお坊ちゃんだった。たいていの我儘《わがまま》は通った。サヤが家柄を理由に反対しても、ひと目惚れしたすずよの嫁取りを貫き通した。

しかしサヤはすずよを嫌い抜いた。扱いは下女なみである。子供でも生まれればと思ったが、孫たちは可愛がってもすずよに対する態度は変わらなかった。

我儘は通すがサヤへの反抗は許されない。父と兄の例がそれを物語っていた。そうしてそのことは、万之助の心奥に深い哀しみを伴った傷として残っていたと思われる。

それらもろもろを、一時的にせよ忘れさせてくれたのがモルヒネだった。

結婚前にすでに覚えていたモルヒネに、万之助は引きずられるようにのめり込んでいった。

アヘンアルカロイドの代表であるモルヒネは、当時まだ鎮痛薬として少し大きな町の薬局では市販されていた。鎮痛は中枢神経系に作用することによるが、特徴は眠りに就く前に多幸感をもたらすことといわれる。

万之助は五グラム瓶五円ほどのモルヒネを常用、つねに陶酔を求めて繰り返し、やがて禁断症状が現れてすずよの知るところとなった。

禁断症状は中断後十二時間から十六時間ほどで現れ、二、三日で最高となる。それは自律神経の嵐といわれるように、体がだるくなるのを手はじめに、やがてくしゃみを続発、よだれ、鼻水が流れ出し、下痢、悪寒《おかん》へとつながって不安感も高まってくる。

「すずよ、一生の願いじゃ。注射してくれんかいのう。夫の頼みじゃろうが、そがいな顔せんとお願いじゃけん」

万之助は自分のモルヒネ中毒が知られるとすずよに哀願した。かつて大阪の病院へ住み込みで働きに出ていたすずよが、そこで看護婦の見習いをしていたことを知っての頼みであった。

すずよは断り切れなかった。注射一本で人が変わったように元気で幸福そうになる夫をみていれば、その場しのぎと知っていながら、万之助よりはるかに手際よく注射ダコの出来つつあった部分へ針を刺した。

しかし、そういう状況は長く続くものではなかった。万之助の中毒症状が進み、五グラム瓶を十二時間おきに使い出せば、金銭の出納にも明らかに異常がみられる。事実「よろずや」の経営状態は傾き出していた。

息子のモルヒネ中毒を知ったサヤは激怒した。もちろん万之助の非は認めようとせず、すべては注射をした嫁の責任だとしてすずよを詰《なじ》った。

「看護婦見習いかなんか知らんが、都会風吹かしての、婿に悪《わり》ーこと教える嫁がどこにおるんかい」

サヤはここぞとばかりすずよを責めた。「ほいと谷」のことも持ち出した。すずよは万之助の頼みを断れなかった非こそ認めたが、自分の生まれについてはサヤに抗議した。すずよの家はそこから少し離れたところにあって、云々《うんぬん》される筋合いはまったくないし、また近くに難民を先祖に持つ人たちがいても、それらが侮辱されるいわれはないからだった。

だが、なにを言っても怒り狂っているサヤには通じない。

すずよは隆寛四歳、政寛二歳と可愛い盛りの二人の息子に後ろ髪を引かれながらも、離縁された大西家を出るしかなかった。

そして大正十四年、すずよが去って一年足らずで、万之助は中毒の末期症状のままこの世を去った。

残された幼い兄弟はサヤが育てることになった。

長男の隆寛は万之助に似たのか温和な性質だったが、次男の政寛はサヤとすずよの気丈なところを受け継いだのか、かなり気性は激しかった。

両親のいない兄弟は、町内の腕白たちの格好の餌食《えじき》になる。しかもすずよが去ってからの万之助の禁断症状は、近所でも評判になるほど知れ渡っていた。

皮膚がカサカサに乾いたうえ、すっかり痩せ細ってやっと歩くさまは、アルコール中毒か中風患者の後遺症に似ていたから、子供たちは二人をからかった。

「わりゃあ、ヨイヨイの子じゃけんのう、ヨイヨイヨッコラショ踊ってみぃ」

いわば猿踊りの強要であり、幼いうちこそ政寛も兄に従って真似していたが、四、五歳になると負けてはいなかった。からかわれているとわかった途端、政寛は手近にあった石をつかみ、猛然と腕白たちに殴りかかっていった。

最初は適当にあしらっていた彼らも、政寛のあまりの見幕に恐れをなして散り散りになり、やがて兄弟に対する悪戯《いたずら》はいつの間にか影をひそめた。

政寛はその一方でサヤに訊いた。

「ヨイヨイって、なんない？」

サヤはよほど狼狽《ろうばい》したのだろう、政寛に諭すように教えた。

「脳病じゃけん、あがに悪く言うもんとは違うんじゃ」

中風、つまり同じ脳でも溢血や梗塞なら血管の病気である。しかし脳病となると精神病を意味することになろう。幼い政寛はその言葉を胸にしまい込んだ。

しかもサヤは、嫁の悪口を近所へ言うときに、自分が信じてしまっている家柄のことも口にした。近所の耳に入ったそれは、いずれ孫たちの耳にも届くことになる。

父親が脳病なら自分も脳病じゃろうか。そういう不安と同時に政寛は、母の実家のことは生涯にわたって誰にも言うまいと心に決めた。後になってすずよに訊いていれば間違いは正されたはずだが、決心したことは押し通す政寛は、死ぬまで誤解したままだったようである。

昭和五（一九三〇）年、屈折した心を秘めながらも政寛は尋常小学校に入学した。すでに兄の隆寛は三年に進級、性格も素直で成績もよく、老境に入っていたサヤは政寛にも同じように期待していたと思われる。むしろ兄より気性が勝っていた政寛に、より大きな望みを託していたと考えて不思議はない。

しかし政寛は、一つを除いてことごとくサヤの期待を裏切り続けた。政寛は教室で先生の言うことなど耳に入らぬように、ひたすら教科書の頁をクレヨンで極彩色に塗りたくっていただけなのである。もちろん読み書きすら覚えようとはせず、それは六年間を通して変わらなかった。

当時は農業の手伝いや子守りなどで学校へはあまり行かず、結果として読み書きが出来ない人がいて不思議ではない時代だったが、政寛の場合は明らかに異常といえた。

隆寛が一年から六年まで級長を通したように、政寛も寡黙ながら喋らせれば話の筋道は通り、頭脳の明晰さの片鱗は窺《うかが》えるのだが、こと勉強になると頑《かたく》なに心を閉ざしてしまうのである。

屈折した心と両親のいないままに育った環境がそうさせたのだろうが、その内面へ向いた異常感覚は、絵画の才能のほうに花開いていった。

独特の色彩感覚で着色された絵は、毎年のように小学校の対抗コンクールで優勝、悪くても入賞を繰り返し、メダルを貰ってきてはサヤを歓ばせたのだった。

極彩色は、おそらく政寛の内面の屈折が正反対の方向に向かって表れた自己表現であったろうし、侮辱に対して突如として怒りを露《あら》わに体でぶつかって行く子供の頃からの習性は、読み書きが出来ないためのコンプレックスもあって、体を張ってものを言う自己表現であったろうと思われる。

　時代さえ違えばという言い方は許されないが、その絵画的才能と異常感覚に限っていえば、大西政寛は異能画家になり得る可能性を持っていたのではなかろうか。

　わかりやすくいえば放浪の画家・山下清画伯のような異才であり、その天真爛漫さとは逆に鋭利な狂気を秘めた異能である。

　しかし現実は、政寛の秘められた狂気がカンバスにではなく、体でものを言う自己表現を選ばせることになった。そのきっかけが、昭和十一年、政寛が尋常小学校高等科一年に進んだ年に起きた事件である。

　その日、高等科へ行っても相変わらず教室では絵しか描かないでいる政寛へ、担任の教師が生徒受けでも狙ったのだろうか、その手許を覗き込んで言った。

「大西、おまえはペンキ屋にでもなるんじゃろうが」

「うん」

　政寛は邪魔されたくないふうに、手を動かしながら生返事をした。しかし、嘲笑しながら教師は続けたのだ。

「ほいじゃが、ペンキ屋は字も書かなきゃならんけん、おまえにはおえんじゃろう。脳病院の絵の先生にでもなるんか」

おそらく、このときが政寛の眉間が縦に立った最初のときではあるまいか。脳病という心の秘密にも、その言葉は鋭利に刺さって血を吹いたのに違いない。

「なにい」

政寛は顔を上げて教師を睨みつけた瞬間、手に文鎮《ぶんちん》をつかみ、椅子から立ち上がったときには、もう教師に足払いを掛けて床へ押し倒していた。

「このどぐくそ（最低）野郎、おちょくるな、この！」

政寛は叫びながら教師に馬乗りになると、手にした文鎮で力一杯、殴り続けた。

教師も防戦したが、政寛の力は強くはね返せない。しかもキューピー人形のように可愛い政寛の顔に凶相が現れ、それに射すくめられて彼はひたすら逃げようとするのみだった。

やっとはね返したとき、教師の顔からは鮮血が流れ落ち、床は血まみれになっていた。

学校中が大騒ぎになった。校長も駆けつける。教師が三針も縫う傷と判明した時点で、政寛は即日退校を命じられたのである。

二・二六事件のあった年で、日中戦争は目前に迫っていた。軍国教育が徹底化されだした時代であり、教室で教師を殴って傷を負わすという行為は絶対に許されないことだった。

母のすずよも学校へ呼び出されて叱責を受けることになった。その前年の昭和十年、サヤが死んで隆寛、政寛の兄弟は、再びすずよのもとで育てられるようになっていたからだった。

すずよは離縁されたのち、福山へ出て仲居として働き、万之助が亡くなってからは大阪でやはり仲居をしながら、子供たちのために僅かずつでも養育費を送っていたし、サヤがいなくなれば二人の子供を引き取るのは自然の成り行きである。

すずよはその頃に再婚している。子育てで男の庇護が必要なことと、再婚を望まれた時期が合致したからであったろう。

相手は小学校の頃に一級上で、幼馴染みの石田鶴吉といい、呉を往復する旅客馬車屋を営んでいた。すずよ三十六歳の頃である。

石田鶴吉さんいうんは、山陽道でも名うての「パッチン師」だった人じゃ。

パッチンいうてもわからんじゃろう。手本引《てほんびき》や花札賭博のことで、パッチン師いうたら博奕《ばくち》打ちのことじゃ。そもそも関東でいう「めんこ」が、呉のほうでそう呼ばれたのがはじまりと聞いとるのう。

相手の札を裏返したり、枠外にはね飛ばすためにの、自分の札を打ち下ろすじゃろうが、そんときの音が語源じゃそうよの。パッチン、パッチン音するけんね。

よう知っとるって？　伊達に歳はとっておらんのじゃ。

その石田さんは豪傑でのう、岩国の飯場で用心棒しとった頃やったと聞いとる。木野川の堤防で殴り込みにきた相手をじゃ、たった一人で迎え撃って、日本刀で四人を斬り殺したそうよの。

岩国の三浦五郎という親方の舎弟やいうたかな。それで七年の刑を務めとるんじゃ。

すずよさんとの結婚は、四年ほどだったんじゃないやろか。そがいな気っぷじゃったけん女にもてて、子離れしたすずよさんのほうから別れたんやろな。

でも僅かの間でも、大西政寛は影響受けちょるのと違うかい。一緒に暮らすようになって、兄の隆寛より政寛を可愛がって、ふた言目には、

「まあちゃん、行け行けっ、進めっ」

まるで馬車屋の馬の尻を叩くようにしてじゃの、突貫精神を吹き込んでおったと、ずいぶん昔、すずよさんが言うておったそうじゃ。

そうじゃきに、政寛は「悪ガンボー」じゃったんよ、のう。

悪ガンボーちゅうのは、言うたら悪ガキ、悪たれ小僧じゃ。ガンボーだけで「いたずらっ子」いう意味じゃけんの。

そうじゃったかい、先生に三針も縫わせて退校いう事件があったんかい。高等科一年いう

たら、いまの新制中学一年じゃ。悪ガンボーよのう。

「行け行けっ、進め」を実行しよったみたいじゃ。

大西のパッチンも、その頃に覚えたもんじゃなかったろうかの。すずよさんの博奕好きも聞いとるから、やはり石田さんいう人の影響やろ思うんじゃ。

前にも言うたろ、呉の生粋の博徒で爺ちゃん呼んどる古い友達、その人からすずよさんのおもろい話きいとる。

時代はずーっと飛ぶんじゃが、昭和二十年、終戦の年の秋やった思う言うてたけん、その頃じゃろな。

爺ちゃんは広へ博奕打ちに行って、すずよさんと逢《お》うたら頼まれたそうじゃ。

「田舎のほうじゃいまが一番実入りのいいときでがんひょー。ひとつあたしに頼まれてつかあさらんか」

つまり農家が米の取り入れや、煙草の葉の供出やらで金が入る時期じゃけん、博奕の介添役として同行してくれんか言うわけじゃ。爺ちゃんの胴は戦前から有名やったからの。

その頃で四十五歳じゃろうか。確か明治三十三年生まれいうたら一九〇〇年やから、そうなるよの。色っぽい女子《おなご》いう印象もあるけん、男まさりいう感じが強かったそうじゃ。なにしろインチキ賽《さい》持っとって、それでひと稼ぎしようというんやからの。爺ちゃんはまだ二十五くらいと若かったけん、心強いと思われたんやろな。そいでいまの東広島方面の田舎道を歩いて行って、四、五日ほど寝ずに博奕しよったそうじゃ。爺ちゃんはまだ知らんかったらしいけど、みんなヒロポン打ちよって夜明かししたそうよの。

爺ちゃんは広からそのまま行ったんで、その頃の爺ちゃんの女子《おなご》が、四日目くらいから帰ってこんいうて心配しての、いろいろ探しだしたら知った人がおったそうじゃ。

爺ちゃんとすずよさんが田舎道トット、トット歩いておったんを、進駐軍のジープの運転手兼案内役のような知った人がみておっての、黒瀬のほうへ向かっとったと教えてくれたらしいわ。

殺されたんじゃないか、事故にでもあったんじゃないかと心配しとったのが、それで安心しての、それでも探しに行かにゃいけん思うとったときに爺ちゃん帰ったそうじゃ。

バスもない時分じゃけん、夜明かし続きで歩いて帰って、いったい何日たったか覚えがない言うとったな。

え？ 収穫はあったかって。爺ちゃんがついとって、肝心のとこでインチキ賽つこうたら、間違いないじゃろう思うがの。

ま、そういう時代じゃった。

話は飛んでしもうたけん、その即日退校事件があって、大西政寛は「カシメ」の若衆となるわけじゃ。つまり、男として売り出す第一歩を踏み出したことになるんじゃよ。

その頃の悪ガンボーぶりも、いろいろ凄い話が伝わっておるのう。

カシメ若衆

校長から即日退校を命じられ、母のすずよは政寛の今後をどうしたものかと悩んだ。なにしろ「悪ガンボー」のうえ、先生に三針も縫う傷を与えた事件の噂が広まり、しかも読み書きのできない政寛では、簡単に奉公の口があるわけもなく、といって連れ子の手前、家で遊ばせておくわけにもいかない。

すずよは思いあまって夫の石田鶴吉に相談した。彼女としては、旅客馬車屋の下働きにでも使って貰えないかと思ったのだが、鶴吉の判断は素早く的確だった。

「わしゃ、まあちゃんの行け行け進めが好きじゃけん、カシメがええじゃろう思うんじゃがのう」

すずよも言われてみれば頷《うなず》けるものがあった。寡黙で物事に集中する性質、そのうえ気が短いのは確かにカシメに向いているかもしれない。

カシメは戦前の呉の花形職業の一つであった。いうなれば、鉄骨と鉄骨の接合部分を熱したボルトで締めつける職人のことで、カシメとは「交《か》い締《し》める」の転訛ともいわれる。工場や倉庫などが軍需からどんどんつくられ、軍港では軍艦の建造が日夜をわかたず続けられていた。これらはカシメなしでは成り立たない。

いまでこそすべて電気溶接になり、カシメの技術は近代化のなかで消えてしまったが、当時はボルトを入れてある叺《かます》が、札束の詰まっている袋にみえるとまで言われたのである。その意味での花形職業であった。

カシメは四人一組のチームプレイである。この四人が「一程《ひとほど》」と呼ばれる単位で、「ホド」とはボルトを焼く円形の鉄炉のことだ。

「一ホド」の長は「ボーシン」または「カシメ師」と呼ばれる鋲打《ビョウ》ちで、その下に「ホド番」「取り次ぎ」「当て番」の三人の若衆がつく。つまり「程《ほど》」とは「身のほど」という意味の身分制度、それに鉄炉の「火戸《ホド》」が掛けられたものであろうか。

仕事の順序はこうなる。

まず「ホド番」とは鋲焼きと投げ役だ。鞴《フイゴ》という送風器を足で踏み、ホドの中のコークスがいつも真っ赤に熾《お》きている状態にして、そこへ鋲焼き箸でボルトを突っ込む。

ボルトが焼けて火のようになったら、今度は投げる番だ。たとえば軍艦なら、建物の二階三階にあたる場所でも鋲打ちを行わなければならない。二十メートルの高さや距離では、走っても吊り上げても焼けた鋲は冷えてしまう。だから「ホド番」は、その梁《はり》上にいる「取り次ぎ」に向かって、鋲焼き箸でつかんだボルトを投げる。「取り次ぎ」はそれを受けてボルト穴に差し込む役だ。受けるのはキャッチャーミットのような鋲受け缶で、キャッチすると同時に鉄箸でつかみ、接合部分の穴へ間髪を入れずに差し込むのである。

向こう側で待っているのが「当て番」だ。梃子《てこ》の原理を応用した当て板をあてがい、肩に渾身の力をこめて押さえる。

そこではじめて「ボーシン」が、こちら側から鉄砲（エアハンマー）を打ち込み、焼けたボルトの先端が丸型につぶれて、鉄材同士が交い締められるのだ。

このとき、ボルトが焼け過ぎていると、ハンマーの圧力で先端が不定型に潰れるし、少しでも冷えてしまえば、鋲打ちに倍の力が必要となるばかりか、摩擦でボルト穴を通らない場合も出てくる。

こう書くといかにも間延びしてしまうが、現場は凄まじいの一語に尽きよう。

火の箭《や》がピューッと飛ぶと、カーンと鋲受け缶が鳴り、その音が鳴り止《や》まないうちにババババーッとエアハンマーの響音が耳をつんざく。そしてその音が止むともう次の火の箭が飛び、カーン、ババババーッ。それが三秒とおかずに連続するのである。

「ホド番」は焼き加減と投げるコントロールがすべてであり、「取り次ぎ」はキャッチングと同時に素早くボルト穴へ差し込む敏捷さが要求される。さらに「当て番」はエアハンマーに負けない力に加え、「取り次ぎ」と一心同体の動きが問われ、「ボーシン」はあらゆる状態で完璧な技術を駆使しなければ、一本の鋲打ちも完了することにはならないのだ。

エアハンマー自体の重量に加え、太いホースがついていてかなり重いそれを腰で構えて打つわけだが、目の上のボルト穴の場合は、片手で持ち上げて打つこともしなければ、一人前のカシメ師とはいえないのである。

この四人一組の「一ホド」のうち、一人でも気心を乱したり、信用のおけない者がいたら呼吸は一つにならない。作業の巧拙、遅速、危険防止、すべて四人の一瞬の呼吸にかかっているのだ。

だからカシメの親方は、つねに職人たちの性格、性癖、生活様態を観察しながら、「一ホド」の組み合わせに腐心するし、四人の連帯感を強めるため、賃金も四人一組の単位で支払うようにした。

つまりボルト一本でいくらという賃金形態だから、チームワークがよくて能率の上がる「ホド」は稼ぎもよく、逆に一人でも間《ま》を壊す者のいる「ホド」は稼ぎが少ない。

実際に一日に千五百本を打つ「ホド」と、千本しか打てない「ホド」がいて、千五百本以上の組はボルト一本に二〜三秒、千本組はそれが四〜五秒という差になったという。もちろん早い組は梁上の仕事場所の移動などもテキパキと迅速で、何事によらず意志統一がなされていた。健康にしても同様で、一人が病気で休めば他の三人もあぶれ、神戸や日立などへの出稼ぎ旅も同様だから、本当に四人は一心同体でなければならなかったのだ。

それら労働現場の条件が「ホド」仲間の仁義を養った。「ボーシン」を最年長の兄として、仕事の順序ではなく今度は重要性から「ホド番」「当て番」「取り次ぎ」の順で四人義兄弟の契りを結び、それは博徒の兄弟盃より固く、永続的なものとさえいわれたほどである。

もちろん義兄弟になるまでには、現場でかなりの危険を体験しなければならない。ボルト穴へ差し込むのがずれれば「ボーシン」に足蹴りにされ、「ホド番」のコントロールが悪ければ三人の怒声が飛ぶ。「ボーシン」にしても、打ち方が遅ければ「なにしょんない」と下っ端から突っ込まれてしまう。

そうして生まれた連帯感だから、日常生活でも四人は束になる。喧嘩にしても、一人が殴られると他の三人が出向いて行って殴り返すし、一人のときでも三人がいつも背後にいると思うから気が強くなれる。仕事柄からいっても気が早く短気の者が多かったこともあって、当時の呉界隈でカシメに喧嘩を売る者は、命知らずか馬鹿のどっちかだと言われたほどだった。

すずよもカシメのことは耳にしていたし、鶴吉に言われてみれば政寛に向いていると頷けて当然だった。

鶴吉はすずよの得心した様子をみて言った。

「わしはパッチン（博奕）で向井組の親分をよう知っとるけん、頼んどいてやるきに、折をみてまあちゃんと一緒に行ってみたらどうない」

すずよは改めて鶴吉に頭を下げて頼んだ。


カシメの向井組いうたら、関西から広島にかけては一番じゃったろう思う。親分はもう亡くなったが、向井信一いう人は面倒見のええことで評判やった。わしらでも顔見知りじゃったけど、信喜いう息子さんがおってな。大西政寛よりは六つほど下じゃが、一緒に寝よったほど可愛がって貰うたそうじゃ。

その息子さんの話によると、大西は母親に連れられて来たときからませとって、小学校二年ぐらいの息子さんに、

「ええ庭つくっちょるなあ」

などと感想を言うたそうよの。絵心があったけん、十三、四の子供でもそげん言葉が出たのじゃろう思う。

向井組は呉の東泉場《とうせんば》いうところにあったんじゃ。東泉場いうたら、呉の極道が肩で風切って歩いてみたいちゅう中通りの切れたあたり、いまの中央橋から川の右手一帯よの。食料品を主に大小の商店がずらりと並ぶ市場通りで、あんまり人が多いけん、「通せんぼ」みたいなるいうて名が付いたとも言われとるな。

どういうわけか、空襲で焼け野原になった戦後、その市場街がそっくり川の左手一帯へ移ってしもうての。それがいまの栄町市場通りじゃ。え、歩いてきとる？　そうかい、じゃあ、それが東泉場と思えばええ。中通りがメインで銀座なら、東泉場は庶民の買い物通りじゃ。それが橋一つにつながっとるあたりが呉の特徴じゃろうかい。ほいて東泉場をさらに北へ行くと朝日町よ。かつて遊郭があって賑やかだったところじゃ。

だいたい付近の地図は頭に入ったろうが。向井組はその東泉場の市場の裏側にあったんじゃ。一歩出れば賑やかな人通り、そこを抜ければ中通りに出るし、逆なら遊郭がすぐいうわけよのう。

大西政寛はそこで向井組の半纏《はんてん》を着ることになったんじゃ。向井組いうたら、その当時で配下の若衆が三百人ほどおったいうな。ほかにもパッチン師や旅の者も食客でおったりしたから、息子さんなど小学校から帰っても玄関から入れんほどや言うとった。

しかも本業のほかに興行の請負いも兼ねとったけん、言うてみれば呉一帯の極道の本流いうこともできるほどじゃ。おやじ、おやじ言うてくる人をみんな面倒みとったんやからたいしたもんよのう。

　呉の古い博徒で、引退して市会議員になった久保健一いう親分は兄弟分よ。波谷《はだに》組の波谷守之《もりゆき》組長のお父さんで、当時は土木工事の請負業をしとった波谷吾一さん、伯父さんで請負業のほかにカシメの親方しとった波谷乙一《おといち》さんなんかも昵懇《じっこん》の間柄じゃったそうじゃな。

　そういう縁がの、やがて大西政寛と波谷守之の縁につながり、戦後になってそこへ美能幸《みのこう》三《ぞう》が絡んでゆくんじゃ。「仁義なき戦い」の言うてみりゃ端緒、伏線よの、大西政寛が向井組の若衆になったんは。

　ともかく、カシメ若衆として仕事をするようになった大西政寛は、性に合ってたいうんかいな、一年もすると一丁前になっとったそうじゃ。それいうのも、友達の爺ちゃんがその頃の大西を見とるからよ。

　可愛い人形みたいな顔した少年がのう、大島のお召しに総絞りの帯いう着流しで、しかも頭にはソフト、足は雪駄チャラチャラさせてよの、東泉場の路地のほうから歩いてきよったの見とるんじゃ。仕事が済んで遊びに出るところやったんかいの、夜だったそうよ。

　着流しにソフトいうんは、当時の一人前の格好じゃ。総絞りの帯いうたら高価なもんじゃけど、大島の着物もいまほどではなくとも高かったけん、金回りもよくなってたんじゃないか思う。

なにせカシメは、仕事も危険やったから金にもなった。「ボーシン」に次ぐ「ホド番」にでもなれば、まだ十六、七の少年でも月に八十円は稼いだいうからのう。大学出の初任給の倍、学校の先生の倍と思うたらええ。もちろん「当て番」や「取り次ぎ」でも、学校の先生に負けやせん。ということは、すぐに大西が「一ホド」のなかに溶け込んで、ええ稼ぎをするようになったことを意味しておろうが。

すずよさんも、すぐに一人前になった政寛が可愛くてならなかったんじゃろう。すずよさんの芝居好き、役者好きは有名やったから、きっと政寛の服装にも口出ししたか、自分が見繕うたのかもしれん。兄の隆寛は大阪の回漕問屋へ奉公に行き、すっかり子離れしたうえにじゃ、政寛の稼ぎがよければ、そうしてやるのが人情いうもんじゃろう。

夜遊びは、博奕か女かいのう。中通りを流して歩くだけの夜もあったかもしれん。

博奕は「道場」いうて賭場がいくつもあったけん、遊ぶには不自由せんかった思う。もちろん後年のようにベカ札いうイカサマ札使うことはなかったろうけん、まあ最初は負けちょったろうね。

それで金がなくなってものをいうのが向井組の半纏《はんてん》じゃ。印半纏と外出用の半纏と二つあって、向井組の外出用のそれがものをいうんよの。組に対しての信用があるから、二十円ぐらいはどこでも用立ててくれるんじゃ。なにしろ喧嘩しても、向井組なら悪いことはせんと、警察でも大目にみてくれよったほどやからな。

そうじゃ、向井の息子さんはこんなことも話しとったのう。

「政寛のやつ、半纏置いてから泊まっちょって。信喜、受けに行ってこい」

あるとき、息子さんは親父さんに金を渡されて言われたそうじゃ。つまり朝日町の遊郭へ金持たずに行った大西が、玉代《ぎょくだい》のかわりに半纏を置いてきたわけよの。日中戦争がはじまって一年といえども、まだまだのどかな時代じゃった。

それにしてもあの男振りじゃ、大西はどこでもモテたろうよな。

喧嘩の話もようけあるわ。

向井組を出たところの東泉場でも「政寛がやっとった」いう話は有名やったそうだし、仕事先でもカッとなると大西の眉間はすっと縦に立ったんやろうな。

実際、大西政寛の喧嘩の強さは、次第に周囲の人の認めるところとなった。

夫の鶴吉に言われたように、すずよが政寛を連れて向井信一を訪ね、「悪ガンボーですきに、親分の力でなんとか一人前の人間にしてやってつかあさい」と頼み、その夜から二階の大部屋に住み込んで一年、「悪ガンボー」はカシメ根性が性に合って、徐々に不撓《ふとう》の精神を身につけていった。

大西は中肉中背、着流しが似合うスマートなタイプだが、裸になると骨太で筋肉の締まった体格をしていたという。筋肉はカシメ若衆の時代についたのだろうが、顔が小さいから華奢《きゃしゃ》にみえても、相撲を取らせるとかなり強かったといわれる。

そうして、そもそもがカッとなると秘めた狂気が全身に漲《みなぎ》るのに、「ホド」の連帯を得てさらに怖いものがなくなったようで、不条理に向かっては、言葉のかわりに身体で撥ね返す気風がますます強くなっていった。
十四、五歳の頃のこんな話が伝わっている。
仕事先の水飲み場でのことであった。休憩時間に咽喉《のど》の渇きを癒《いや》しにきていた大西へ、あとから来た鳶《とび》職人が、可愛い坊やとなめたのだろうか、

「おい小僧、早くせい」

と、ポンと頭を小突いたからたまらない。水飲み場につんのめった大西が振り返ったとき、もうその眉間は縦に立っていた。

「なにすんない」

言うが早いか大西の手は、ポケットにあった「肥《ひ》後守《ごのかみ》」をつかんでいて、そのまま相手へ突っ込んで行ったのである。「肥後守」とは刃渡り十センチほどの折り込み式小刀《こがたな》で、いわ

ばちょっとした工作用のものだが、やはり刺されれば深手になる。「ぎゃあっ」という声で仲間がすぐ止めに入ったから事なきを得たが、それで周囲の大西を見る目が変わったことは確かだった。

というのもそれより前に、大西は自分のドカベンを間違われて取られそうになり、気づいたときには鉄焼き箸を持って殴りかかっていたことがあったからだ。

弁当は向井組の賄い婦が住み込みの一人ずつに作ってくれるもので、大西はそれを恩義に感じて大切にしていたのである。あるいは美少年の大西は、ひそかに贔屓《ひいき》されていたのかもしれない。

そのときも相手を打ちのめし、相手が謝ったところで仲間が止めたが、「政寛いうんは、なかなかの根性もんよのう。ありゃあ、ええカシメ師になろうぞ」と兄貴分の「ボーシン」が言って、仲間も認めつつあったときの事件だったのだ。

「肥後守」のあとでは、エアハンマーも使った。それもやはり現場でのことだった。仕事の段取りをめぐってアナ屋が「ボーシン」へ横柄な口をきいたのである。

そのときも咄嗟に大西は、「利いた口ぬかすな」と短く言ったあと、「ボーシン」の持っていたエアハンマーをひったくると、いきなりぶっ放したのだ。地上だったから軽傷で済んだが、梁上だったら落下して大事故につながったかもしれない。

十五歳の、それも一見して優男《やさおとこ》のどこにそんな向こうみずな気力があるのかと、向井組では次第に大西に一目を置くようになっていって当然だった。

それがはっきり認識されたのは、昭和十四年、大西政寛が十六歳の夏のときである。

その日、大西は広近くの仕事帰りで、一人で広の中央食堂に入ってビールを飲んでいた。向井組に入って二年、仕事も遊びもすっかり一人前になり、時にはこういう息抜きも覚えていたのだろう。

しかし当時は、中国での戦勝は赫々《かくかく》と伝えられていても、五月にノモンハン事件が起き、七月の日英東京会談は決裂が予想され、国民徴用令が実施されるなど、世相は一気に軍事一色に染まっていった頃だった。

近くの席にいた海軍の水兵が、ガタンと椅子を蹴って立ち上がり、すごい剣幕で大西へ詰め寄ってきた。

「貴様、銃後の守りが叫ばれているとき、子供のくせに酒を飲んでいるとは何事か」

相手は海軍軍人、しかも潮灼《しおや》けした肌が引き締まった鋼鉄のような男だった。

「なんじゃい」

大西は一瞬だけ怯《ひる》んだようにみえたが、睨み返したその眉間はすでに縦に立っていた。そうして素早く身を翻して外に出る。店の人は少年が威圧されて逃げ出したように思ったらしいが、大西にしてみれば決して逃げたわけではなかった。心奥には「ホド」のコークスのように狂気の火が赤く熾《おこ》って、それはもう鎮めようのないものになっていたのだ。

大西はスタスタと足早に歩き、勝手知った広の町の三軒ほど先の小料理屋の板場へ黙って入って行くと、さっと刺身包丁二本を手に取って、またスタスタと中央食堂へ取って返したのである。

水兵は大西が残して行ったビールを、自分の席へ持ち帰って飲んでいた。大西の眉間の縦じわがさらに深く立った。

大西はすいと横から近寄ると、なにも言わずに水兵の脇腹へ刺身包丁をずぶりと突き刺した。ぎゃっという悲鳴とともに、水兵の鋼鉄の体軀《たいく》が椅子から転げ落ち、鮮血がほとばしった。

大西はそれでも止めようとしなかった。水兵の襟元をつかんで引き起こすと、片方の耳をスパッと斬り落としたのである。

一瞬の出来事だった。そして数瞬後に大西の姿はもう店の近くにもなかった。

この事件が向井信一の耳に入ったのは、かなり後になってからで、噂は小波《さざなみ》のように広がったが、不思議なことに鎮守府にも警察にもまったく動きがなかった。水兵は呉鎮守府管轄下の兵ではなかったか、あるいはなにか秘すべき特別の理由があったのかもしれない。

海軍の街にいながら、大西は海軍が大嫌いだった。それは祖父の時代、せっかく開拓した干潟を工廠建設用地として奪われた怨みを耳にし、それが血肉と化していたのと同時に、自分を威圧するもの、自分の自由を束縛するものに反発するのと同じ理由で、呉の街を我が物顔に闊歩する海軍軍人に不条理を感じ取っていたからではなかったろうか。

その深層心理が、やがて阿賀の土岡博へと結びついてゆく。

モーゼル二号

水兵刺傷事件と前後して、大西政寛は向井組の連中へさらに強烈なインパクトを与えている。

それは、向井組親分の向井信一が喧嘩の仲裁をかって出た席のことだった。その席へ政寛は、呼ばれもしないのに乗り込むのである。

当時の向井組に食客が多かったことはすでに述べたが、喧嘩は仕事帰りに呉へ寄り、何日か遊んでいた神戸のカシメ若衆十人ほどが起こしたものだった。相手は阿賀のカシメの親分、波谷乙一の若い衆である。

カシメ同士の喧嘩は、その連帯感の強さもあってかなり凄絶なものとなる。その喧嘩も最初は二人ずつほどの小さな行き違いだったが、その夜のうちに双方十人ずつが入り乱れての乱闘となった。

警官の登場で一時は散り散りに逃げ分かれても、地元の波谷組側がいずれ襲うのは必至であり、神戸衆もまた逃げるわけにはいかなくて当然だった。

　連絡を受けた向井信一は、すぐ神戸衆に足止めを命じるとともに、かねてから昵懇《じっこん》の波谷乙一と話し合い、神戸衆預りの身として自分が仲裁役になり、翌日の夜に和解の席へ着くことを手際よくまとめた。

　そしてその翌日である。向井信一、波谷乙一、それに双方の代表者たち数名ずつが、料亭の一室でテーブルを挟んで座り、和解の話が淡々と進められ双方が納得し合ったそのときだった。

　どこで耳にしたのか、大西政寛がまるで風のように現れ、向井信一の斜め後ろに素早く座ると、腹巻きから拳銃をすっと取り出して膝の前に置いたのだ。

「マサ、なにしよんない」

　不意の闖入《ちんにゅう》者のうえに、和解の席へハジキ持参だった。一座の驚きと非難の眼でそれと知った向井は叱り飛ばした。

「そげなもん、早くしまわんかい」

　しかし、政寛はキューピー人形のような目を動かすでもなく、涼しげな顔で言った。

「親分が一人じゃ聞いたけん」

向井信一は二の句が継げなかった。

それでもこの席の意味、波谷親方との付き合いから自分の身に少しの危険もないことを説いて拳銃をしまわせたが、向井自身、政寛の無鉄砲さに改めて驚くと同時に、我が身を案じてくれることへの感謝の念もまた抱いたのである。

それは波谷乙一にしても同じことだ。人形のような可愛い顔と、その反対の骨っぽい気性に好意を持ち、聞けば広町の出身ということから声をかけたのである。

「広へ帰るようなときがあったら、阿賀のわしのところへも遊びに寄んない」

その好意のこもった温かい言葉に、政寛が心を開いて当然だった。ヨイヨイの子と石持て追われるように去った小坪、さらに広の母のもとに引き取られてすぐ、教師殴打事件で即日放校の後にカシメ若衆となってからも、「一程」の仲間三人は別にして、なにかといえば喧嘩沙汰の絶えない政寛だった。

「そうさせて貰いますけん」

心のなかで頷いた政寛は、やがて阿賀の波谷組へ顔を出すようになった。

その波谷乙一さんいう人が、波谷守之の伯父さんじゃ。つまりお父さんの波谷吾一さんのお兄さんじゃのう。それぞれカシメや土木工事の請負いをしている仕事師で、堅気じゃあるけんど若い衆かかえとるし、気が荒くて博奕の盛んな阿賀じゃけん、まあ波谷組いうたら両方とも一目も二目も置かれとったんもんじゃ。

それに乙一さんいうたら、仕事を通じてのもんじゃが、当時の広島の親分・渡辺長次郎と兄弟分で、その渡辺さんの実の姉さんが嫁いでいる呉の親分・帯刀田《たいとうだ》俊一とも兄弟分じゃ。カシメの仕事はヤクザと紙一重のところもあるけん、そういう兄弟分も成り立つわけよのう。

ほいてその乙一、吾一兄弟の両波谷組で、いざ喧嘩ともなれば陣頭にたつのが吾一さんで、その息子が波谷守之というわけじゃ。

波谷の守ちゃんはのう、わしら歳はなんぼも上じゃいうても、若い頃からそう呼んどるからここでもそうするけんど、守ちゃんは四歳のときにお母さんを亡くしてな、それからは苦労しとるんじゃ。

小学校二年まではお母さんの実家で育ち、五年生になってからは、都会のええ学校行かせるためじゃろうか、京都の親戚へ預けられとるんよ。

なぜこげんなこと言うかちゅうと、お父さんが後妻貰うて守ちゃんを引き取った二年の間、つまり小学校三、四年の頃に守ちゃんは大西にようけ可愛がられとるんじゃ。

大西がのう、そんなことがあったんかい。話し合いの席へハジキ持って乗り込んじゃ、みんなびっくりするよのう。

守ちゃんの話は後でするけん、その拳銃はモーゼル二号やなかったろう思う。ちゅうのも向井さんの息子の信喜さんが、幼心に覚えちょるんよ。こう言うとったのう。

「うちの隣、中本いうとこの土蔵の壁に向けて撃ちよったものな。わしらこまいときでも、こげんとこで撃って警察こんかいな思うたもの。東泉場の盛り場の裏じゃ、バーン音してな。拳銃好きなんじゃね、上からガチャガチャ弾入れて。あの頃まだ拳銃、珍しかったじゃろうに、どこから手に入れたんかいな、訊いたらモーゼル二号じゃと得意そうに言うたのよう覚えとる」

子供心だけに印象深かったんじゃろう。モーゼルいうたらドイツの鉄砲技術者で、近代小銃の父とも称された人じゃ。日本をはじめ世界各国もモーゼル式を採り入れて、当時は花形じゃったものよ。その二号ちゅうんは知らんが、上から弾を入れとったとこみると、オートマティックになる前の型やないか思うわな。

呉の海軍経由じゃろう。大西は稼いだ金で買《こ》うたんやな。ずーっと欲しくて欲しくてたまらんかったんと思うわ。

大西の喧嘩の特徴は、必ず手に武器を持っとることじゃ。幼い頃は石、先生には文鎮、カシメになってからは肥後守やエアハンマー、それに刺身包丁よのう。ほいて武器の最たるもんは拳銃じゃ。欲しくて当然じゃろう。

大西は字が読めん。向井組でも電報打つの頼まれて、恥かいたことがあるそうじゃ。それに父の死の秘密、母の出自のこと。大西自身の思い込みじゃが、その鬱屈をバネに生きちょるようなところがあるよのう。

世の中のすべてに肉体一つで立ち向かわねばならんとき、心強い味方は武器じゃ。無手勝流は、いずれ自分より強いもんに出会うたときに頭下げにゃならん。ずーっと頭下げんで生きるためにはと大西は考えたんじゃろう。いざというときの拠り所となる武器、それも問答無用で相手を殺傷できる拳銃が欲しいと、子供の頃から思うとったに違いないんじゃ。いうなら拳銃は、大西のコンプレックスの代弁者であり友達じゃったんだろう思うな。

そげん友達を得て、大西は嬉しくてたまらんかったんじゃろう。夜は抱いて寝とったかもしれんし、人目がなけりゃ撃ってみたくなっても不思議はないんじゃ。

目に浮かぶじゃろうが。ひと仕事終えた夕暮れどきにのう、いとしい銃身を撫でてからすいと構え、土蔵の壁を標的に定めたら、もう指は引き金に自然に掛かって当然じゃ。

世ん中の不条理すべてに反抗心いっぱいの孤独な魂が、ガーンというその一発の銃声で癒されるのよの。信喜さんが心配するように、警察に聞こえるなんちゅうことは関係ないんじゃ。

ましてその頃の大西は、近くに身寄りは一人もおらん。

兄の隆寛が大阪の回漕問屋へ奉公に行った話はしたよの。それで子離れした母のすずよさんは、昭和十五年、四十歳で石田鶴吉と別れるんじゃ。原因は鶴吉さんの女癖じゃ言われとるけん、もう一つは隆寛のこともあったんじゃないかのう。

隆寛はその離婚話と前後してすずよさんの許へ帰ってきとるんじゃ。奉公先で恋仲になった娘さんが肺病での、隆寛も感染してしまうのよ、薄倖な一家よのう。

肺結核いうたら、戦後のストレプトマイシンで怖い病じゃなくなったけん、当時は養生第一の死に病《びょう》じゃ。まして隆寛はずっと級長で通したように勉強もできたし、学問に対する憧れもあったから、苦学するつもりで勉強は続けとったんじゃろうな。

すずよさんに聞いた人によると、早稲田の夜間部の免状持っとったいうが、大学行った形跡はないけん、当時の早稲田大学出版部が出していた講義録を取って、その修了証を貰うたんかいの。つまりそれほど勉強に根を詰めとったから、感染も早かったのかもしれんわな。

困ったのはすずよさんじゃ。鶴吉さんとは別れ話が出とるから迷惑かけんで済もうが、今度は女手一つで隆寛の面倒をみなならん。養生第一の肺病は保養地での入院加療が大事なんじゃ。

そこですずよさんは、別府に嫁いだ姉さんを頼ったんじゃろう。別府は温泉が湧いて保養地としても絶好の土地じゃ。すずよさんは、姉さんの伝手《つて》で病院をさがして貰うて隆寛を入院させると、今度は自分の働き口をさがすのよのう。

働き口いうても、入院治療費の捻出となると並じゃないわな。最初は別府の楠遊郭で仲居として働いたそうじゃ。病院の名前も、仲居で働いた店の名前も、すずよさんから聞いた人が知っとるが、それはまあええじゃろう。大事なのはすずよさんのバイタリティなんじゃ。仲居では稼ぎが足らんとなると、二年ほどの間に二回、合わせて八カ月ほど満州の安東いうところへ、転び芸者として渡っておるんじゃよ。女丈夫よのう。

戦前の四十いうたら大年増《おおどしま》じゃ。友達の爺ちゃんも、戦後に博奕つき合うたとき、とても四十五にはみえんかった言うとったけん、若くて色っぽかったんじゃろう。

安東いうんは、大連のある半島が朝鮮半島とつながる付け根にある街で、賑やかなところだったそうじゃ。転び芸者は説明せんでもわかるわいのう。場面によってはと付け加えとくが、横にもなる芸者のことよ。

そうして稼いだ金で、すずよさんは隆寛の面倒をみるんじゃけん、病もよくなるよの。隆寛は一年ほどで退院、別府の旅館で働いていた二歳上の娘と結婚して世帯持つまでに回復するんじゃ。そのほうが入院よりよっぽど安上がりじゃけんね。

大西も母と兄が別府へ行くいうときは、なんぼか援助もしたろう思う。しかしその後の二人のことは風便りやろな。字が読めんけん、手紙出して人に読んで貰うて恥かかせるようなことはせんじゃったろうけんの、二人とも。

大西はだから、天涯孤独いうたら大袈裟になるやもしれんが、それに近い心境で母や兄のことを案じとったろう思うんじゃ。

そこへ波谷乙一さんからの温かみのある言葉じゃった。広の仕事帰りにでも、ちょっと寄ってみたくなろうよのう。ほいて寄れば、乙一さんが「政やん」いうて可愛がってくれよるし、若い衆も拳銃の一件や呉での評判きいとるから一目おいてくれる。手慰みの博奕も楽しいだろうが。

運命の糸ちゅうかいの。そこへたまたま、お父さんの吾一さんの許へ戻った守ちゃんが、後添えのお母さんに反発して伯父さんのところへよく遊びにくるようになるんよのう。どっちがどうずれても、そのあと守ちゃんは京都へ行くんやし、この出会いはないんじゃよ。ほいてそれがなければ、大西の死の直前、波谷守之とのクライマックスも生まれんのじゃ。人生は不思議よのう。

ともかく守ちゃんによれば、守ちゃんが博奕の小さな花引いとると、大西も加わって遊んでくれたりするようになってからは、「守之、守之」いうて顔みると小遣いくれたりして、本当に可愛がってくれたそうじゃ。

尋常小学校四年生にして、血筋いうんやろな、すでに男の片鱗を守ちゃんがみせ、大西もまたそれを看破したというべきやろうか。大西が波谷守之を実の弟のように思い、波谷も大西を実の兄貴のように慕う関係じゃったろう思う。六歳違いいうたらそうなるよの。怒らせたら怖いちゅう話は聞いとったろうが、守ちゃんにだけはいつも優しかったそうじゃ。

一方で阿賀に顔を出すようになった大西は、当然のことながら土岡組の正三、博の兄弟と知り合うことになろうが。阿賀は狭い町やし、小博奕を打つ機会も多いけんの。もっとも土岡組いうても、戦前は博徒じゃありゃせん。父の土岡正一いう人が広島ガスの下請けでつくった会社で、土岡博が長になって博徒の土岡組をつくるのは戦後じゃ。

つまり当時は土岡博いうても田舎の一若い衆にしかすぎんわけよ。

それでも大正六年生まれの博さんは、守ちゃんとひと回り、大西と六つ違いで当時二十代半ばじゃ。家の仕事を手伝いながらも遊んどったんじゃろうね。呉の博奕場でも少しずつ顔が売れていったいうからのう。

「将軍さん」いわれた実兄の正三さんは、友達の爺ちゃんらも顔馴染みだったいうけん、そうなって当然じゃろう。

大西との縁では、後年になって守ちゃんが言うとったが、こんなことがあったそうじゃ。

当時の広の徴用寮みたいなとこへ全国から若い人が来ていて、それらと大西が喧嘩になったそうよの。そのとき先頭に立ったのが将軍さんで、「政、行こう」いうて博さんと同級の折《おり》見《み》誠三らと殴り込みに行ったそうじゃ。

ま、相手が退いて話し合いがついたらしいが、それで大西は、折見、土岡正三の舎弟であり、土岡博の舎弟となるわけよ、当人同士が約束してからにの。

それが大西と土岡組との最初の縁じゃろう。ほいて大西が土岡博に惚れて無理はない。博さんいうたら頭領の器いうんかいのう、太っ腹で気性は真っすぐ、俠気もあったけん、当時からそれらが発散しつつあったんじゃろう。

その頃にこんな話もある。さっき言うた呉の親分、帯刀田俊一、それと同格で島本松太郎いう親分が呉におっての、その親分が人を使って阿賀の海生《かいお》逸一《いついち》に喧嘩を仕掛けたとき、それを止めに行ったんが土岡博なんじゃや。島本のお爺さんが、父の正一の仕事上の兄貴分じゃったいうこともあったけん、もう立派な一人前よのう。大西が惚れて当然じゃ。

友達の爺ちゃんがこんな話もしとったわ。東泉場《とうせんば》での博奕が揉めたときじゃったそうよの。爺ちゃんは当時、前に話した呉の古い博徒での、向井信一の兄弟分の久保健一の常盆をみとったんよ。というて正式の若い者《もん》じゃなく、まあ腕を見込まれて頼まれとったんやな。テラの三割貰うとったいうけん、腕もわかろう。

その関係で東泉場の博奕にも顔を出しちょったんじゃろうね。そこへ土岡の博さんもきていて揉めたあと、大西政寛が爺ちゃんや爺ちゃんらの仲間を狙うとるいう噂が耳に入ったそうじゃ。中通りはそげん噂の流れたり、耳に入るところでもあるけんね。大西いうたらあのソフトに雪駄、大島のお召しに総絞りの帯いうお洒落で可愛い顔した子かい思うとったら、その大西と中通りでばったり出会うたそうじゃ。するとと大西は爺ちゃんの博奕の腕に一目置いとったんかいな、「土岡博いうんはわしの兄貴分じゃけん、あれ、大事にしてくれいよ、いずれ兵隊に取られるんじゃけん」

そう言うと、すいと体《たい》かわしたそうじゃ。爺ちゃんはそれで、正三さんと一緒に、博さんと大西政寛を知ることになったいうな。

大西政寛が土岡博を兄貴分と仰いだのは、単に喧嘩や博奕の関係からだけではなかった。その筋の通った反骨精神に強く惹《ひ》かれるものがあったからだと思われる。

話は多少なりとも前後するが、時代は太平洋戦争へ向かって進み、軍事色はますます濃くなっていった。国民精神総動員という戦時体制の締め付けは、すぐ国家総動員法の成立となり、あらゆる経済部門に国家統制を加えたばかりか、それは国民の徴用、言論の統制にまで及んでいくのである。

そういうなかで、昭和十五年には「日独伊三国軍事同盟条約」も結ばれた。ヨーロッパの戦雲が、やがて日米開戦へと向かいつつあるのは明白だった。高度国防国家体制の政治的中心組織である「大政翼賛会」も創立される。総裁は首相が兼ね、中央本部から各県市町村に支部が置かれ、国民統制はさらに組織だてられていった。

大西政寛はそういう世相を肌で感じ、少なからず鬱屈していた。呉の街を闊歩する海軍軍人はますます我が物顔に見え、大西の心はさらに頑なになっていった。

それが小爆発する事件が起こる。

向井信一が久保健一親分の花会に政寛を連れて出向いたときであった。拳銃の一件以来というもの、向井組のなかで大西を見る目がさらに重くなり、向井信一としても、自分を思ってくれる政寛はやはり可愛いから、外出のときにはよく連れて歩くようになっていたのだ。

そのときも、「政、久保さんの花会じゃ」と気軽に連れ出したつもりだった。

ところが会場へ着いて大西の態度が一変した。鴨居から下にかけて貼り出してある祝儀のビラのなかから、「向井組・向井信一」のビラを形で探し当てると、向井信一に確認したうえで、いきなり久保健一に嚙みついたのである。

「あげんに下のほうじゃあ向井組も安く踏まれたもんじゃ。これじゃ向井は浮かばれんのう。久保さん、始末はどうつけてくれるんない」

慌てたのは向井信一だった。久保とは兄弟分であり、政寛にとって久保は叔父貴分にあたる。文句があっても正面切って言えた筋ではなかった。

「政、なに言いよるんない。わしが言いもせんのに出過ぎた真似はやめるんじゃ」

向井は顔色を変えて政寛を叱責、久保に「兄弟、辛抱してくれいよ」と詫びてから、襟首をつかむようにして表へ連れ出してやっとその場はおさめ、大西もまた向井には刃向かえず、夜道を一人で東泉場へ帰り、事は片付いたかにみえたが、これには隠された真相と後日談があった。

古老の話にもあったように、その頃から大西は久保の身内とみると誰彼のみさかいなく喧嘩を吹っかけ回っていて、それが向井の耳に入ってくるのである。

向井としても事の真因を調べざるを得ない。そうして行き当たったのが、政寛の阿賀への接近だった。土岡博らとよくパッチンをしている政寛をみかけたという話が、配下の者からもたらされてきた。

向井は敏感にそのあたりを察し取った。

その頃、大政翼賛会などの影響もあって、呉でも「日本協力団」という愛国組織を結成し、任侠道やそれに準ずる組織の大同団結をはかろうという計画がすすめられつつあり、その中心となっていたのが、島本松太郎の引退でその座を譲り受け、呉の博徒では最も人望を集めつつあった久保健一だった。

そして阿賀の土岡博はそういう風潮を嫌い、久保の「日本協力団」に反対の態度を示して波風が立っていたのである。

大西政寛にしてみれば、土岡博の態度に自分と同じ心情をみて肩入れして当然だった。だから自分の態度を表すと同時に、久保健一に嚙みつき、その身内に盾突くことで鬱屈を晴らしていたのだ。

それは反体制とか左翼とか呼ばれる思想的なものではなかった。いうなれば反骨であり、すべて世論の言いなりになることに胡散臭《うさんくさ》さを感じ、その底流にある軍国主義への反発もあっての抵抗だったと思われる。

しかし、それこそ個人としての潔い正義感であり、大西の反骨精神は土岡博の爽やかな正義感に同調して、ますます親近感を強めていったのだった。

昭和十六（一九四一）年十二月八日に、日本の真珠湾奇襲で勃発した太平洋戦争は日増しに激しさを増していたが、政寛の阿賀通いは止まらなかった。

向井信一はある日、政寛を呼んで土岡組との関係を訊いたあと、最後に短く問うた。

「仕事を選ぶか、男を選ぶか、どっちにしよるんない」

するとと大西政寛はひと呼吸してから、

「土岡の盃を貰いますけん」

こちらははっきりと、これも短く答えたのである。

この場合の「盃」とは博徒のそれではなく、兄貴分の土岡博を信頼しての仕事変えを意味していよう。

向井信喜によれば、政寛は自分の徴兵が決まってから半年ほど遊んでいたというが、これはカシメの足を洗って土岡博の舎弟となった政寛が、暇をみて向井組に遊びに来ていた時期を指すものと思われる。

昭和十八年、二十歳になった大西政寛は広島第五師団に入隊した。

昭和十九年、土岡博が帯刀田俊一の口ききで広島きっての侠客・渡辺長次郎の舎弟となってのち、召集令状によって出征。

昭和二十年三月、大西政寛と入れ違いに京都から帰京していた波谷守之が、阿賀の尋常小学校高等科を修了、波谷乙一の口添えで渡辺長次郎の盃を受けて若中となる。

この頃、美能幸三は海軍航空隊の隊員として南方戦線にあった。

空襲が激化し、広島の廃墟、呉の戦後は五カ月後に迫っていた。

斬る

昭和二十（一九四五）年八月十五日、日本の敗戦と同時に軍港都市として栄えてきた呉市は、全員総失業者の街と化した。それはむしろ総アウトローの、と言いかえたほうが適切かもしれない。

銘酒や万年筆などの地場産業もなくはなかったが、全体からみれば微々たるものであり、すべてはなんらかの形で海軍の軍需産業と関連していたのが呉市だったのだ。

人口も激減した。

明治三十五（一九〇二）年の市制施行当時の人口十万人が、十年後の大正元年に十一万七千人になり、はじめて国勢調査が行われた大正九年十月一日では十三万人。

それが軍港都市として賑わい、太平洋戦争がはじまる昭和十六（一九四一）年で三十万人、昭和十八年で四十万人を突破した。これには海軍軍人、軍属、海軍工廠の臨時徴工は含まれていないから、実際にはさらに多くの人たちが呉市に溢れていたことになろう。

それが敗戦による軍港都市の消滅、つまり働き口を失ったことで、昭和二十五年の国勢調査では十八万七千人と半分以下になったのだ。敗戦時は十五万人といわれる。

しかも二十年七月二日、呉市は二回目の空襲で市街地は灰燼《かいじん》に帰していた。呉駅は面影もとどめず、見渡す限りの焼野原には、市議会議事堂や商工会議所などの折れ曲がった鉄骨が無残な姿を晒しているのみだった。

その軍港都市の惨状は、戦艦大和を建造した大ドックや造兵廠のあった昭和町の南端、音《おん》戸《ど》の瀬戸の高台に登るとよりはっきりと見渡せたろう。眼下の昭和町は破壊しつくされ、遠くみる呉市街も道路のみである。

そうして眼を海にめぐらせば、燃料不足で停泊していた数々の軍艦が、空からの攻撃で大破され、転覆したり、座して死を待つ姿がみられたはずだった。

呉港には四万トン級の戦艦・榛名、一万トン級の重巡洋艦・青葉。音戸の東端・大浦崎から情島にかけては空母・阿蘇、戦艦・日向。そしてこれも壊滅した広町の工廠のはるか沖には空母・天城、戦艦・伊勢。さらに江田島の古鷹山にさえぎられて見えないが、大須沖には軽巡洋艦・大淀、利根。

そのほか、小さな海軍用の船舶を加えると、それはまさに海の墓場といえた。

一方で敗戦九日前の八月六日、二十数キロしか離れていない広島市上空に現れたキノコ雲による爆風は、焼け残った市街地外の呉の民家の窓ガラスを震わせていた。特殊爆弾で広島は一瞬にして廃墟になったと伝えられ、惨状は日々呉にも伝わってきた。

海の墓場、焼野原の市街地、そして隣市広島は陸の墓場。そういうなかで迎えた呉の戦後は、誇張がすぎるといわれるかもしれないが、全市総失業という異常事態のなかではじまったのである。

いかにして食うか、食いつなげるかは誰もが真っ先に考えたことだった。呆然自失していてはその日が生きられない。

食糧事情の逼迫《ひっぱく》は日本中の都市部すべての大問題だった。呉市も例外ではなかったが、呉の場合は働き口は失っても軍港都市としての財産があった。

呉市一帯に眠っている軍の隠退蔵物資がそれだった。おびただしい量の米、砂糖、乾パン、食用油などの食品。さらに軍服、下着などの衣料。金鵄《きんし》、誉《ほまれ》、光《ひかり》などの煙草も豊富だった。

あらゆる人たちがそれに群がっていった。盗む者がいれば、それを狙う詐欺、強奪が現れて当然であり、それらが闇市に出回れば、金がある者は買い、ない者は盗んだ。

広島の原爆、呉の海軍墓場をその眼で見た人たちは刹那的に生きていた。戦争という非情な生命強奪場面はもうないと頭では理解していても、今日を生きられれば明日は明日という気分は抜け切らなかった。まして働いて日々の糧を得ようにも職はないのだ。

呉市は精神的にいえば総失業者の街から総アウトローの街へと化したのだった。

そういう巷《ちまた》へ、原爆で親分・渡辺長次郎を失った波谷守之は帰った。渡辺義勇報国隊で勤労奉仕に出ていて、廿日市《はつかいち》駅で爆発は知ったものの難は逃れたのだった。

戦地へ行かなかった土岡博も秋頃になって阿賀へ復員してくる。

そうして十一月十八日には、まだ二人とは顔も知らぬ美能幸三が南方戦線から復員してきた。広島出身者は、特殊爆弾による被害が大きいといわれ、最優先されて船での帰国だった。

十二月、土岡博が親分となってはじめて博徒の土岡組が結成され、波谷守之が土岡組の若中となった。

それから三カ月余、翌二十一年三月になって大西政寛が中国から復員してくる。

その十二月の土岡組の盆開きに、友達の爺ちゃんが行っとるんじゃ。形ばかりの事務所でものう、二階じゃ盛大な花会ができたらしいわ。なにしろ渡辺長次郎親分は亡くなっていたけん、その名前は広島じゃ鳴り響いておったから、広島県の博徒の主だった人、ほいで大阪、神戸からも来とったいうな。

花会は二日も三日も続いたそうじゃ。それがつまり、世間に対して土岡組結成のお披露目いうわけじゃけんね。隠退蔵物資をめぐる面白い話は、後でまとめて教えてあげるけんど、呉はそのお陰で金回りはよかろうが。欺して取ったり盗んだりしてきたロハ同然のもんが、貴重品で高くとも飛ぶように売れるんじゃ。そこへもってきて職がないから、暇だけはようけある。博奕がさかんな土地柄じゃったけん、輪かけて盛んになるわな。そんな風潮のなかで生まれたんが、博徒の土岡組というわけじゃ。

長兄の土岡吉雄さんが父の正一さんの跡を継いで事業をやり、次兄の将軍さん、つまり正三さんやな、それに折見誠三らが舎弟分に回って、親分肌の土岡博を立て、事業の土岡組と博徒の土岡組にわかれたわけよ、のう。

ほいて大西政寛の復員じゃ。戦前の広での臨時徴工らとの喧嘩で、将軍さん、折見誠三、大西の三人が兄弟分の約束したいう話はしとるよのう。じゃけん、そこへ大西が加わることになるんじゃよ。三人は土岡博の舎弟。若中が守ちゃんたちよの。

そうじゃ、その前に大西の復員の話じゃ。大西は門司《もじ》駅で復員列車が停車しとるときに、母のすずよさんとばったり逢うんじゃよ。復員の話には岸壁の母なんぞいうドラマがようけあるが、大西母子のも悲喜こもごものドラマよのう。

それいうのも、すずよさんはその日、別府の病院へ隆寛の薬を貰いに来ての帰りじゃったんじゃ。おう、そうよ、前に隆寛が入院しとった病院よ。じゃけんどすずよさんが貰いに来とったのは、肺病の薬なんぞじゃない。
なんの因果かの、隆寛はその頃に副睾丸炎《こうがん》に罹《かか》って、鎮痛剤にモルヒネを使ったことから
やみつきになっておったんじゃ。戦争が激しくなって、別府で結婚していた年上の妻と広へ
戻っておったけん、それが戦後になって離婚しての、またすずよさんが面倒みることになっ
たんじゃよ。
すずよさんも、どげん思うとったんかいの。モルヒネいうたら、死んだ夫の万之助で懲り
とるはずじゃろうが。
小坪の海軍御用雑貨商「よろずや」を出んならんかったんも、そのあと傾いて潰れたんも、
みんなモルヒネのせいじゃろうが、のう。親の因果が子に報いなんぞいうが、運命思うて甘
受しとったんかいな。万之助が死んで二十年、運命は苛酷じゃけんど、すずよさんも息子の
中毒症状に夫を重ねて、見ていられんかったんじゃろう思う。
副睾丸炎いうたら結核性リンパ腺炎からなることもあるけん、隆寛の場合はそれやったん
じゃなかろうか。陰のうを冷やしたりして大変なんじゃが、痛みも激しいというけん、どう
しても鎮痛剤が必要で、抗生物質のない当時はモルヒネに頼るしかなかったんじゃろうの。
ほいて頼れば中毒は親の血と思うても、我が子の苦しみをなんとかしてやりたいのも母の情
じゃ。弱さいうたらそれまでじゃけんど、責められん話よの。それが隆寛の運命かもしれん

から、のう。

　ともかくすずよさんは、別府の病院でやっとモルヒネを手にして門司駅へ来た。その頃には呉の復員局から政寛の帰還が報《し》らされておったかもしれん。またそうでなくとも、復員列車をみればどこぞに政寛がおらんかと探すのが母親じゃろうが。

　それまでも、すずよさんはそうやって寿司詰めの車内を見渡しておったろう思う。

　ところがその日はおったんじゃ。二十二、三いうてもキューピー人形の面影そのままの政寛が、戦闘帽かぶって、くたびれた軍服着てのう。

「政寛、まあちゃんじゃろう！」

　すずよさんが駆け寄ると、大西は暗い表情をぱっと輝かせて、それでも照れながら言うたそうじゃ。

「大西政寛、ただいま帰りました」

　周囲の復員兵に気がねしとったんかいの。すずよさんは泣きながらその復員列車に乗り、呉まで一緒に戻ったいうとったな。

　車中、いろいろな思いがこみあげて、喋ろうとすると、大西は母親の背を撫でて言うた。

「お母ちゃん、なんも言わんでええ。戻ったらようけ聞くけん」

　そういう男なんじゃ、大西はのう。心ばかりの乾パンがうまかったとも言うとった。なんも言わんでも、心は通い合うんじゃ。

ほいて広へ戻った大西を待っとったんは、すずよ、隆寛の家族とともに土岡組の一統よのう。なかでも守ちゃんは、昭和十六年に京都へ行っとるけん、五年ぶりじゃな。

大西は軍服姿のまま阿賀へ来て、守ちゃんをみるとキューピー人形の眼をさらにまん丸にしたいうわ。

「おう、お前、守之か。ええ若いもんになったのう」

ほんま、嬉しそうだったそうじゃ。

「なに言うんや兄やん」

十六歳でいっぱし大人の仲間入りしとった守ちゃんは照れたろうけん、大西は弟のように可愛がっていた波谷守之が、土岡組の若衆として骨っぽい男に育っていたことをなにより喜んだろう思う。

親分の土岡博は、大西復員の報らせとともに、政が帰ってくるけんいうて、広町のカスリ事の件をすべて話つけとったそうじゃ。映画館なんかの包み金もそうやろうし、大きいのは賭場のテラ銭じゃ。

なに、広の商店街を歩いて道場があったところを見てきたんか。ほうかいの。そうじゃ、広栄座いうたかな、芝居小屋いう感じの映画館があって、その裏に道場ができたんじゃよ。

いまはパチンコ屋？　戦後五十余年やからのう、時代じゃ。

そういや、大西が復員してきた二十一年三月は新円切り替えのあったときよ。インフレ対策で預貯金なんぞがすべて封鎖され、流通している紙幣は三月六日やったかで廃止されての う、七日からは拾円札の新円になったんじゃ。給料なんかも五百円までが新円払いで、あとは預金で封鎖されたんじゃないか。その新札のデザインが「米国」と読めるいうて話題になったもんよ。

それにこの三月、呉じゃ山村辰雄がバラック建ての事務所に山村組の看板をあげた。進駐軍の材木運搬なんぞが最初いうとったな。金をつかんで組らしくなるのは、この年の暮れから翌年にかけてじゃ。

大西も売り出して行くのう。

大西政寛の名が、悪魔のキューピーとして阿賀、広から呉一帯に広まるのは、この年の八月十四日の盆踊りの晩の喧嘩によってだが、その前に大西の戦争体験に触れておかなければならない。

大西は足掛け四年の兵役にもかかわらず、二等兵のまま一等兵にもならずに帰国していて、しかも中国大陸での戦場体験については、ほとんど口を閉ざしたままだった。

しかし、すずよには気が向いたとき、ふと辛い体験を洩らすことがあった。

「お母ちゃんのう、戦争いうたらまったく哀れなもんじゃ。行軍の最中にひと足でも部隊から遅れたら、もう敵に捕まるか、はぐれて野垂れ死にするだけじゃけん」

ぽつりと独り言のように語るそれへ、すずよが説明を求めると、政寛は暗い眼になって言った。

「軍隊じゃのう、小便一丁、糞八丁いうて、用足ししとるとそれだけ遅れるんじゃ。ほいじゃけん、ピーピーでも道端にしゃがんだらしまいじゃけんの、ズボンの尻あけっ放しで、垂れ流しで歩くんじゃ」

ほかにもすずよが記憶していて、知人に語った大西の戦争体験はもっと悲惨である。

たとえば垂れ流しに関するものでも、敵が毒を入れたり埋めたりして井戸を使用できなくしていくため、兵隊たちは豚の小便をガーゼで漉《こ》して飲むようなことまでしたから、これは黴菌《ばいきん》を飲むのと同じようなものとなる。

そのうえでの徹夜行軍が続く。体力が弱まれば下痢はさらに心身の衰弱を招くのだ。

だからといって馬に乗せていいものでもない。殴り続けてでも自力で歩くという精神状態に置かないと、安心した途端に死ぬ場合が少なくないからである。

そうして死んだからといって、手厚く葬ってやるわけにもいかない。日本軍の通った跡がわかれば追跡され、それは場合によって部隊の全滅を招くのだ。埋めることも置いていくこともできず、死者は棒にくくりつけられ、元気のある者が担いで行きながら、深い山中の藪や谷間をみつけては、合掌一つで放り込むしかないのである。

政寛は説明してから、すずよに言った。

「普段はのう、戦友じゃ兄弟じゃいうて騒いどっても、そうなったら石コロじゃけん。石ロがゴロゴロ、ゴロゴロ、行軍しとるようなもんじゃ」

おそらく進軍と敗走とを一緒にして、軍隊の苛酷さを大西なりにすずよへ説明したのだろうが、その中国大陸での戦争体験は思い出すだに嫌なことの連続だったのだろう。

まして軍国主義の底流を嫌悪したうえ、自分を威圧したり、自分の自由を束縛するものへ反発し続けた大西にとって、軍隊生活は窮屈極まりなかったものと思われる。

これはまったくの想像でしかないが、大西は広島第五師団入隊後、術科部隊を音戸の先の倉橋島・倉橋で過ごしたあと、中国戦線へ渡ったあたりの早い時期に、なんらかの形で問題を起こしていたのではないだろうか。

規律違反、命令違反、上官殴打などかどうかはわからない。ともかく軍法会議、重営倉といったものではなくても、なんらかの処罰対象になる行為を起こしていたことは十分に考えられるのだ。

あるいは嫌悪感を土台にして、読み書きができないせいの非協調性だろうか。

そうでなければ足掛け四年も戦場にいて、一等兵にすらなれなかったとは考えられない。遅くても兵役一年で一等兵になるのが、この時期では普通だったのだ。

そうしてすずよに語った言葉である。石コロがゴロゴロ、ゴロゴロ、行軍しとるようなもんじゃ、とはなんという虚無的な客観性だろう。そこには、処罰対象になる違反行為を行いながら処罰されなかったものの、あるいは非協調性と不良性ゆえに進級をストップされてしまった一兵卒のシニカルな眼が感じられるのだ。

もし大西が少年の頃のように絵を描いたとしたら、その行軍の絵は少年時代とは逆に、冷暗色を基調に鉄兜をかぶった石たちが、白骨の荒野を行くアブストラクト風なものになったと思われる。少なくとも大西の心象風景にはそう映っていたのではないだろうか。

戦後の大西に戦友と称する人との交際が皆無だったということも、取材では処罰についての確認をするまでにいたらなかっただけに、そういう想像を逞しくさせるのである。

さらに大西には一時期、大陸で捕虜の首をいくつも斬ったという噂が立っている。

戦後すぐの頃は、闇市でカストリを呑みながら、あるいは復員兵同士の茶飲み話にでも戦争体験はよく語られたものだった。そんなときに、寡黙な大西がひと言、ぼつりとそういうニュアンスの言葉を洩らしたことから噂になったのか、また悪魔のキューピーと怖《おそ》れられたゆえの噂なのかはわからない。

　しかし、そのことを大西に尋ねてみた人がいて、大西の答えだけは伝わっている。大西は顔色ひとつ変えずに呟《つぶや》くように言ったのだ。

「首を斬らされるもんは、斬られるもんより根性がいるけんのう」

　体験談や書かれたものを読むと、捕虜が捕まって明日あたり処刑がありそうだという夜、兵士たちは晩飯も満足に咽喉を通らなくなるという。首斬り役を命じられるのではないかという不安からで、気の弱い者は考えただけで嘔吐するのだそうだ。

　大西の言葉にはそういう意味も含まれているのだろうが、そこにはまた、嫌な役だけは引き受けざるを得ない大西の疎外された立場も浮かび上がってくる。

　戦場灼けしているとはいえ、二十歳を超えてまだキューピー人形のような童顔をしている一兵卒が、自分をも石ころに見立てざるを得ない虚無を心に秘め、一刀のもとに敵の首を斬り捨てる姿は想像するだに凄まじい。

　そうしてその姿は、復員後半年を経ずして再現されることになるのだ。

　八月十四日いうたら、戦後まる一年よのう。阿賀や広で戦後はじめての盆踊りが開かれた日なんじゃ。そんとき大西が二人の男の腕を斬り落とすんじゃけん、それにはちょっと説明がいろうの。

阿賀には将軍さんらと同年輩の男で桑原秀夫という男がおった。当時で三十四歳くらいになろうかの。二十歳頃から土建請負業をはじめ、いうたら桑原組いう形で戦後は土岡組へ入れて貰えん若いもんがごろごろしとったんじゃ。博徒の土岡組から言わせりゃ愚連隊やな。

その連中が、数は土岡組より多いけん、陰でごちゃごちゃ言うよのう。

「岡土《おかっち》がどしたんない、いつでも相手になるど」

そげん声は土岡組へ入るわな。正面切ってもの言う力はないから、最初は土岡組も相手にせんかったんじゃが、そうすると段々と図に乗ってこようぞ。親分の土岡博はそれでも耳を素通りさせとったらしいけん、将軍さんや大西、折見誠三らがいきり立ったんじゃ。桑原が若いもんをけしかけとるいう噂も耳に入ったんじゃろうな。

少しはとっちめんといかんと言うておったのが、その日、大谷川の河口に近い延崎《のぶさき》の土岡組の二階へ集まったときは、もう「桑原は殺《や》らないけん」となったそうじゃ。

大将は将軍さんじゃったろう。邪魔立てするガキどもは、腕一本ぐらいで堪忍したれぃよ、いうことになったのが夜のことじゃったそうよの。

そのあとのことは守ちゃんに聞いたことがある。十七歳の波谷守之は、「桑原を殺る」と耳にしたとき、もう道具《ハジキ》を懐に入れて土岡の家を出ていたそうじゃ。喧嘩となったら、誰に言われんでもそれぞれが先頭に立つのが阿賀者の気質で、土岡組いうたらその象徴みたいなもんよ。

なかでも波谷守之は、生きておりさえすれば必ず男になるといわれ、土岡組のホープじゃったんじゃ。行動は迅速よのう。

でも、その夜の守ちゃんは主役じゃない。大谷川に沿うて七、八百メートルほど歩き、阿賀小学校の上の桑原秀夫の家へ行くんじゃやけん、家には半年ほどあとに守ちゃんの若い者になる番野正博がおって、

「秀やん、いるかいのう」

守ちゃんがそう言いながら地下足袋のまま二階へ上がっていこうとすると、やっと気づいた正博が答えるんじゃ。

「親父さんはおらん、広へ行った」

ほいで引き下がる守ちゃんじゃなかろう。道具を押さえながら二階へ上がって行くと、本当に桑原は留守で、奥さんが病気で寝ておったそうな。ちょっぴりこそばゆい感じで引き揚げた守ちゃんは、そのまま夜道を広へ歩くんじゃ。

広なら小原馨んとこ、と守ちゃんは思うたんやな。小原は当時で二十一、二歳、桑原の舎弟分と理解しちょったらええじゃろう。桑原のところに集まる若いもんの兄貴格じゃきに、

そこへ狙いをつけてすたすたと歩いていくんじゃ。じゃけん、小原の家へつくと真っ暗で、戸を叩いても誰も出てこん。守ちゃんはそれで、もしかしたら阿賀の盆踊りにでも行っとるんやないか思うたんやろな。小原の家まで二キロほどの道を、また引き返すんじゃ。

ほいで安芸阿賀駅近くの芸南病院のところへ来て、小原の同級生に会うたんで小原の居場所を尋ねていると、そこへ土岡組の亀井義治が背中を斬られたいうてくるわけやな。

守ちゃんには、なにがなんだかわからんかったそうじゃ。

しかしその頃にはもう喧嘩は済んどって、結果的には機先を制して一人で飛び出した守ちゃんを追った土岡組の面々が「岡土ならいつでも相手になるど」と言うとった愚連隊の大口を封じた展開になっとったわけよのう。

その八月十四日の夜、波谷守之の姿がないことに気づいた大西らは、土岡正三を中心に後を追った。信長の単騎駆けを想像させるが、喧嘩とはそういうものだろう。折見、谷口、亀井らも続き、五人は波谷守之が行ったに違いない桑原の家へ急ぐ。

「守之一人を行かしちゃいかんど」

誰の胸にもその思いがあった。

だが、桑原の家に着くと波谷が来て、留守と知って広へ向かったと知らされた。

そこで道を広へ取り、小原の家へ向かわずに広の盆踊り会場を目指したのは、桑原とは同年代の正三の勘だったろうか。しかも広へ入ってそれとなく訊くと、桑原が小原らと会場にいるとわかったのだ。

波谷守之が小原の留守宅の戸を叩いて引き返す頃、五人はすでに大西の道場近くから広警察の横を抜け、いまは公園になっている広場の会場へと急いでいたのである。

広場は人出で賑わっていた。娯楽のない時代であり、裸電球の下でも久しぶりの盆踊り大会とあって、人々は太鼓の音に痺れ、解放感に酔って踊り、平和にそぞろ歩いているようであった。

五人が会場に姿を現したとき、桑原方の一人が目ざとく見つけ、そのことを報告に走った。大西が日本刀を隠し持っていることくらいはわかる。報告を受けた桑原は、口々に「ヤバいど、道具持っちょる。今夜のところはひとまず逃げい」と小声で囁《ささや》き合って四方に散った。

残ったのは根性者の小原馨のみである。土岡の家から五十メートルと離れていないところで育った小原は、大西より一、二歳下で、これまた典型的な阿賀者だったから、卑怯《ひきょう》な真似はできなかったのだ。

五人はすぐ小原をみつけて広場の隅の暗がりへと連れていった。

「桑原はどこにおるんない」

「知らん」

「最近ごちゃごちゃうるさいんじゃ。馨も言うとるくちじゃろう。桑原なら殺《や》るところじゃけん、お前なら腕一本でええわい。馨、覚悟せい」

正三の言葉に、折見誠三が小原の左腕をねじ上げるように抱えたそのときだった。

「馨、許せい」

鋭く言った大西が、いきなり日本刀の鞘を払うと、真っ向から肩口へ向かってズバッと斬り下げていた。

血しぶきを中心に、支えを失った小原が左へよろけ、主を失った小原の左腕を抱えた折見が右へとたたらを踏んだ。それほど瞬時のことだった。ウオッと叫んだ小原が、右手で傷口をかばうように崩れ落ちた。

その声を聞いて駆けつけてきたのが、小原の兄弟分の磯本隆行だった。小原一人だけが残ったと耳にし、心配して捜していたところだったのだ。

「おう、ええところへ来たなあ。小原一人じゃなんじゃ、お前も一蓮托生じゃろう、往生せい」

磯本もまた根性者で、大西が日頃から好感を持っていた男だった。しかし、すでにそのと

き大西の眉間は縦に立っていた。正三の言葉に覚悟した磯本の右腕を折見が抱えると同時に、

「許せい」

まるで掛け声のように言い放った大西は、小原の血糊を振り切るように白刃を降りおろし、再び肩口近くからスパッと斬り下げたのだった。磯本もまた崩れ落ちた。

大西政寛は無言のまま、刀の血糊《ちのり》も拭《ぬぐ》わず鞘に収めると、土岡正三が亀井と谷口へ怪我人二人を病院へ運ぶ指示をしているのを聞くでもなく、すいと背をみせて現場を離れて行った。

捕虜の首を斬ったときと、それは同じ態度だったかもしれない。

だから、リヤカーを借りてきた亀井義治が、これまた心配してやってきた小原の舎弟分・小早川守に背中を斬られたのを大西が知るのは翌朝のことで、波谷守之も亀井が芸南病院へ来たのは知っていても、小原が左腕、磯本が右腕を肩口近くから斬り落とされたのを知るのは翌日のことになるのである。

それにしても凄まじい大西の胆力だった。生身の人間の腕一本、それも一人ならず二人とも斬り落としてしまうのである。戦場の狂気を引きずっていたといえば簡単だが、そこにはやはり大西個人の血と、人格形成過程のなかに原因は求められるべきだろう。父と兄のモルヒネ中毒にみるように、大西の狂気の血は悪魔的方向に育っていて、それは石コロ的戦争体験でさらに虚無性を加えていたのではなかろうか。

ともかく後年、左腕がないため隻腕《せきわん》の親分と呼ばれるようになる小原馨との禍根は残ったが、当面の問題はこれで片がついて、大西政寛はひそかに悪魔のキューピーと呼ばれるようになり、その力は土岡組が阿賀から呉へ伸びる原動力となっていく。

呉　進出

当時の呉いうたら、どこの街でも同じように賑わったのは闇市での。そりゃようけ人が集まってごった返しとったもんじゃ。

売っとるもんは、これまたどこの闇市でも同じじゃろ。ま、金さえ出しゃあ、ないいう物がないのが闇市よ。雑炊、カストリから、酒、銀シャリ。軍服、ボロ着からワイシャツ、背広まで、食と衣に関するものはなんでも手に入った。進駐軍が来てからは、高級缶詰なんぞも出回ったように、敗戦直後から昭和二十一年、さらに二十二年と月日がたつにつれて、品物に変化はあったけんど、衣食でないものはなかったもんよのう。

博徒の爺ちゃんなんぞは、バリッとした英国製の洋服着とったし、いろいろルートいうんがあったから闇市には出入りしとらんかったけん、わしらは、なんじゃかんじゃいうて世話になったもんじゃ。

場所は中通りと並行して呉市を貫く本通りの三丁目あたりじゃったな。呉の闇市が広島と違うところは、駅前にできなかったところなんじゃ。駅前に闇市ができたところは、みな荒れとったからのう。

復員兵、引揚者、浮浪児、三国人。帰るにも家がないんじゃけん。腹へれば食い物はあるんじゃけん。汽車から降りてすぐの闇市に集まることになろうの。ほいて皆、その日を食うために殺気だっておる。スリ、カッパライ、ケンカ、なんでもありの無法地帯が出現することになるんじゃ。

取締る警察はあってなきが如し。じゃけん、力のある者が治めることになろうが。なかには悪い奴もおって、地主のおらん土地にマーケットつくっての、権利金とって入れてじゃ、火付けて燃やし、サラ地にしといてまたつくるちゅうこと繰り返して儲けた者もおると聞いた。

どこの闇市でもあったらしいけん、広島も同じじゃったろう。岡組と村上組の「仁義なき戦い」第一次広島抗争いうもんも、最初の芽はそんなところにあったかもしれんの。博徒の岡組が道場をこさえ、つまり賭場よの、テキ屋の村上組と闇市支配の主導権争いが抗争の原因いうのは通説通りでも、最初は混沌のなかでごちゃごちゃやっとったいうんが現実やからな。

もちろん呉の闇市でも、スリ、カッパライ、ケンカはあった。でも救いは、そこに広島みたいに流れもんがようけ入ってこず、支配による対立もなかったことじゃ。これは後でまた触れるけんど、呉の歴史にはとっても大事なことじゃき、よく覚えておいてつかあさいよ。

まあ、爺ちゃんは闇市に行かんかった言うたが、呉の博徒が闇市支配に意欲示さなかったんは、火付けるいうような、そげな発想は持たんかったこともあるけん、ほかに金づるがあったからじゃ。

それが前にちょっと言うた隠退蔵物資よの。面白《おもろ》い話ある言うたろうが。

なにしろ全市が失業者で、いうたらアウトローじゃ。今日を生きるため、刹那的な楽しみのためなら、物も盗むし人だって殺す時代じゃったけん、軍の物資がどこそこにあるいうとすぐ盗りにも行こうが。ほいて盗りに行って、そこに何千円もするミシンが山とあっても、それよか一袋五十円か百円で闇市で売っとる乾パンを我さきに持っていくんじゃ。ちょいと頭をめぐらせば、でかい儲け口はたんとあるんよのう。

米、砂糖、乾パンはともかく、ドラム缶の食用油、軍服、下着なんぞはようけ金になった。島の防空壕にはドラム缶が山ほどあり、それを大阪商人に売って儲けたなんちゅう話は掃いて捨てるほどあったんじゃよ。

じゃけん賭場によっちゃあ、十八リットル缶に札いっぱい詰めてくる客ばかりなんちゅうこともあってのう、博奕のテラだけでも相当だし、勝てば缶一つ二つなんて客もざらじゃったそうじゃ。新円やら証書を貼った旧円やらの混じった札をぎゅうぎゅう詰めると、重かったそうじゃのう。

もうとうに時効だからよかろうが、爺ちゃんなんかも隠退蔵物資じゃ、ようけいい目みとるんじゃないか。というても、盗んでくるんじゃなく、いうてみりゃ合法、いや合理的いうんかいな。なんせ番人と結託するんじゃけん、お互いがええじゃろうが。

傑作なのは軍服の話じゃのう。

一梱包に軍服が四十着。それを番人へ二万円やって持ち出すんじゃ。運ぶんはバタンコいうたかな、つまりオートバイ持っとるもんがおって、それに二百円渡して頼むんよ。一度にようけ持ち出すとやばいからじゃ。それでも一着が千五百円するけん、一梱包まとめて六万円ですぐブローカーが持って行くから、差し引き四万円が手に入る。

当時の四万いうたら大金じゃ。大きな手本引《てほんびき》で一万円、普通じゃ三千、五千ちゅう時代じゃけんね。だから博奕があるいうたら、二百円でちょっと頼むわ言うて、四万円手にして爺ちゃんら行きよったそうじゃ。ええ生活しよったのも無理ないのう。

ほいでも、それを一年も続けとったら数は大きうなる。話は少し後のことになるけど、昭和二十二年の一月末、つまり年度末近くになって番人が検査ある言うて青くなった。どうするかというわけじゃ。

そこで考えたのが狂言強盗よのう。もう、全部持って行ってくれいうことになったんじゃな。軍服含めて一切合財、トラック二台で三百万ぐらいちゅうたかい。爺ちゃんらトラック用意して兵隊集めにかかった。

歴史というと大袈裟になるけんど、改めて過去を俯瞰するように眺めていくと、面白いもんよのう。その兵隊集めにはじめて美能幸三の名前が出てくるんじゃ。当時の美能さんは二十一、二歳かいな。復員して二十一年から中学時代の親友らと呉へ出て、闇のブローカーみたいなことをやっておったそうじゃ。

その頃の美能さんを、爺ちゃんが喫茶店の二階から見ておる。昼下がりのことじゃったそうな。背中に大きな鯉の刺青《いれずみ》を入れたニッカズボンの鳶職ふうと喧嘩しおって、たちまち叩きのめしたんじゃそうじゃ。

ほいで、あの元気いいのは誰かい訊いたら、美能幸三いう男だと若い者が教えてくれたらしいわ。一匹狼の愚連隊ちゅうところだったかいの。

だからそのあと顔見知りになったんじゃろう、兵隊集めのときは監督みたいな役割をしとったようじゃ。

え、その結果？　番人は縛ったけん、痛くないようにな、古い浴衣を裂いて編んだ縄での。

もちろん翌日は大騒動よ。美能さんらパクられたんやないか。

ほいじゃけん、美能さんらはなにも知らずに雇われたということだけで、雇った爺ちゃんはそんときゃもう荷と一緒に大阪、京都へと逃げとったいうたな。

爺ちゃんは結局、時効になったんじゃろう、捕まったという話は聞いとらんもん。

そうじゃ、呉へ帰ってきた爺ちゃんが、床屋で警官と隣り合わせになって、こりゃ喧嘩せにゃならんかい思うとったら、相手は顔をそむけて知らん顔して出て行ったいう話は聞いたことある。爺ちゃんは一匹狼の博徒だったけん、警官の知り合いも多かったんじゃろう。リュック持って遊びに来た警官には、米や煙草を入れてやり、小遣いまで持たせるようなこともしとったから、なあなあみたいな雰囲気もあったんじゃろうのう。ええ時代でもあったんじゃ。

それに爺ちゃんらは、進駐軍とも組んだんじゃないか。食料、衣料のあと、マニラロープいう太いロープ、紙、生ゴムなんぞが金になりだしたんで、女子《おなご》の通訳を連れて闇交渉に行った話も伝わっとるな。マージンいくらで何月何日の夜に積み出すいうて、一船ごっそりなんて荒稼ぎもやったらしいわ。

ま、当時の呉いうたらそがいな状況じゃった。そこへ大西政寛らを先頭に土岡組が進出して行くわけよのう。

広に道場を持った大西政寛は、土岡組の一員として呉の賭場へも顔を出すようになっていたが、博徒や客たちはともかく、呉のボンクラ（不良）がはじめて悪魔のキューピーを目にするのは、盆踊りの夜の事件から一カ月ほどたった残暑の頃であった。

その日、中通り三丁目の角にある映画館では歌謡ショーが開かれていた。いわゆるノド自慢の新人コンクールで、三つの鐘を鳴らせば入賞という当時流行のショーであり、館内は呉市や在の人たちで満員の盛況だった。

その客席のなかほどで騒いでいる一団がいた。呉市山手のボンクラどもで、野次ったり奇声をあげたりして、自らの存在を誇示するとともに、身贔屓の応援で会場を制圧した気分になって浮かれていたのである。

「ほう、あれで鐘一つかいのう」

「三つのもんよりうまかろう」

「鐘鳴らすの早いんじゃ。もっとようけ歌わしたれい」

鐘一つで退場する者がいればそう言って野次り、在の者に三つ鳴ろうものならさらに騒ぎはひどくなった。

「そいで三つかいのう。わしらちっともうまい思わん。審査員が甘いんじゃ」

「そうじゃ、三つ鳴らしたかてなんぼのもんじゃい。一等かてもう決まっとるんじゃろう。八百長じゃ」

司会者がたまりかねて制しても、騒ぎは激しくなるばかりである。

しかしそのとき、奇妙なことが起こった。一団の中から一人二人と消えて行き、野次は徐々に途切れて、その声にも戸惑いが感じられだしたのだった。

客席ではやっと司会者の声が届いて鎮まったとしか思えなかったが、実際はそんな生やさしいものではなかった。土岡組の波谷守之ら若中が、客席にわからぬように一人二人と彼等を引き抜いては、舞台裏手に近いトイレまで連行していたのだ。

そこに待っていたのが大西であり、土岡正三、折見誠三らだった。

「調子にのりおって、もう騒ぐのやめい」

「青タンも切るんじゃねいど」

言うが早いか、連れ出された者はあっという間にのされてのびてしまい、それを外に叩き出してはまた次が連れられて来る。

中心は盆踊りの夜と同じように大西政寛だった。カーキ色の半ズボンという軽装で、パナマ帽のため眉間が立っているのこそ見えなかったが、キューピー人形のような目は暗く底光りしているようで、その眼が動くでもなく次々と重いストレートと蹴りが繰り出されてゆくのである。

それを偶然目にした男がいた。仲間の応援でたまたまぶらりと立ち寄った美能幸三だった。彼は会場の異変にすぐさま気づき、連れ出される者をみて後をつけ、その現場を垣間《かいま》みてまるで体内を電流が走るように感じた。そしてその男が悪魔のキューピー・大西政寛と知って美能はさらにシビレるのである。

その頃には、二人の男の片腕を事もなげに斬り落とした事件は呉にも聞こえていて、「悪魔」と「キューピー」という相反するニックネームも秘《ひそ》かに囁かれていたが、その実物を目にしたのは美能幸三にとってはじめてだった。まさに運命的な出会いだったが、もちろん大西はそのことを知るはずもない。

二人が吉浦拘置所で知り合うまでには、さらに十カ月ほどの歳月を要する。

土岡組のこの日の「呉のボンクラ鎮圧」は、阿賀の事業家海生《かいお》逸一の依頼によるものであった。

海生逸一は、戦前こそ土岡組と同じように広島ガスの荷役や土木工事を請負う海生組の親方だったが、戦後は阿賀が戦火を免れたこともあって、それらを弟の章三に任せ、自らは阿賀の映画館「天地館」などを足場に、いち早く呉の興行界へ進出していった事業人である。親分的資質の強い人で、やがては呉、広島をも牛耳《ぎゅうじ》る山村辰雄が、海生逸一の前ではつねに直立不動の姿勢を崩さなかったのは、あまりに有名なエピソードだ。

この頃には、すでに復興のはじまっていた呉の中通り三丁目角に、呉第一劇場、第二劇場と手を広げていたが、手を焼いていたのが不良たちの「青タン切り」だった。いわゆる顔パスで、オッスオッスとロハで入場されては、興行収入もさることながら、正規の料金を払っている一般入場者へ示しがつかない。

戦後、誰もが娯楽に飢えていた。ラジオからドラマや歌謡曲は流れていても、やはり映像や興行の魅力に勝るものではなかった。

敗戦二カ月の十月に、戦後第一作の映画『そよかぜ』が封切られ、主題歌「リンゴの唄」が大ヒットしたのを皮切りに、この頃には『はたちの青春』(幾野道子主演)ではじめてキスシーンが演じられたと話題になった。

洋画も華麗なハリウッド作品が登場、宣伝などしなくても映画館はいつも満員の状況であり、それは浪曲や歌謡ショーでも同様で、素人ノド自慢大会でさえ客は押しかけたのである。

そういうとき、顔パスがまかり通り、そのうえ彼らに会場を制圧されては興行主側も黙ってはいられない。だから海生逸一も黙認していられず、対抗措置としてとった第一弾がこの日の鎮圧だった。

土岡組にとっても、これは渡りに舟であったろう。当時はそれほど強く意識したわけではなくとも、呉進出はやはり念願であり、海生の依頼は格好の理由になる。

気性の激しい阿賀者《もん》の意地もあった。戦前から呉で喧嘩して負けて帰ったら、近所の人に口をきいて貰えなかったほどであり、阿賀の海生の進出に、呉の不良が邪魔だてするなら蹴散らかしてやるという気構えも強かったのだ。

さらに隠退蔵物資などで呉一帯の賭場は、現金が飛び交っていた。いずれは土岡組としても、呉市街に道場を持ちたいと考えても不思議ではなかった。

実際この頃まで、呉の隠退蔵物資は無尽蔵と思われていた。戦後すぐの八月下旬から九月にかけて、広島市は当時の陸軍被服支廠にかけ合い、軍用被服一式一万梱十万人分を貰い受けることになったが、それらがある東広島の西条街には十万梱があったのだ。輸送の関係で五万人分ほどしか引き取れなかったものの、当時の広島市の人口は十万人ほどであり、それで広島は軍服姿が氾濫することになったのである。

広島市は復員軍人だらけだと言われたのもそのためで、主婦までが軍のオープンシャツを着ていたのだった。

さらに当時の市長・浜井信三の「原爆市長」によれば、呉の鎮守府へも出向いて海軍の輸出用綿布を大量に払い下げて貰っている。軍服にまじって、外国婦人向けの柄も色も派手な女物が人の眼に眩《まぶ》しかったのもそのせいだった。

つまりそういう大量払い下げがありながら、なおかつ古老の語るように呉近辺に軍服だけでも大量にあり、それはまさに無尽蔵の金の成る木と思われたのである。

さらに隠退蔵物資そのものではないが、呉近辺の島々には、これまた大量の弾薬が放置されたままになっていた。早急な対策が望まれたが、爆発事故も予想される危険な作業に誰も名乗り出る者はいない。

それを引き受けたのが、特高刑事から瀬戸内海運の社長になっていた荻野一であった。この仕事で二億とも三億ともいわれる収益をあげ、のちに戦後最大の倒産として話題になった山陽特殊鋼の社長になった人である。

彼は旧海軍の技術将校を十数人も集め、この二十一年七月から人夫を雇って作業をはじめた。江田島周辺の火薬庫の弾体三万二千トンと火薬六百トンなどを、陣頭指揮しながら弾体は海に沈め、火薬は焼却させることに成功した。作業は約一年、二十一年十一月には爆発事故で六人の労務者が死亡、四十人の重軽傷者は出したが、事故はこの一件で処理しきったのである。

これもまた海軍の遺産で大金をつかんだ好例だが、この作業の下請として労務者を送り込んだのが旗揚げ間もない山村組の山村辰雄だった。そうして阿賀の土岡組へ呉の不良分子一掃を依頼するかたわら、呉の山村組を育てようと援助したのが海生逸一だったのである。山村辰雄は当時四十二歳、金を握る目処《めど》がついて男の野望が頭を擡《もた》げてきて不思議はなかった。

そうじゃのう。こうして戦後を振り返ってみると、たった一年で呉の特殊事情を背景に役者が揃ってくるのう。これで山村さんが、あげん小心者で狡猾《こうかつ》じゃなかったら、問題は複雑にならなかったんじゃろうが、それもこれも人間の業かいのう。

わしゃいつも思うんじゃけん、よくも悪くも、戦後いう時代の縮図が呉から広島へ如実に現れたんじゃないんか。海と陸の墓場に金の成る木じゃ。そうもなろうよ、のう。

ずっとのちに、美能さんが言うとったことがあるわ。人は聖人君子の言葉に耳を傾ける。しかし、人は金によって心を奪われるとな。その通りじゃけん、とくに戦後はのう。修羅を目《ま》のあたりにしてくれば、それは実感じゃったろう思う。

ま、それはともかく、土岡組の一統は大西政寛を中心にして呉を蹴散らしていく。ほうかい、ノド自慢会場でそげいなことがあったんかい。そうじゃろうのう、道場でも似たようなことがあちこちであったんじゃ。いうてみりゃ賭場荒らしいうわけやな。

いま考えりゃ、その山手の不良鎮圧のあとだったろうかいの、波谷の守ちゃんに同じ山手の賭場で大西の活躍を聞いたことがある。当時の山手は結束が強かったけん、揺さぶりいう意味もあったんじゃろうかいな。

もっとも、守ちゃんの知っとるのは最初の頃のことやったろう。山手でも名が知られた博奕打ちの道場でのことじゃ。

行ったのは将軍さん、大西、折見、それに守ちゃんの四人いうたかいの。博奕は手本引。簡単にいや胴が一から六まで順に並んどる札を持っとって、それを背後で順ぐりに繰りながら一枚選ぶんを、張り方が推理して当てるいうもんじゃ。

胴、つまり親は最初に六なら六を出し、次また六を出したり、それから一に行ったり三に行ったりするんじゃけん、自由自在に一から六を繰るようにみえるけんど、癖いうもんや場の流れがあったりで、後ろに回した手の動きで張り方に読まれとるんやないかと思うたりして、これでなかなか難しいんよの。

なにしろ子、つまり張り方は簡単にいや大、中、小と三点張りができる。

当時はタテ、中《ちゆう》、止《とまり》、ツノと四点張りがあって、タテが当たれば十四割、中が六割、止が五分、ツノが二割五分損という複雑なものやった。ツノは総取りされる分の保険じゃな。それを胴の脇にいて数えるのが合力《ごうりき》というわけじゃ。張り手が大勢いれば合力も二人、三人と増える。

これは奥行きの深い遊びでな、推理、洞察力、度胸、運などすべてがうまく嚙み合わんとなかなか勝てん。それでいて名が通った爺ちゃんなどに言わせると博奕は確率の問題となるから、その辺も加味せなならんわな。

映画でもよく観るじゃろう。

胴が肩から掛けた羽織の裏側で札を繰り、紙下いう手拭いに挟んで前へ出すと、子方が思い思いに札を伏せて張るあれじゃ。

親が札を開ける一瞬がクライマックスよのう。

じゃけんど、博奕にはみなイカサマがつきものじゃ。博奕がめげる、つまり壊れるいうたらほとんどそれじゃ。賭場荒らしいうもんもそれが多いんじゃろうな。

大西はそのイカサマが強かった。え？　強かったいう言い方は妙じゃて？　いや強かったんじゃ。

それはのう、手先が器用だったり、うまい奴はようけおる。じゃけんど強い奴はなかなかおらんのよ。大西がそのイカサマが強くて有名やったんじゃ。

将軍さんもイカサマはようやりおった。道具札《ふだ》も持っとった。でもな、将軍さんがイカサマ札使うたないうのは、側《そば》でみていてようわかるよの。目の色が変わるし、落ち着きがのうなって、態度に出てしまうんじゃ。

そこへいくと、大西はまったく変わらん。冷静いうんか態度にも出んのじゃ。

そりゃあ冷静で度胸のすわった奴もおる。ほいでそがいな男でも、バレたらしまいやろが。

じゃけん、大西はそいでも同じなんじゃ。強いいうんはそういう意味よ。

話が脇道にそれたが、その山手の道場でのことじゃ。隅のほうに座っとった道場主、クマさんいうた大西が胴でイカサマ札使うたんじゃろう。そのクマさんが合力に待ったをかけよったんじゃ。

「おう、その胴落とせい」

つまりイカサマ札をおろしたけん、やめいというたわけよの。合力は青うなった。相手は悪魔のキューピーじゃ。恐る恐る大西とクマさんの顔を見較べる。

守ちゃんがいうには、大西の眉間がじりっと立ちかかったそうじゃ。

「そこ落とせい」

再び掛かったクマさんの声に合力は従わざるを得ない。守ちゃんは覚悟したいうたな。大西が立ち上がったら、将軍、折見と四人でやらないかんけんね。

ところが、さっきも言うたように、それは呉進出の初手のときやったんじゃろう。大西は眉根にしわを寄せただけで、眉間が縦に立つまでに至らんで落としたそうじゃ。守ちゃんはそんとき、「ああ、兄やんも鬼やなかったなあ」思うた言うてたのう。

ところがじゃ、鬼やなかったのはそれっきり。わしら耳にしとるんでは、クマさんより上の山手の親分を、大西が賭場で半殺しにしたそうじゃ。こりゃもう賭場荒らしじゃろうな。

やはり「落とせい」いうなことになりおったけん、今度は、

「うんにゃ、う、も一度言うてみい」

て大西が下から睨みつけたときは、はっきり眉間が縦に立っていたそうじゃ。ほいて近くの火鉢から火箸二本をつかんでバシンとひっ叩《ぱた》くと、あとは素手と足で殴り放題、蹴り放題、誰も止められんかったいうのう。

そのあと山手はみな、大西と将軍さんが入ってぐしゃぐしゃになりおったと聞いた。つまり山手の賭場は制圧したわけじゃな。

なに、イカサマ札？　ああ仕掛けや種類のことかい。その当時はビョウブとベカじゃ。ビョウブいうんは屏風《びょうぶ》が開くように、面が縦に開いたり横に開いたりする札。ベカいうんは札の右側に小さな針がついとる札で、それを引くと面が変わるわけじゃ。

当時は花札でやっとったけん、

1松、2梅、3桜、4藤、5菖蒲、6牡丹

となって、七月からまた1になり、

1萩、2薄、3菊、4紅葉、5雨、6桐

と一から六がちょうどになるわけじゃ。たとえばベカ札の菊じゃったら、針をちょっと引くと黄色が赤になるから牡丹よのう。これは3が6になるんじゃ。四月の藤も花が赤くなれ

ば七月の萩、つまり4が1になる。

将軍さんはこれが得意じゃったいうたな、41《シッピン》のガリいうて、ガリは針じゃ。一、二、三の数字札がもっとやり易いのはわかろうが。使わんときは仕掛けが動かんように、板で挟んでゴムを巻いとくんじゃが、花札いうんは厚紙じゃからやや反っとる。そこへ平らな札が出てくるけん、やられる思うて注意しとりゃなんとなくわかるんじゃ。

そいじゃけん普通は止《とまり》で五分儲けたりと目立たのう使うんじゃが、根性がある者はタテ、つまり一番目立つ大へ持って行く。大西がそれじゃ。

開けるときの仕種《しぐさ》で勘づかれようと平気じゃったいうし、文句をつけられても睨みつけて人に札を触らさんかったそうじゃ。ほいてそれ以上になれば、たちまち眉間が縦に立つわけよ、のう。

ま、イカサマいうたら紙下の仕掛けやらサインプレイやらようけあるし、戦後はさらにいろいろできおった。爺ちゃんならもっと詳しいけん、一度じっくり戦前戦後の博徒生活のことを聞いたらよかろう。爺ちゃんはインチキやらんが、相手を見破らないかんけん、そりゃなんでも知っとるわ。

大西、将軍さん、守ちゃん、それに山村辰雄さんも、みな博奕仲間じゃけんね。

話がまたそれたけん、そういうわけで土岡組の呉進出は山手制圧で始まったんじゃ。

その総仕上げめいたものが、昭和二十一年暮れの「阿賀勢総攻撃」だった。

呉市中通り三丁目、いまのイズミデパートにあった呉第一劇場と、その前の第二劇場は、一劇、二劇と呼ばれて娯楽の中心地になっていたが、ノド自慢の折りの青タン狩り、賭場制圧と、結果的に呉進出は陰陽まじえてすすめられたものの、年末頃になると再び不良分子の青タン入場が目に余るようになったのだ。肩で風切る無料入場をめぐるトラブルも目立ち、見せしめのためにも派手な荒療治が必要だったと思われる。

その日、海生逸一の要請で阿賀に集まったのは土岡正三、大西政寛、波谷守之ら土岡組の一統。それに盆踊りの夜に狙った桑原秀夫に小原の一統ら数十人。そして一、二劇で不正入場者を阻止したことから小競り合いがはじまったとの報に、団結した阿賀勢はトラック二台に分乗、十数分で中通りへ到着した。

先頭に立って「行けい、ぶった斬ったれい」と叫びながらトラックを飛び降りたのが大西政寛だった。飛行服に白いマフラーを巻き、抜身を振り回しての陣頭指揮である。

小競り合いを取り巻いて見守っていた群衆の輪が割れ、大西、土岡正三らに続いて阿賀勢がなだれ込んで行く。

思わぬ攻撃に、最初は団結して戦う構えをみせた不良分子たちは、あっという間に蹴散らされていった。

「貴様ら二度と青タン切るんじゃねいど」

「今度やったら土岡組が相手じゃ」

「こら、ぶった斬られてえか」

抜身を突きつけられて青ざめる者、小突き回されて転げる者など、一、二劇前から中通りへかけてはまさに修羅場と化した。

そうして青タン狩りが片付く頃、今度は銃声だった。

ジープに分乗したMPが、威嚇射撃で現場に到着したのだ。

今度は阿賀勢が包囲される。MPは日本軍が持っていた軍刀と同じ日本刀をみて、包囲しながらも警戒の姿勢を崩さない。なおも威嚇射撃を続け、銃声は呉の繁華街一帯に谺《こだま》した。

「ホールドアップ!」

「武器を捨てろ!」

MPと通訳が口々に叫ぶ。大西と土岡正三が苦笑いしながら刀を放り出し、両手を上にあげてこの日の襲撃は終わった。

逮捕者は桑原秀夫、土岡正三、大西政寛、波谷守之ら十数人。呉署に一晩留置されたのち、桑原秀夫が責任者として残り、あとは翌日に釈放されることになった。

桑原は海生逸一の組織上の孫、つまり若い衆の若い衆にあたり、土岡組中心の阿賀団結に一役買ったことから責任を取ったのかもしれない。彼は翌年五月の地方選で市会議員に打って出ることでもわかるように、その頃から政治的な動向にも気を配っていたのだった。

そうしてその地方選には、呉の親分・久保健一も出馬するのだが、それも大西らの呉進出と無縁ではなかった。

市会議員事件

その日、土岡正三と大西政寛は、阿賀から呉の親分・久保健一の家へ向かった。久保が浪曲の興行を打ち、その祝いを兼ねた花会へ出るためであった。

祝儀はすでに届けてあり、博奕で軽く遊んで引き揚げてくればいい。状況としてはそんなものだったろう。昭和二十年暮れの土岡組結成以来、一年で呉山手一帯を制圧、すでに土岡組の名も、悪魔のキューピー・大西政寛の名も知れ渡っている。

ましてや呉のボンクラ退治のあとは、「むかし楠木、いまは乃木。むかしの仁吉、昭和の大西まあちゃん」と闇市などで囃されるようになって、どこへ行ってもその風貌とともに大西の名を知らぬ人はなく、広の道場も盛っていた。

だから状況としては気楽な花会への出席といえたが、大西政寛の胸中は複雑なものがあった。まだ向井組のカシメ若衆だった時代、久保健一の「日本協力団」に反対した土岡博に同調、ひそかに久保の身内に嚙みついたばかりか、祝儀ビラの一件で、その総仕上げともいうべき爆発を、向井信一に抑え込まれた苦い思い出があるからだった。

それが結局、いまの土岡組の立場につながったとはいえ、大西にとってみれば、自分で我慢したことはともかく、鬱屈の爆発を人に抑えられたのはそのときだけの経験である。

「政、なに言いよるんない。出過ぎた真似はやめるんじゃ」

久保健一に嚙みついたとき、向井信一がそう言って止め、襟首をつかむようにして外へ連れ出された屈辱は、軍隊時代こそ不明だが、それまで人に頭は下げさせても自らは決して下げたことはなかっただけに、大西にとって忘れ難く残っていて当然だった。

もちろん、向井信一へのわだかまりはなかった。二歳で父を失って以来、一時期だけ石田鶴吉が義父となっても、心から「親父さん」と呼べるのは向井信一しかいなかった。向井組を離れてからも入隊までの間、暇ができるとよく遊びに行ったのは、かつての仲間とともに、やはり親父と呼べる人の顔を見たいからであった。

その向井信一ともその頃には再会していた。東泉場は空襲で跡形もなくなり、復員してきた頃に訪ねてもわからなかったが、大西政寛の名前が売れ出して、向井のほうから息子の信喜を連れて道場へ訪ねてきてくれたのである。

大西は再会を喜び、できる限りの歓待をした。闇の砂糖が出回って、やっとできるようになったケーキも土産に持たせたし、向井がさりげなく道場で落としていった金も、それに上乗せして懐へねじり込んで返した。

だから向井信一に、襟首をつかまれるように連れ出されたのはいわば懐かしい思い出であり、恩はあってもわだかまりはなかった。

むしろあるとすれば、それは久保親分へのものであったろう。土岡博への同調から芽生えた心理の綾は、微妙に久保健一に対する不調和という陰を、大西の胸中に落としていたと考えられるからだ。

そうしてその陰が、その日に突如として表面に出てくる。五年前と同じような場面になってくるのだから、大西はその屈辱をずっと引きずっていたといえるかもしれない。

二人が久保健一の家へ入ったときだった。祝儀のビラが貼り出してあるのを見て、大西の眼が険しくなった。

「土岡組の、あれじゃろう。あげいに下じゃ」

形で「土岡」を判断した大西が言うと、

「おう、あないに下のほうじゃ」

将軍さんも指で差しながら怒気を含んだ声で答えた。それは二人が考えていた土岡組の地位を遥かに下回る位置にあった。

大西が着物の上に着ていたインバをさっと脱ぎ、二人は久保親分の前に立った。

「阿賀の土岡いうたら、あげん安く踏まれとるんか。これじゃ土岡も浮かばれんのう。久保さん、これどげん考えあってのもんじゃい。始末はどうつけてくれるんない」

大西の眉間はすでにくっきりと縦に立っていた。日頃は無口な大西だが、啖呵の切れ味は、その眉間とともに凄味があった。五年前と違って制止する人もいない。

「なんで返事せんのじゃい。せんなら、なにしてもええいうことかい」

久保親分の周囲には若い衆が何人もいたが、大西の見幕に誰も声すらたてないでいる。

「なんか言わんかい、わしらあ、恥かかされて黙っておれんのじゃ。喧嘩売っちょるんじゃい」

土岡将軍も耳まで赤くしながら怒鳴ったそのときだった。

「なんもせんなら、やるまでじゃ」

冷たく言い放った大西は、手近にあった火鉢をひょいと抱えあげると、それをいきなり一同に向かって投げつけたのである。

灰神楽《はいかぐら》がぱっと立ち、真っ赤に熾《おこ》っていた炭火が散らばった。灰神楽がもうもうと広がるなかを、一同は難を避けて逃げたが、誰も二人に向かっていく者はなかった。

久保親分だけはさすがに微動だにせず、ずっと座って二人に対していても、周囲が動かなくてはどうにもならない。

「これじゃあ、おえんのう」

灰神楽が舞い落ち終えると、土岡将軍が気抜けしたように呟き、同時に大西もインバをつかんでゆっくり背を向けた。

あとには畳に飛んだ炭火の焦げる匂いだけが残った。


そりゃあ、昭和二十二年の春先というてもまだ寒い頃のことじゃ。爺ちゃんが狂言強盗やって、ほら話したろうが、年度末を控えて検査がある言うて、全部持って行ってくれいう一月の事件、それで京都のほうに逃げて留守だったときだと聞いたことがあるけん、間違いない。

ほうかい、そんとき大西はインバ着とったかい。インバいうてもいまの人で知っとるのおらんじゃろ。言うてみりゃ商人コートよな。あ、そうそう、よく知っとるの、そのインバネスの略称じゃ。広島あたりじゃインバ言うたもんよ。え? シャーロック・ホームズが着とった? うん、それが原型じゃろ。

袖の形が鳶の両翼に似とるからトンビとも言うたかな。ほう、若い頃の太宰治が着とったのが二重回し、それもインバのうちじゃ。どういうわけか着物の上に着るコートになっての、戦前まではハイカラなもんじゃった。

大西はインバが好きじゃったもんのう。大島のお召しに総絞りの帯、子供の頃からの習慣はなかなか抜けんもんじゃ。ほいてその頃は帯の下に拳銃のんで、それをインバ羽織って隠してたんじゃろう。インバの袖下から手え抜いて、時折り冷たい銃身を撫でとったかもしれん、のう。

それに大西は着こなしがうまかったんじゃ。ぴしっと帯巻いたら着崩れせんし、雪駄で歩く姿は格好よかったもんよ。

そういえば爺ちゃんに聞いたことがある。あれは七五三いう仕立てで、どういう意味か忘れたけん、なんでも袖口より肩口を小さくしてあるそうじゃ。筒袖いうたらいいか、そうそう、洋服仕立てんのと同じような体裁にして、肩口をぎゅっと狭めると皺《しわ》がよらんのじゃいうたな。

それに身頃も後ろが狭く、前が広い。言うたら寸詰まりみたいな感じになるけん、裾さばきがいいうえ、絞りの六尺をしゅっしゅっと三回りほど巻くから、皺よらんし着崩れせんのじゃ。七五三の五分回しいうたかな、割合じゃろうか。戦前はそういう仕立ての上手な人がおったらしいの。呉と違《ちご》うて阿賀や広は戦災におうてないから、着物もようけ残っとったんじゃろ。

それにしても、いくら仕立てがよくても、着るもんがだらしなかったら同じじゃけんね、大西はそこらもぴしっとしとったんじゃ。キューピーちゃんいうか、坊ちゃんみたいな可愛い顔じゃと写真みたら思うじゃろうが、品位のある男前で、全体から受ける雰囲気いうんは、威厳いうもんあったな。

だから「むかしの仁吉、昭和の大西まあちゃん」なんちゅう囃し唄ができたんじゃろ。お巡りまでが、「同じ遊ぶなら、まあちゃんみたいになりない」言うたのは本当のことじゃ。本当の弟のように可愛がられた波谷の守ちゃん、盃を交わした美能さんらからみたら、ほんま、ええ兄貴分じゃったろう。

守ちゃんなんか、広の道場へ行って大西の着物ひっぱり出してきて、

「兄やん、今日これ着ていくけん」

そう言うて借りたそうじゃ。

「おう守之、なかなか似合うのう」

大西はニコニコ笑ってみていたいうが、思えばこの頃が大西の売り出しの頃で、二十四歳にしてもうひとかどの親分になって、考えてみりゃ絶頂期だった。

向井信一さんにケーキ持たせたんも本当じゃ。わしも信喜さんから聞いちょるし、ほんまのケーキじゃった言うた。その頃から一年後には、原爆で破壊された広島駅も復興、あれは

二十三年三月じゃったかいな、その二カ月後の五月には、そのホームでコールコーヒーが売られて人気を集めとるんよ。海軍の伝統が残っとる呉じゃけん、隠退蔵物資が出回ればケーキができて不思議じゃあるまい。

それに確か二十二年いうた、この年に土岡の若い衆すべてが靴を買うて貰うたと守ちゃんから聞いたことがある。それ一回きりだったそうじゃけん、時代もわかろうが。

その時代も変わってゆく、のう。

いい例が久保さんじゃ。

「日本協力団」のときと同じ形じゃけんど、今度は向井さんがおらんし、将軍さんいう心強い相棒もおったけん、大西も爆発しちょったんじゃろう。

でも大西は、久保さんを根に持っとったんじゃない思う。そりゃあ頭を抑えられたいう微妙な心理の綾が、久保さんのほうを向いたいうことはあるけんど、執念深い男じゃないんじゃ。むしろ祝儀のランク付けを見て、カッとしたところで以前のこと思い出して、土岡のためにもいっちょやらないかんいう気になったんじゃろう。

それより、その久保さんじゃ。そのときもそのあとも、若い者が誰も立ち上がらんけんいうんで、引退を決意してしまうのよのう。

いや、実際のところは動きもなくはなかったと聞いたな。イキがった者もおったし、久保さんの若い者で、山村辰雄の兄弟分だった人なんかも、大西を殺るいうて拳銃《どうぐ》を求め歩いたなんちゅう話も耳にしとるからの。

しかし、結局はうやむやになってしもうた。それは久保さんがすぐ、市会議員に立候補する決意を固めたからじゃ。これは推測にすぎんが、久保さんは当時、そういう気持ちを少しは持っておったんじゃないか。じゃけん、いい潮時とみたんじゃないんか思う。

その頃は四月三十日に行われる総選挙に誰が立候補するかが、話題の焦点になっとったんじゃ。昭和二十二年春の総選挙いうやつで、衆、参議院議員、知事、市町村長、県市町村議会議員すべてじゃから、日本国中どこも大騒ぎよ、のう。

え？　そうそう。五月三日の日本国憲法施行のあと、第一回特別国会で片山哲の社会党内閣が成立したときじゃ。すぐ芦田内閣になり、昭和電工事件があり吉田内閣へ続くわけじゃが、戦後史唯一の社会党内閣として記憶される年よ。

そのとき呉の市会議員に立候補したのが、久保健一であり桑原秀夫だったんじゃ。

呉市会議員選挙は、定数四十名のところ立候補者百二十四名という激戦になった。

その結果、

久保健一（無）一五八二票

桑原秀夫（無）八五三票

となり、久保が三位当選、桑原が三十九位当選となった。ちなみにトップ当選が千六百八十票だから、いかに久保健一の人気が高かったかがわかろう。

桑原秀夫のほうは、最下位の四十位が八百四十三票、次点八百十九票だから、すべり込みとはいえ安全圏の票を得たことになる。

しかも当時の新聞の見出しに「旧人、顔色を失う、実った革新選挙」とあるように、四十人中九名が社会党の当選者で占めるという選挙のなかでの大健闘だった。

古老たちの話を綜合すると、桑原は人気があった女性衆議院議員がバックについたことが決め手になったというが、それにしても三十五歳、阿賀の土建請負業という略歴だけでの当選は、片山内閣誕生というムードの選挙のなかでは話題の当選組だったと思われる。

しかし、二人の市会議員のその後はまったく明暗をわけた。

久保健一の場合は、古老が市議会進出の気持ちがあったのではないかと推測しているように、当選後、常任委員会の建設委員を一期四年間、立派につとめているのだ。とくに焦土化した呉市の復興には、当時の俠客がそうであったように、意欲的に取り組んだものと思われる。

その市会議員ぶりは「呉地方の方言事典」（高坂利雄・編著＝呉第一出版社刊）のなかで

触れられているので少々長いが引用してみよう。編著者は呉市条例による「文化功労者」として表彰された人で、同時期、常任教育民生委員としてともに市政にたずさわっているだけに、その議員活動の一端が垣間みられて興味深い。

《久保氏は》それまでの経歴に似ず、口数の少ない温厚な大人で、そのくせ黙って坐っていても一種の威圧感を持っている人であった。したがって議場での華々しい論戦などは苦手で、只黙って聞いているだけだったが、その態度がよかった。
三時間でも五時間でも泰然自若としていて、かつて筆者は久保氏が議席で姿勢を崩したことを一度たりとも見たことがない——さすがに、若い時から、蹴られたり殴られたりの半死半生のめに幾度か逢いながら、只の一度も音《ね》を上げたことがないという、噂どおりのことはあると常に感服していたものである。

　稼業に似ず久保氏はその体に一点の刺青もしていなかったので、筆者は直接その理由を尋ねてみたことがある。そしたら久保氏は微笑しながら「若いうちはよいが、風呂屋で年寄りのしなびたものを見たら、見苦しくてやる気になれなかった」といった。

　業績として筆者の覚えていることは、筆者は地元だから当然の発言として、「長ノ木隧道」の貫通工事の中途放棄を市議会で取り上げ、市当局の怠慢を詰問したが、その後この件について実際に奔走し、貫通までに漕ぎつけたのは建設委員長の久保氏の功績である。

「長ノ木隧道」の貫通で、市営バスの「長ノ木循環線」運行が可能となったため（それまでは朝日町を通って本通十三丁目まで出なければ、電車にもバスにも乗れなかった）交通至便となって、あの付近から山の手にかけて地価が急騰したことは地主なら誰でも知っているはず、久保氏の功績に対し三拝九拝してなお足らぬものがあろう。

片山中学校の創設に苦慮した教育委員の筆者を助けて校舎建設を促進してくれたのも久保氏であったし、第六回国民体育大会の夏季大会（昭和二十六年夏）を引受けて、市営プール建設のため、第三回国体の夏季大会々場であった、当時八幡市の大谷プールを視察に行ったのも久保氏と一緒であった（現在の呉市営プールのスタンドは大谷プールを参考にしたもので、大谷プールのスタンドは最上段が道路である）。

いよいよ呉市営プール建設と同時に、筆者は「子供プール」の併設を強硬に主張した。だが市当局は常套手段の「予算がない」で一蹴しようとする。筆者は「子供達のため」を真向にかざして一歩も退らない。久保氏が仲裁に入って結局筆者に同調してくれ「子供プール」は遂に成った。

三十年後の現在行ってみると毎日繁昌しているのは「子供プール」だけである。筆者はそれらを誇りたいし、久保氏の協力に心から感謝したい。久保健一氏はそういう人であったが、六十余歳で亡くなられた。惜しみてあまりある人物であった》

長ノ木町へは編著者を訪ねた折りに行ってみたが、呉駅正面に聳える灰ケ峰の山裾にある一帯は坂道と階段の連続で、確かにトンネル貫通は快挙だったろうし、市議一年目の昭和二十二年は、六・三・三の教育制度が四月にスタート、中学校の校舎建設など難問が山積みしていた時期であり、そこでの建設委員長のポストは手腕を問われたものと思われる。

そういうなかで、死後に称賛の言葉を贈られる業績を残したのだから、やはり市議会進出には久保なりの展望を持っていたということになり、それを逆に考えるなら、久保健一親分に引退と政界進出を決断させた大西の行為も、歴史の結果からみればそれなりの評価を与えるべきかもしれない。

一方で桑原秀夫のほうは、久保健一とはまったく逆で二カ月たたずに刺殺される。そしてここでも大西政寛は間接的ながらその死に深く関わっているのだ。

事件の経過を当時の中国新聞はこう伝えている。見出しは「呉市議とヤクザの果し合い」で、五月のことだ。

《二十二日午後三時ごろ、呉市阿賀町東浜の土木建築業、呉市会議員、桑原秀夫(三六)と同広町末広の無職、小原馨(二五)の両名が、各自身内の者一名とともに広町電車交差点前の急行マーケットで飲食中、ふとしたことから喧嘩となり、乱闘の末、桑原は出刃ほう丁で小原の腹部及び頭部を刺傷、ひとまずその場はおさまったが、同五時ごろ小原は同僚輩下十名ばかりを伴って桑原方に押しかけ、二階で代表者同士が会談中、階下に待っていた小原の身内一名が乱入し、ほう丁で桑原の腹部を突き刺した。桑原は阿賀町の西村病院に、小原は広共済病院でそれぞれ加療中であるが、桑原は重態で、広署では目下関係者を取調中》

ほう、そがいな新聞があったんかい。なんせ、ちょっとしたニュースじゃったけんの。なりたての市会議員が刺され、何日か後に致死事件になったから、当時は噂で持ち切りだったもんじゃ。

まあ、事件の大筋はそげんところじゃったろう。大西が絡むんは事件がひとまずおさまってからのことで、いろんな人の話を綜合するとこんなことになろうかのう。

その二十二日、大西が阿賀の土岡組を出たのが夕方近い頃だったそうじゃ。守ちゃんも一緒にいて、大西が「じゃ、帰るけんのう」言うて出るのへ挨拶しとったいうた。

その日は広のすずよさんの許へ帰るつもりだったんじゃろうか。この頃には兄の隆寛の具合がまた悪くなっておっての。副睾《こうがん》丸炎に罹って、鎮痛剤にモルヒネ使ってやみつきになった話はしたろうが、それが政寛に面倒みて貰って少しはよくなりかけたけん、今度は川原で転んだか落ちたかして肋骨折って、それがもとで肺結核を再発させとるんじゃ。

よくよく不幸な星のもとに生まれよったもんよ、のう。その頃は広の大学病院に入っとったか入らんかのときじゃったろう。じゃけん大西も看病の母を思って早めに帰ろうとしたんじゃろう思うな。

ところがその途中で、事件のあとの小原に出会うたんじゃ。広町末広の小原の家のところにおったんか、事件のあった場所、あるいは共済病院近くかはわからん。自宅なら津久茂への帰り途じゃけん、そのあたりかもしれんな。

乱闘だの腹部、頭部を刺傷というのは大袈裟じゃないかいの。わしらがその頃に聞いたんは、桑原が「馨、お前この頃、生意気やな」言うて、それこそ包丁かなんかでちょっと切って脅しただけいう話じゃ。

桑原は小原の兄貴分みたいなもんよの。それが市会議員になった。もう愚連隊の頭領みたいな真似はできんわな。一方の小原らにしてみれば、議員の桑原はともかく、いつまでも頭領格の下でいいとは思うとらん、小原組としてのし上がりたい思うて当然じゃろう。じゃけん桑原は影響下へ置いておきたい、そんな感情の行き違いがあったんじゃろうかい。推測でしかないけんど、そんなことから諍《いさか》いがはじまったというんが世間の見方じゃ。

ほいて、ひとまずその場はおさまった。そこへ大西が通りかかった。小原の一統が騒いどる。どないしたとなるわな。

例の盆踊りの夜の腕斬り事件以来、もう九カ月もたっとる。その間には呉のボンクラ退治にも行った。それに事件のあと、片腕にしたんじゃけん、小原、磯本を土岡の舎弟にという話もあったそうじゃ。

そういえば、そのあと大西は守ちゃんに言うておるんじゃ。

「守之、わしはいまから伸びる若いもんの腕を断っちょったんじゃけん、彼らが向かってくるなら喧嘩もええじゃろうが、そうじゃなければ守之の先輩じゃ、兄やん兄やん言うてたててやってくれ」

それで守ちゃんは馨さん、つまり小原にたてつかんようになった言うとったことがあるもんな。そういう関係じゃから大西も声をかける。ほいて小原の一統がいきり立っておって、桑原へ殴り込みに行くいうことになれば、大西もほっておけん。たちまちトラックが用意されたんじゃ。

小原が用意したんか、大西が手配したんかはわからんが、やがて広から阿賀小学校の上の桑原の家まで、一行は喧嘩支度で行くわけよのう。一行のなかには片腕となっとった磯本隆行もおったし、事件のとき土岡組の亀井義治の背中を断った小原の舎弟分、小早川守もおった。

大西が一緒に行ったんは、桑原と小原を対で合わせるためだったんよ。当時の小原の一統じゃ、桑原の家へは上がれんし、桑原も上がらさんわな。まして事がもつれた以上は敷居もまたげん。

だから大西は一緒に行ったと思うんじゃが、桑原の家へ着くと、思った通り、桑原は二階で抜身の刀を持ち、若い者は手榴弾を持っとった。

トラックから最初に大西が降りていく。

「秀やん、どうしたんない。なんで馨とこんなことになったんや」

大西がそう言いながら家へ入って行くわな。大西が来た以上、桑原も拒むことはできん。

「秀やん、馨と話せい」

「おう、ほんなら馨、二階へ上がれい」

そげんわけで、大西と小原が階段を上がって行くんじゃ。

新聞の「同五時ごろ小原は同僚輩下十名ばかりを伴って桑原方へ押しかけ、二階で代表者同士が会談中」という記事には、ざっと以上のような経過があったわけやな。

ほいて「会談中、階下で待っていた小原の身内一名が乱入し、ほう丁で桑原の腹を突き刺し」とは小早川守のことよ。するすると上がってきてひと突きやったそうじゃな。小原も小早川も根性もんよ、のう。

桑原は西村病院へ運ばれ、大西も含め小早川らは逮捕された。

その翌日じゃったかい、桑原が危ないいうんで守ちゃんなんか見舞いに行った言うとったのを覚えとる。小原の者がやったいうことはわかっても、大西の兄やんが絡んどることも、なんでそげいなことになったかも、そんときは皆目わからんかった言うとった。

「守之、ひどいめに遭《お》うた」

「元気出しないよ」

そんな話をして別れたら、その翌々日かに亡くなったそうじゃ。

なんともなあ、桑原も小原らも一統で、仲がええときはいつもつるんでおって、悪うなったら抜身の日本刀を持ち、手下に手榴弾持たせて待っとる。それも市会議員になっとってじゃ、なんともおえん話じゃ、のう。

それにしても大西は、どちらも間接的ながら、久保健一親分を市会議員にし、桑原秀夫議員を殺したことになろうが。

こうして振り返ってみるとわかるけん、隆寛、政寛いう兄弟の運も不思議なもんよの。なんや知らん、悪魔的な濃い血が流れとって、それを内へ内へと内向的にした隆寛が不幸に次ぐ不幸を背負い込み、逆に外へ発散させて世間に立ち向かった政寛は、結局のところ他人を追い詰めることになる。

運命いうもんの不思議なところよ、そう思わんかい。

これはもう、大西政寛個人じゃどうにもならんもんじゃろう。ましてこういう世界へ身を置いた以上、なるべくしてなっていくいうしかないんじゃろう思うな。

母のすずよさん、どんな思いで二人の兄弟をみとったろうかい。

新聞記事の「目下関係者を取調中」は、傷害致死事件となり、大西は盆踊り事件を保釈で出ていたこともあって吉浦拘置所へ送られたまま、しばらく帰れなくなるんじゃ。

ほいてその事件から一週間ぐらいで、呉ではもう一つ事件が起きる。

美能幸三の「旅人射殺事件」がそれで、美能さんも吉浦拘置所へ送られ、そこで大西は美能さんとはじめて会うことになるんじゃ。二人が気が合わんわけないよのう。

吉浦拘置所

「旅人射殺事件」は、大西政寛と美能幸三の出会いのうえで欠かすことはできないが、人生がいつもそうであるように、それはまったく偶発的に起きた事件だった。

そもそもは、朝日町の遊郭であった山村組の若い衆と旅人の喧嘩がきっかけである。旅人は一見してヤクザふうで、一度は叩き出されたものの、翌日になって日本刀を持って仕返しにやってきたのだった。そして木刀で対応した男が指を斬られて騒ぎは大きくなった。

山村組の若い衆が事務所へ駆けつけ、仲間を集めて襲うことになったからで、この騒動を美能幸三は耳にしてしまうのである。しかも指を斬られた男が遊び仲間だった。山村組の事務所はまだ掘っ立て小屋だったが、彼は仲間のことが気になると同時に、野次馬気分もあって事務所へと走った。

そこでは若者頭の佐々木哲彦を中心に、拳銃や日本刀を集めて喧嘩支度の最中だった。

みんな顔馴染みである。美能幸三は誘われるまま一行について歩いて行った。

現場は呉駅から五、六十メートルほどの堺川に近いところで、少し遅れて彼が行ったときは、ちょうど日本刀を抜身で持った旅人が、やや引っ込んだ形の事務所ふう建物に入って行くところだった。すでに何人かが、その日本刀に追われて川に落ちたと野次馬たちの声が耳に入る。もちろん、美能幸三もまだ見物人の一人にすぎなかった。

しかし、このあと状況は一変してしまう。

美能幸三が一行より遅れて行ったのは、日本刀を腹から脚にかけて抱き込んだ男が、膝が曲がらずに歩きにくいため肩を貸してやっていたからだが、その男が状況をみて、

「よし、わしが行っちゃろう」

となったとき、肩を貸していた戦友意識もあって、美能幸三は、

「そっちが行くんなら、わしも一緒に行ったるよう」

そう言ってしまうのだ。しかもその言葉を、いつ来たのか佐々木哲彦が聞いていて、「お前らじゃ無理だ」と言うのである。男はムキになったが、「そんなら行ってみい」と佐々木に言われて気遅れしたところで、再び美能幸三は言ってしまう。

「なんなら、わしが行ってあげようか。誰もやらなんだら恥かこうが」

このあたりの心理はいわく言い難い。義俠心と若さ、それに死を怖れぬ戦地体験と自分の

喧嘩度胸などがないまぜになり、しかも佐々木の言葉への反発もあったと思われる。

　しかし、いったん口に出してしまえば、あとはもう事態は一気に進展する。佐々木にしても、日頃から美能のことは目耳にしていたから、すぐ道具の話になって拳銃が渡された。

　相手は三、四人でいたらしいが、佐々木らが建物の前で騒ぐと、再びさっきの男が抜身を光らせて出てくる。美能幸三は入り口のところで拳銃を取り出した。

　男が日本刀を振りかざし、美能が構えて引き金に指をかける。しかし、カチッと音がしただけで弾は出ない。

　男は一瞬ひるんだ。美能はのちにそのときの心理を「そのまま逃げてくれりゃええが」と手記に書いているが、男はまた日本刀を大上段に振りかざして向かってきたのだ。

　再び引き金が引かれ、今度は轟音とともに相手が素っ飛んだ。

　佐々木と美能はそれで現場を離れ、拳銃は一緒に逃げた男に渡した。

　野次馬が成り行きから当事者になり、しかも翌日には街に出たところで逮捕されてしまう。呉署へ行くと佐々木哲彦ら全員が逮捕されていて、訊けば喧嘩の発端となった男を当事者として自首させたところ、すべてを自供してしまったというのだ。

　そして美能は佐々木に、「阿賀の二の舞だけは踏みとうないけん」と罪を一人でかぶることを頼まれるのである。阿賀とは大西、小原、小早川ら桑原秀夫襲撃現場にいた全員が逮捕されたもので、その事件は呉でも評判だったのだ。

逮捕されて三日後、山村辰雄と山村組の顧問格である谷岡千代松が美能幸三へ面会に来て、罪を一人でかぶったことを誉めそやし、山村の若い者になることを勧められる。すでに覚悟を決めていたことであり、美能幸三は、これでヤクザの世界に入れると思って頭を下げた。

「ならして貰いますけん」

以後三カ月余、九月に懲役十二年の判決が出るまで、美能幸三は吉浦拘置所で過ごすことになる。

その頃の山村組はまだ掘っ建て小屋ではあったが、数カ月前には土岡の長兄・土岡吉雄、海生の弟・海生章三、それに新田規志人、西本薫と山村辰雄の五人が事業家として兄弟分になり、山村としても若い衆は一人でも多く欲しかったのだ。

またこの昭和二十二年の正月には、広島の岡組が隣接する海田市の渡辺長次郎の二代目、柳川静磨《しずま》宅に殴り込みをかけ、その仲裁に土岡博が奔走したこともあって、岡敏夫、柳川静磨、吉浦の中本勝一と土岡博の四人が、時期を同じくして兄弟分になっている。

山村辰雄としては、まだ土岡組に対抗する野心はなかったろうが、美能幸三のようなイキのいい若い者はどうしても欲しいところだし、また事実の経過も二年余でそうなっていく――。

そうよのう。ほんまに人生いうんは、ちょっとのきっかけ、偶然いうんで大きく変わってしまうんじゃ。もっともそんなこと、年くってみにゃわからん。美能さんだって、そのときにゃ、撃たな相手に斬られるんじゃけん、夢中で引き金を引いたんじゃろう。ほいてまた弾が出なんだら違う展開になっとったろうが。

それにしても、のう。若い頃の美能さんは、爺ちゃんが鳶職ふうの男をのしたの見とるようにイケイケじゃけん、そうなったのはまあ運命じゃろうが、一人で罪かぶってしまうとはなあ。しかも拳銃も落としたの一点張りで、みんなをかばったんじゃ。

わしゃ美能さんとじっくり話したことあるんじゃが、あの人は中学時代にもう欧米の翻訳文学から真山青果まで読んじょったけん、のう。真山青果いうたら、のちに真山青果賞まで作られるように歴史劇などで劇作の大家となるんじゃが、明治末には自然主義の新進作家で、わしらも名前だけは知っとるが読んどらんもんな。ほいてその頃の愛読書が谷崎潤一郎よ。

それで思い出した。大西が死んだあとのことじゃけん、波谷の守ちゃんが刑務所で同房になったことがあって、じっくり話し合ったのはそんときがはじめて言うとったが、そこでびっくりするんよ。外から見た美能さんと、腹割って話した美能さんでは落差があり過ぎるいうんじゃ。

山村やみんなも、どこでもすぐ喧嘩する美能さんを馬鹿じゃ思うとったし、守ちゃんも誤解しとったらしいんじゃけん、中で読む本は『細雪』じゃ『蓼喰う虫』じゃで、話してみりゃ思慮分別が行き届いとる。

しかも佐々木哲彦らが、「幸三、お前はまだ早すぎる」言うてマンガの本かなんか差し出すと、笑って受け取ってみとるんじゃ。

守ちゃんはいい意味で「こいつは悪党じゃなあ」言いよった。「これだけの人間が、わしらより馬鹿みたいなふりして」というわけじゃけん、驚いたのもわかろう。

わし思うんじゃが、美能さんいうんは早熟な文学青年で、というても陰性じゃなく、好奇心いっぱいの陽性タイプだったんじゃが、それが南方戦線で戦って、それに帰ってくりゃ闇のブローカーやら一匹狼の愚連隊ふうで、その日が生きられりゃええという生活しとったから、成り行きで旅人撃つようなことにもなったんじゃろうと、のう。

もちろん喧嘩も強かったけん、中学の後半から悪だったんじゃろう。それでも教育熱心な家庭で、そういう人に限って根は純真なんじゃ。それが義侠心や自己犠牲でみんなをかばうことにつながるんじゃろう思う。

もっとずーっと後のことじゃが、三代目山口組の若頭になる前の山本健一と美能幸三が兄弟分の盃をかわす約束したんも、三年に及ぶ付き合いがあったからじゃけど、最後はひと晩とことん話し合うてからじゃったいう話を聞いたことあるけん、山健さんいう人も美能さんの人物をよく知ったからじゃろうよ、のう。

それにしても、山村さんははしこい。佐々木の哲ちゃんらに言われたにしても、三日目に面会じゃけんね。ま、当然といえば当然じゃが、美能さんが吉浦の拘置所で大西と会うてからなら、どうなっちょろうかいの。

それに若い衆がみな逮捕、裁判となればその間に金もようけかかるけん、そういう意味で全部一人で背負うてくれた美能さんに感謝したんじゃろう。そのあと保釈金の五万円を用立ててくれたんも、結局はそのほうが安いけんね。美能さんは出てから借金してすぐ返しとるんじゃけん、受け取る筋はないよのう。

まあ美能さんはそんときまだ山村さんのことわからんきに、若い者にして貰ういう返事したんじゃろうが、子供の頃にある博奕打ちが、雨の日に大島の着物にインバ羽織って、女と相合傘しとるの見て、博奕打ちになったらあげいなええ格好できるんかいのう思ったことある言うてたから、一種の憧れも心の底にはあったのかもしれん。

広島や呉は、渡辺長次郎や久保健一のように、侠客やら人物が出とるけん、子供の頃に憧れるところもあるんじゃ。伝統いうたらええかいの。

でもな、これだけははっきり言うとかないかん。美能さんはそんとき盃は受けておらんのじゃ。いいや、そんときばかりじゃない。最後まで受けておらん。つまり山村組の若い衆いう形だけで、正式にはなっとらんのよ、のう。これは大事なことじゃ。いくら時代とはいえ、ヤクザしとって正式な親子盃交わしとらんのじゃけん、ひどい話じゃ。

それでまた思い出した。前に、呉の闇市が駅前になかったから、広島みたいに流れもんが入ってこんで、これは呉の歴史には大事なことじゃいうたことあったな。それよ、この旅人との事件が唯一の例外よ。

言うたらなんじゃが、結成されたばかりの山村組の面々、相当に慌てとる様子じゃったそうな。それもこれもどう言うんかいの、免疫できとらんとでも言うたらええかい、ま、広島のように馴れておらず、ほいて見物人のはずの美能さんが撃つことになってしまうのよ、のう。呉、阿賀の問題は一概にゃ言えんが、このあたりからはじまっていくんじゃけん、大事だと言うたんじゃ。

それでいよいよ、吉浦拘置所で大西と美能さんが顔を合わせるわな。美能さんは前に、呉のボンクラ退治で大西を見てシビれとる。大西も事件のことはもちろん耳にしとって、主役の美能幸三に注目しとる。

拘置所での面白い話、いろいろ伝わっとるのう。

美能さんは陽気じゃいうたが、頭の回転も早いからトッパケたところもあるんじゃ。まして看守らは逃げんように見張っとるだけで、なかはかなり自由じゃったけん、もうやりたい放題だったらしいわ。

折りから夏へと向かって蚊が多く、入ったばかりの美能さん、寝つかれんかったんじゃろう。ほいてなにしたかいうと、棚に缶詰の空き缶が並んどったのに目をつけ、それに糸をつないで垂らし、先端を寝とるもんのチンポに結びつけたんじゃ。

当時はまだ越中ふんどしじゃけん簡単やったし、空き缶やら糸やらも自由になったからできたんじゃが、その結末は想像つこうよのう。たちまちガラガラガラ、ガラン。深夜いうのに大騒ぎよのう。一人だけじゃないんじゃけん。何人もがチンポに空き缶つけて、寝呆け眼《まなこ》での。美能さん、どげいな顔しとったろうが。

そんなことがあって、ある日の運動のときじゃ。大西が美能さんに声をかける。

「おい美能よ、お前んとこにおるの、わしの女房の弟なんじゃ、可愛がってくれいよ」

もちろん美能さんは悪ふざけでやったことじゃけん、大西にしても美能さんをその房の頭と認めての言葉じゃけん、そのあたりで二人の呼吸は合うんよ、のう。

大西には、その頃もう大事にしとった女がいて、それが初子いう人じゃ。死ぬ二週間前に、同姓の大西輝吉が射殺されているけん、その原因が一緒に歩いとった女を冷やかされたからいうたな、それが初子いう人よ。

その弟がどんなことで入っとったかは知らん。ほいじゃけん、当時は留置所も拘置所も刑務所もいつも満杯での。え？　二十二年一月の呉署管内事件発生件数は、総数二百三十五件いう新聞記事がある？　うん、うち窃盗二百三十件。ほうかい、被害多額なもの五十八件、つまり大半が闇市などのカッパライ、野荒らしじゃろう。金のあるもんは贅沢になっとったけど、食えんもんは多かったけんね。

それにしても一日平均七人じゃ、留置場も拘置所も満員になるじゃろう。その拘置所では、口肥《くちこ》えたんはジャガイモばっかりで食いとうないもんじゃから、向かいの房の穴に向けて投げて、入らんもんであたりがイモでぐちゃぐちゃになったなんて話も聞いとる。

元気のええもんは、なかで相撲とったりしとったそうじゃ。一人、柔道の段持ちがおって、わしらも知っとるもんじゃが、それを見てた大西が、美能さんに、

「お前、行けい」

言うんで、美能さん仕方なく出て行って、

「おい、喧嘩でこい。わら、相撲強いか知らんが喧嘩なら負けん」

そう言うてへこましたりしたらしいの。相手をひと睨みにする大西じゃ。美能さんの気っぷにゃ喜んだろう思う。

そんなこんなで、風呂の順番は一番先が大西、次が美能と決まったそうじゃ。あの順番は

強いもんからじゃけんね。

やがて裁判がはじまる。裁判所は呉じゃ。まだ護送車なんぞ完備されとらんから、つながれて吉浦の駅へ行き、そこから貨車で二駅目が呉で、今度は駅前の今西通りを十分ほど歩くわけよの。ほいじゃけん、まともに歩いたことないそうじゃ。

これは見た人もおる。見たいうか、美能さんらがモクを隠し持っとって、パッと火をつけて前を歩いとる大西にやり、自分ももう一本つけて、白い壁のほう向いて煙出しながらうまそうに吸うとったらしい。看守は見て見ぬふりじゃけんど、一応は煙が壁を伝わって消えるから、看守の体面も立つんじゃろうな。

そんな二人じゃけん、七月には兄弟分の約束交わすんじゃ。ほいて、いくら自由がきくいうても盃や酒はどうもならん。

ほら映画でもあったろうが、二人が腕を切ってお互いの血を吸い合う場面、あれは本当じゃそうよ。それが兄弟分の盃じゃったいう、のう。もうほんまもんの義兄弟じゃ。

大西の舎弟分は、のちに山村組で形のうえではなったもんもおるけんど、正式なのは美能さん一人じゃ。守ちゃんは実の弟なみじゃけん、形のうえでは叔父貴じゃけんね。

それにしても、このあとの大西が凄いの。あっという間に拘置所を出てしまうんじゃ。

美能幸三を舎弟分にしたとき、大西政寛はこう言っている。

「お前のう、わしには実の弟のように可愛がっとる守之いう男がおる。まだ十八じゃけん、生きとればあれは男になるど。お前のほうが三つ上じゃ、守之に負けんと、あれより上にならないけんけん」

両方ともに心底から好きでたまらないからこその言葉だろうが、大西は実の弟のような守之に加え、幸三という舎弟分を得たことで嬉しさは倍加したはずである。それにその舎弟分が、拘置所内を取り仕切る形になれば、辛い拘禁状態も我慢できて不思議はなかった。

しかし、大西は日々に鬱屈していく。

前年の盆踊りの夜の事件のときは、初犯ということもあってすぐに保釈になった。だが今度は、直接手は下していないといっても、保釈中の事件である。公判の経過からいって前の刑が加算され、刑務所送りは必至だ。

「わしは出たいんじゃがのう」

大西が言えば、美能幸三が、

「兄貴、今度の刑が軽けりゃ保釈はきくけん、もちいと辛抱してつかあさい」

そう慰めてはくれるが、大西にとっては軍隊を除いて不自由な生活ははじめてのことだった。もちろん軍隊の場合でも、営倉にさえ行かなければ拘禁状態ということはない。

大西は決して人に頭を下げなかったが、それは自分の自由を誰にも束縛させないことでもあった。威張ってビールを取り上げた水兵を刺したのも、水飲み場で「早くせい」と言われて肥後守で刺したのも、すべて人に頭を下げず、己れの自由を守りたいからだった。

それはヤクザとしてのプライドでもあった。ボンクラや愚連隊とは違うのだ。広に道場を持つ博徒である。人のものを盗んだり、脅して金をたかったりは決してしていない。

博奕のうえのことは、いわば職業《しのぎ》だった。負けないために道具札を使うのも、賭博罪で引っ張られ、短期間の刑や罰金刑なら甘んじて受けても仕方ないが、喧嘩の巻き添えで縛《ばく》につき、それが長期となっては恥でしかないと大西は思っていた。そして恥をかいて生きるような人間でなかったのも、そのプライドの高さを思えば当然であり、それだけに鬱屈は次第に募っていった。

しかも大西には面倒をみるべき家族があった。兄の隆寛は病状がさらに悪化し、広に当時あった広島大の付属病院に入院させたと連絡があり、母のすずよは付き切りになっているはずである。妻にして間もない初子が手助けしているにしても、やはり大西自身がいてやらなければならないことが多かった。

大西は次第に決心を固めていく。

当時、吉浦拘置所では淋菌を眼に入れるという乱暴なことが流行していた。もちろん眼が真っ赤に充血し、やがて猛烈な痛みを伴って、そのままの状態で十日もたてば失明に至る。実際に失明した例もあったらしいが、痛みのときに見境なく同房の人の手拭いで眼を拭くため、あとで知らずにそれを使って伝染する例もあったほどである。

もちろんその前に治療が必要で、そうなれば執行停止で保釈となるが、それが自ら眼疾になる者たちの狙いであった。

いわば危険を覚悟の自損行為だが、大西の場合はそれどころではなかった。

逮捕されて二カ月ほどが過ぎた暑い日、大西は美能幸三のところへ来て言うのだ。

「おい、わし今日出るけんの」

「保釈……決もうたん、かいの」

驚いた美能の問いには返事せず、大西はさらに言葉を重ねた。

「わしゃ出るけん、出たらなんか言うとくとこないかい」

咄嗟のことで美能幸三には、伝言を託す者も言葉も思いあたらなかったが、なにより出ること自体が今日ただちにはどうしても不可能であり、不審な顔をしていると、

「先に出とるけん、待っとるけん」

大西は不可解な言葉を残して去って行った。

そうして大西が出向いたのは、同じ拘置所で散髪係をしている男のところだった。

「おい剃刀《カミソリ》貸せい」

　男が入ってきた大西の顔を鏡で見る間もなく、言った大西はその鏡の前にある専用の日本剃刀に手を伸ばしていた。おそらく眉間はすでにくっきりと縦に立ち、それは不自由な己れ自身へ向けられた怒りでもあったろうか。

　大西は男がおろおろするのを尻目に、その散髪専用の部屋へどっかりと座り、あぐらをかいて腹を剝き出しにするや、いきなり剃刀を深く左腹に切り入れ、そのまま下腹を横一文字に二十センチほど、ぐいと切り裂いていたのである。

「ヒェーッ」

　男の悲鳴で房内は大騒ぎになった。おびただしい血が流れ、大西はそれでも気丈に、飛び出してしまった内臓を両手で受け抱えていた。

　病院へ運ばれた大西は、意識はしっかりしていて、治療中も呻《うめ》きを怺《こら》えるふうだったと伝えられている。

　二日ほどして急を聞いて駆けつけた波谷守之に、大西はまだ腹に力の入らない声ながらも、しっかりと言った。

「おう、守之か。幸三いうやつをなあ、なかで舎弟にしたけん、生きのええやつじゃ、負けるんじゃねえど」

うん、そうじゃ。わしも美能さんと守ちゃんから訊いとる。そのあとも折りにふれて言われたいうとったな。じゃけに、二人はお互い、会わん前から大西を通じてよく知った友だちになり、会うた時点からずーっといまも友達じゃ。もちろんその間にゃいろいろあるがのう。

そういや、守ちゃんはその駆けつけたときに大西の傷をみた言うとった。ちょうど治療中のときやったかいの。ガーゼ埋めてるときかなんかで、厚い腹の皮がべろんと剝けて、ほんま真一文字に二十センチ以上あったそうじゃ。腸が飛び出したの抱えて、凄いのう。あとで訊いたら、大西は、

「必死で抱えとったけん、重かったんじゃ」

そう言うたそうじゃな。あれ、ほんまに重いもんらしいぞ。え？　もちろん死ぬ気じゃなかろう。守ちゃんがのちに見舞いに行って訊いとる。

「兄やん、あんたほんまに死ぬ気じゃったんか」

守ちゃんにしてみりゃ、凄い傷をみとるだけにそう思うよのう。すると大西は、

「嘘ばっか、死ぬ思うことないやろ。じゃきに痛かったのう」

まるで冗談のように言うたそうじゃ。そのまま拘禁状態から解放されるんじゃけん、機嫌もよかったんじゃろう。

そういや大西が緊急入院したあと、輸血が必要になって小原馨の奥さんが行っとるんじゃ。亭主を片腕にされてんのに、まあ、逮捕されたんが馨さんの事件じゃいうても、恩讐を越えたええ話じゃろうが。

大西もそれを聞いて喜んだいうたな。

「あれが輸血してくれての、わしの血に入っとるけん」

馨さんの奥さんに直接聞いたいう人もおるいうから、間違いない話じゃ。

だいたが、守ちゃんなんかに言わせると、阿賀いうところは百軒あったら九十九軒が貧乏人ちゅう町だったそうじゃ。まあ比喩的なもんじゃろうが、その貧乏が人間を鍛えるいうわけなんじゃよ。その日の生活に困って誇りを捨てられる人は別じゃけん。阿賀の人には、百人中九十九人までそげんな人おらんのじゃったろうの。

大西かてそれは同じじゃろう。だから阿賀の人情が嬉しくて言うたんや思うな。

ほいて兄の隆寛のことじゃ。

大西がその死を聞いて出る気になったか、出たときには死んで葬式も済んどったかはわからんが、隆寛は喉頭結核で息を引き取っとるんじゃよ。おそらく葬儀はすずよさんと初子を中心に、身内だけでひっそり営まれたんじゃろうの。

二十六歳、ほんまに薄倖の生涯じゃったけん、大西はそのことを親しい人にも言うておらんのじゃ。親しい人のなかには大西に実の兄がいたいうことも知らん人がおった。すずよさんは男まさりのとこあったけん、みんな知っとろうが、大西は私生活を自ら外へ出すようなこと決してしなかったんじゃ。それもこれも、自分の出自を信じ込んでおったからじゃろう、のう。じゃけん、阿賀の人情なんかも余計に嬉しかったんじゃろう思うな。だけどな、わし思うに、大西が自分の出自を、ほいて父の悪魔的な血を自らに秘めとったからこそ、阿賀の貧しさやないけど、強くなれたんや思うんじゃ。

もちろん昔気質のヤクザとしての誇りもあったやろう、頭を下げるんも、自由を束縛されるんも嫌じゃったろう。それもこれも、その大西の強さゆえにできたことじゃ思う。保釈とるのに、口でもの言わんで、厚い腹を横一文字に切るなんざ真似できん。しかも生きて出るために重い内臓を抱えて、のう。並の強さじゃないけん、生きとったら、おっとろしい男になった思うの。

ま、それはともかく、大西は保釈になって退院、今度は美能さんが九月に懲役十二年の判決が出て広島刑務所へ送られるんじゃ。

そんときの話もいろいろ聞いとる。

戦後の広島の死刑囚第一号から、闇屋を殺して、錨《いかり》つけて海の中へ投げ込んだ「錨安」なんぞいう伝説的な死刑囚や無期刑の者なんぞ、凄い男たちがごろごろしとったそうな。

でもまあ、それはこの話とは関係ないからええやろ、そういう時代やったというわけなんじゃ。

ほいて三カ月後の十二月、美能さんは保釈で出る。もちろん大西のところへ訪ねて行くよのう。そこで美能さんは、はじめて初子さんを知るんじゃ。

「これ、わしのな。吉浦で弟が目かけて貰うたろうが」

大西は照れ臭そうに紹介したそうじゃ。美能さんは気づかなかったけん、そんとき彼女は妊娠しておったんじゃよ。

大西幸三誕生

初子さんいうんは、戦前から博徒の爺ちゃんが知っとるんよ。中通りの「森永コーヒー」でウエートレスしとったそうじゃ。

小柄で色が白く、おとなしい感じのするきれいな娘やった言うたけん、爺ちゃんが覚えとるところみると、別嬪が目立ったんやろな。

当時はデパートガール、特急食堂車のウエートレスなんかと一緒に、喫茶店のウエートレスも花形職業の一つだったんじゃ。もう少し前はモガ、つまりモダンガールが競ってなったもんじゃけん、おとなしく見えても彼女、芯は強かったんじゃろう。

おう、昭和十七、十八年頃のことじゃ。十九年の終わりから二十年は、もうコーヒーなかったけんの。ほいて大西が二十歳で出征するんが十八年、目はつけちょったんじゃろうけん、知り合って一緒になるんは、土岡組の呉進出、二十一年の暮れ以降じゃろう。

爺ちゃんは大西が連れて歩いとるのみて、あ、森永コーヒーにおった娘《こ》やなあ思うた言うてたけん、のう。そりゃ大事にしよったそうじゃ。

歳は大西より二つか三つ下やったろう。大西が大正十二年生まれ、初子さんは、働きだした年齢からみて昭和の年数と同じくらいじゃろうけんね。二人で歩いとると、ほんま似合いのカップルいう感じじゃいうた。

ほいて誰に訊いても、大西は初子さんに優しかったいうな。美能さんなんか、ちょっとのことで眉間が縦に立つ大西を知っとるもんやから、思い切って訊いてみたことがあったらしいの。

「兄貴、あんたどうして優しいんじゃ。文句も強いことも言わんで、兄貴に似合わんじゃろうが」

するとと大西は怒りもせんで、即座に言うたそうじゃ。

「わしはのう、いつ飛ぶかわからん、いつ死ぬかもわからん。わしみたいなもんに嫁にくるいうたら、もう死んだも一緒や。だからわしが生きとる間はのう、親切にしてやらなあかんのじゃ。ほいじゃなかったら、わしらの業界へ嫁、誰がくるんかい」

大西らしいよ、のう。ハードボイルドにあったろうが、「強くなければ生きて行けない、優しくなければ生きて行く資格がない」いうの、チャンドラーやったかい、大西政寛にぴったりじゃ。

その初子さんが妊娠したんじゃけん、大西は喜んだろう、のう。もっともそげいなことは誰にも言わん。前にも言うたように、私生活のことは、ほんま男の喋ることやない思うとったからか話さんのじゃ。

初子さんのことも、普通の家庭の娘さんいうだけでなんも言わんし、初子さんも大西と一緒に歩いて、なんか喋って笑い合うようなことはあっても、決して大西を差し置いて人前へしゃしゃり出るようなことはせんから、誰もわからんのよの。

ま、大西ひとりのものちゃうかい、そんな嫁さんじゃったけん、その二人の間に子供が生まれるいうたら喜ばんわけはない。大西のことじゃ、人に言わんぶんを、初子さんのもとへ帰ったときなんぞ、大きくなってきた腹さすったり、耳つけたりしながら、「大事にせいよ」言うて、ニコニコしとったろう思う。あの顔で、想像つくじゃろが。

ほんでも、嫁さんに優しく親切で、いまでいうたら愛しとるのと、男の甲斐性は別じゃよ。

戦後三年たって、この二十三年の春には安芸の宮島なんぞ桜の名所が賑わうたとニュースになっても、まだまだ戦後の世相は酷《ひど》いもんじゃ。とくに極道しよったら、その日にうまいもん食うて、女抱いたら明日死んでもええいう感じで生きとったけん、嫁さんは愛しとっても一筋いうわけにはいかんよの。

ましてて大西はモテたんじゃ。若い頃は向井組の半纏の話じゃないが、そりゃ朝日町の遊郭へも行ったけん、嫁さん持ったらそげん必要もないから遊ばんかったいうても、やっぱり男の血は騒ぐ。いろんな人の話を綜合すると、大西は嫁さんでもわかるように、素人の女が好きじゃったそうじゃ。

もちろん、商売女でもあの男前、あの迫力じゃ、大西に惚れた女もおったらしいけん、大西はそこいらは適当にやって、堅気のええ女を物色しとったらしいの。

どこの誰いうんはわからん。私生活のことは喋らんけんわからん。じゃけん呉でもほんわか噂になった娘さんもおったようじゃし、呉線の思わぬ駅近くできれいな娘さんと話しとって、知っとる人が声かけたら、ちょっと照れて、あとで「ええ女じゃろう」言うた話も伝わっとる。

ま、怒らせたら怖いいうて死神のように畏れられた大西じゃけん、ダンディいうか、いい女と相合傘なんかさせたら、これほど似合う男はいなかったろうの。

一方で安心したのは、母のすずよさんじゃ。隆寛を亡くした哀しみは深かったろうが、長い看病疲れから解放されたんも事実じゃったけん、のう。まして政寛のほうは道場のあがりも順調で金はある。

腹切って出てきたときは、そりゃびっくりして心配もしたろうが、あとはまるで隆寛の死

と引き換えのように、孫ができるとわかったんじゃ。なんとなく心配ごとの芽がのうなって
ひと安心よ。
すずよさんの若さ、バイタリティ、芝居好き、パッチン好きは前にも少しずつ話したけん
覚えとろうが、そういう心境になってそれらがどうなっていくかは想像がつくじゃろう。
なにしろ、まだ四十八歳じゃ。満州の安東へ渡って転び芸者しとってから五年ほどしかた
っとらん。その間に苦労しとっても、あのバイタリティじゃ、まだまだ若さは保っておった
けんね、パッチンなんかもようけやっておったそうよの。
それともう一つが芝居道楽じゃ。結婚前に大阪の病院へ住み込みで行っとった頃に好きに
なったと聞いとるけん、いまのように娯楽の多くない時代だし、旅回りの一座に通い出すの
よ、のう。
ほいて色っぽい年増やったから、通いつめるうちに、役者との艶っぽい噂なんかも流れた
もんじゃ。いまでも大衆演芸に通って、万札のおひねりなんぞ投げる中高年の女がおろうが、
あれと同じようなもんと思えばええかいの。
しかしすずよさんが違うのは、そんなこんなを繰り返すうち、自らそういう一座へ入り込
んでしまうことじゃ。一年ほどのちのことになるが、昭和二十四年頃からは、興行を打って
四国一円を回ったりしたいうたな。一時は座長にもなったとすずよさんから聞いた人もおる。

なにせ、六十五歳までそんなふうに過ごしていた言うから、その頃の熱中ぶりもわかろう。大西のほんわか噂といい、すずよさんの艶ダネといい、親子はやはり似るもんよのう。まあ、この昭和二十三年頃は土岡組もいま考えてみりゃ全盛時代やったし、大西親子にとっても一番ええときじゃった思う。

実際、戦後の数年を辿ってみるとき、この頃の土岡組は全盛時代を迎えていた。阿賀を中心に呉、広一体で土岡の名は高く、その博徒ぶりも隆盛を極めた。

親分の土岡博は当時で三十一、二歳。すらりとした背丈に、ソフトをちょっと斜めにかぶった下の顔は、眉がきりりと男らしく、まさに任侠に生きるにふさわしい若親分といえた。

その親分ぶりは、波谷守之によれば「女にはだらしない、金にもだらしない、それでもその人間性は素晴らしい」となるが、人間観とはそもそもそういうものだろう。孫聞きの話になるが、作家の広津和郎がやはり先輩作家の徳田秋声を評してこう言ったという。

「秋声という人は一つ一つ見て行くと欠点だらけだが、総体として見ると素晴らしい」

もちろんそんな話を波谷守之は知るはずもないが、人物評として期せずして一致しているのは事実であり、優れた人間観とはやはり総体として捉えるべきなのだ。

土岡博も総体として魅力があったからこそ、次兄の正三を差し置いて親分の座についたのであり、金銭面も女性関係も特別な欠点には至らなかったのだろう。人間として正直に生きれば、そういう面は往々にして出やすいし、親分像にはそれはまたつきものといえるのである。

むしろ特筆すべきは、そういう面から生じる貧乏だろう。金を借りてまで人助けに使う場合もあったから、毎日の生活では麦飯さえ食えない状態だったのだ。土岡博は、それでも女連れで博奕の旅に出て帰ってこない。仕方ないので、若い衆は長兄の土岡吉雄のところで飯を食う。

ところが、それだけ長兄に世話になっていながら、若い衆のことに限っては、その味方になって一歩も引かない。次兄の正三を含めて、兄弟でつかみ合いの喧嘩すらして若い衆の盾になった。

しかし、仲が悪かったわけではなく、兄弟仲は人も羨むほどであった。正三は天下の将軍さんと言うように、自分の思うままに生きるタイプながら、若い衆や第三者の前では、博に対してけじめをつけ、たとえ真似ごとでも礼を尽くした。五歳上なのに、そのあたりは博の捨て石としての覚悟でいたのだと思われる。

大西政寛もまた、そういう面は正三にならった。二人きりの場合は、気易く「兄貴」呼ばわりでものを言うが、やはり第三者がいた場合は親分への礼をきちんと取ったのだ。

若い衆への教えも厳しかった。

土岡博は波谷守之らに何度も言った。

「ヤクザは盗っ人の上で、乞食の下じゃ。堅気さんに迷惑かけたら承知せんど」

正三も繰り返し教えた。

「ヤクザの喧嘩は、とどめを刺さんもんじゃ。男の性根の見せあいが、ヤクザの喧嘩じゃけん。身体はひとつほかないじゃろうが、我慢すること覚えにゃ、生命はいくつあっても足らんど。いつ身体を張るかというのは、他人に教えて貰うことじゃない。自分が考えることじゃ。ひとつだけはっきり言えることは、自分の生命を投げだすときは、義というもんを目標に置け。義にそむくような喧嘩は、はじめからするな」

しかし教えはしても命令はしなかった。なにか事が起きれば、博をはじめとして、正三、折見誠三、大西らの兄弟分自らが一番先に動く。必然的に若い衆はそれに負けまいと気をきかすことになるのだ。

そういうなかで人情味も光った。たとえば波谷守之は、土岡組の結成間もない頃に、当時の金で二十万円も博奕で負けたことがあった。テラの金も客の金も引っ張り回してのものである。客の金は翌日に払わなければならない。

彼は万策尽きたあげく、指を詰めて土岡博へ持って行った。親分は怒った。

「守之、おどれの身体は誰のもんじゃ思うちょんない。わしの身体ど。金で済むことを傷つけやがって、なぜ先に来んない。止まらん博奕なら、テラの銭は好きに使え。皆にはわしから話をしてやる。二度と親子の仲で、こんなことだけはするな」

そうして面倒をみてくれたばかりか、翌日は阿賀の祭りで、仕方なく寝ていた波谷のもとへ来た土岡博は、五千円を出して言うのである。

「若いもんがごろごろしとらんと、どこか遊びに行ってこい」

もちろん彼がテラの金を使ったのはこのときだけだが、怒られたのもこのときだけで、しかも怒ったあとのこの配慮である。

だから二十三年頃に博奕場で会うと、「守之」と呼び寄せては彼に勝負させ、博は隅のほうで休んでいるようなことになった。しかも機嫌がいいときの土岡博は、

〽生まれたときは別々で　死ぬときゃ一緒で兄弟分

という森の石松の浪花節などを唸っていたから、波谷守之の言う人間性の素晴らしさも、総体として捉えた場合によくわかるのである。

必然的に土岡組内部は心を一つにし、それがまた名を高めることにつながっていく。

正三、大西らの名は、広島、松山、下関あたりまで評判になり、イカサマなど少々の無茶は通るようになったし、当時十九歳の若衆である波谷守之も、ちょっと小遣いに困ったとき

など、花札の面が縦や横に開くビョウブ札とハジキを腹巻きに入れ、シマ内を回ってくると、インフレが進んだとはいえ大金の五万円ほどをしのいでくるようになっている。

しかもそのシマは、大西が広の道場を中心に拡大しているように、それぞれが別のシマを持つまでに至ったのだ。まさに博徒として隆盛を極めたといっていい。

そういうなかで、大西の負けず嫌いはますます顕著になっていった。博奕で負けるということを、まるで恥か博徒失格でもあるように認めず、いざとなったらイカサマ札を駆使して、相手が気付いて素振りに出そうが、

「なにい、わしの札みたいんか」

眉間をかすかに縦に立て、すさまじい気魄《きはく》で睨み取った。最後に勝つのはいつも大西だったのだ。

大西政寛の場合は、土岡博と違ってある程度は金銭感覚はしっかりしていたとはいえ、そうしてそれだけに、人に金を貸してほしいと頭を下げる惨めな姿を一度すら見せたことはないといっても、それは金銭に対する執着ではなかった。

喧嘩でも博奕でも、こと勝負となると気が違ったようになるのは、生来の負けず嫌いももちろんあったろうが、意識の底には、出自や屈辱をバネにすべて自分の力でのし上がったという熱き思いの塊《かたま》りがあり、またそれに対する誇りがあったからだった。

一方でそういう大西の姿は、広の道場に好結果をもたらすことになった。そこでは勝つというよりテラ銭が問題であり、そうなれば客に楽しんで遊んで貰うためイカサマ札は使わなかったからである。

大西に睨み取られた相手は、元を取り返すべく広の道場へ足を運び、そこはますます賑わうことになったのだ。博徒にとってはまさに好結果で、大西もこれは望外の喜びだったに違いない。

なにしろ戦前の二十歳前、かつて義父だった石田鶴吉のもとへ、人夫の給料日を狙い定めて行き、もう何十年と博奕経験を積んでいる大人たちの真ん中に座り、道具札を使って胴を取り続けて稼ぎまくった頃から、道場を持って繁盛させるのは大西にとって念願だったのだ。

母のすずよによれば、貯まった金は十八リットルの石油缶に詰めて、天井裏や押入れに積み上げて隠していたという。つまり、すずよにはみせたわけで、大西はそれだけ得意だったことになる。

土岡組の全盛期とともに、大西政寛もまた絶頂期にあった。

ほいじゃけんのう、大西の絶頂期にはすでに翳りがみえ出しとるというんかい、徐々に動きが不自由になるんじゃ。

最初に、博徒の爺ちゃんが聞いた大西の言葉、言うたことあるやろ。大西が歩いて帰るんで「電車に乗らんかい」言うたときの返事よ、覚えておろうが。

「警察に会《お》うたら電車は逃げられん。逃げられんいうことは、わしゃ撃たないけん、殺さないけんけん、わしゃ歩いて帰るんじゃ」

この頃の大西は、いつも腹巻きのなかに二丁拳銃のんでおったんよ。ブローニングとコルトじゃ。もちろん弾は入っとる。冬はその上にインバ羽織って隠しとった。

ひょいと抜いたところみた者もあるのう。なんかの祭りのときいうたな、大西の気に障《さわ》ること言うたんじゃろ。

「うぬ、もう一度言うてみ」

眉間は立たなかったけん、凄い迫力やったそうじゃ。言うたときはもうコルトが大西の手に握られとったんよ。

相手は大西もよく知っていた男じゃったけん、撃つ気はなかったんじゃろうが、男は蒼白になって謝まったいうな。すると大西はクルっと器用に拳銃を回し、台座でゴツンとそいつの頭を叩いて、あとは後ろも見ずに歩き出したそうじゃ。

ピリっと張りつめた緊張感のなかをの、大西の姿が歩いた分だけ、ぽっかりと空白ができたようになったとみた人は言うとったもんよ、感じがわかろうが。

おう、それじゃ、なぜ警官を撃たないかんかじゃ。大西の場合は事故保釈じゃろう。本来なら退院と同時に拘置所に戻らないかんけん、まあ自宅療養いうこともあって戻ったんじゃろうが、半年も過ぎりゃ収監令状が来て不思議はない。

まして昭和二十二年は三月の新警察制度の施行令が公布になって、呉の片山小学校で新たな任命、宣誓式が行われとる。進駐軍からも代表が参加しての、四百名以上がトラックで市内行進なんぞやったもんじゃ。警察も張り切っとったし、収監令状を無視して逃げとる大西へ、逮捕令状が出て不思議はないんじゃ。

大西は、ほいじゃけん捕まって拘置所に戻るぐらいなら、警官を撃ってでも自由を選ぶと言うたんじゃろう、拘置所のあとは刑務所で務めにゃいけんけんね。

でものう、口では簡単に務め行く言うが、その人の身になってみりゃ大変じゃ。映画のラストシーンなんぞで、堪忍袋の緒を切った主人公が何人も人を斬ったりするけん、あとの十何年の刑を考えたら、そうはできるもんじゃなかろうが。

ま、大西の場合はそれでもそんなに長くはない。じゃけん美能さんは大西に言うてみたことあるそうじゃ。

「兄貴、務めない。おそらく三年、長くても五年じゃ。年もまだじゃし、あんたがその気なら、わしも務め行くけん、も一度やり直そうや」

そしたら大西はちょっと苦笑して答えたそうじゃ。

「うーん、それもええのう。でもこのほうが忙しいけんね」

このほうとは、つまり博奕のことよ。大西はたとえ短くても不自由は選びとうないということじゃろう。前の年の十二月、保釈で出た美能さんがこの年の初めに小さな事件に巻き込まれたときも、大西は言うとる。

「逃げい、逃げい。それでも捕まえに来たら、構わん、撃ち殺したれい」

さすがに美能さんも驚いたろうが、それは大西が自分自身へ言うた言葉でもあるんじゃろう。

ま、そんなこんなで、大西も美能さんも逃げい逃げいの生活となった。ほいじゃけん、新制度になったいうても当時の警察じゃ、いまのように全国指名手配はできん。美能さんは呉を離れとったけん、大西は福山へ入ったり、広や呉へ戻ったりとかなり自由には動き回っとったらしいの。

戦後二年ほどは、石投げたら進駐軍に当たるいうてな、仕切っとったのはMPじゃけん、みんな警棒だけの警官はバカにしとったんじゃ。ほんま、警官が拳銃くれい言うて歩いとったもんよ。ほいで進駐軍とできた母親の息子なんぞ、強盗してもすぐ出てくるいう有名な話もあったほどじゃ。

ほいじゃから面白い話も伝わっとる。

大西と美能さんが、たまたま一緒になって尾道の下の因島《いんのしま》へ行ったときのことじゃ。もちろん遊びは博奕よ、のう。ほいて博奕となりゃ道具札じゃ。

そんときのは、一の裏が六になるいう両面札やったいうたかいの。それを美能さん薄い手拭いじゃ見えるけん、厚いタオル使ってやりおったらしい。圧勝じゃけん、さすがに相手もわかろう。一人消え、二人消えして、次の日はもうやらんのじゃ。

相手は喧嘩すりゃやられるし、博奕やりゃただ取られるし、そりゃもうやらんが勝ちだわな。で、一泊して消えるいうて、ついた仇名が消防ポンプ。愉快な話じゃ、のう。三原あたりでも有名だったらしいわ。

やっぱり大西と美能さんが二人でおったとき、警官に踏み込まれたいう話も耳にしたことあるのう。踏み込まれたいうんかいな、ま、偶然にそうなったらしいんじゃ。

というのも、美能さんがたまたま上がった遊郭の女が、好きんなったんじゃろうな、美能さんを追いかけてきおった。ところが、その女を好きな警察官がいたんじゃ。二人の間になにがあったかは知らん。警官が女を追ってきたら、そこに美能さんと大西がいたいうわけよの。

しかも二人は風呂に入っとったんじゃ。美能さんが大西の背中を流していたら、後ろから肩をトントンと叩く者がおる。ちらっと見たら制服着とるんじゃ。

「ちょっと来てくれい」

いうわけよの。言われても裸じゃどうもならん。そんときは道具も持っとらんかったいうたかいの。

「ちょっと待っとれい」

美能さん、言うが早いかパッと服を取って表へ出たんじゃろう。大西にやらせるわけにはいかんけんね。ほいて警官をパパッと殴って蹴ってぶっ倒して逃げたいうたかいの。

場所は広でのことじゃったろう。広駅近くには進駐軍がおって、そこへ逃げ込めば警察は入れんと聞いた覚えがあるけんね。もちろん大西は、美能さんの強いのをよく知っとるから、横目で見ながら服着てさっさと逃げたいうたかいの。

ずっと昔に耳にした話じゃけん、いかにも大西と美能さんらしいと覚えとったんじゃ。もちろん、二人がいつも一緒にいたわけじゃない。たまたま一緒になったときの話がユニークなんで伝わったんじゃろう。そげん話はようけあろうと思うがのう。

ほいて、そういう話の一つが福山であったんじゃ。やっぱりほんまに血すすり合うた兄弟分いうんは、宿命的にそげいな巡り合わせになるんかいの。

これはすずよさんも話しとったし、美能さんにも聞いた覚えがある。この年の夏すぎ頃じやったかい、美能さんがたまたま福山へ行ったんじゃ。福山には大西の親戚がおったけん、大西もよく行っとったから、もしかしたら会える思うたのかもしれんの。

ところが大西が来たんよ、しかもすずよさんと一緒じゃ。

これには訳がある。もう察したろうが、初子さんが出産したんじゃよ。大西の子、すずよさんの孫じゃ。それも可愛い男の子じゃいうた。

ほいじゃけんのう、大西一家はどこまで不幸がついて回るんかい、生後三日目でもう生き返らなかったんじゃ。産院の看護婦の手落ちじゃとすずよさんは言うとったけん、原因は風邪いうたかいの。いまみたいに設備も整っておらん時代やから、そげんことも起きたのかもしらん。

ほいて二人が来たんは、その葬式のためだったんじゃ。広では大西が喪主でおったら目立つためやったんじゃろう。ところが親戚を頼って福山へ来たら美能さんがおったというわけよ。大西も驚いたろうが、すずよさんも巡り合わせを感じた思うな。なにしろ初子さんは産後で来られんし、二人だけの弔《とむら》いや思うてたら、政寛の兄弟分いう参列者がおったんじゃや。

すずよさんは言うた。

「この子は美能さんの身代わりで亡くなった気いするけんの。まあちゃん、名前まだやったろう、幸三さんの名もろうたらどうがんひょ。大西幸三で弔うてあげいよ、のう」

お寺さんでひっそりやったそうじゃけん、これで大西幸三いう子も成仏《じょうぶつ》できたろう。宿命的いうたが、ええ話じゃ。

それにしても大西は気落ちしたろうの。初子さんもじゃ。二人でどう慰め合うたか知らんが、このあたりに大西の心境の変化をみるような気もする。

なんのかんのいうても身は不自由じゃ。去年は兄が死に、今年は折角生まれた息子が死んでも、満足に葬儀も出せんかった。その代わりというか、金は結構たまった。

言い忘れたけん、すずよさんの話のなかには、大西が広の二つの映画館から月々「包み金」を貰うとったこともあったいうたな。そうやって金は入ってくる。金は貯めた者しかわからんが、貯まるともっと欲しくなるいうよ、のう。

大西は金銭に執着はせんかった。じゃきにだらしなくもなかった。このあたりが微妙よ。そういう大西の微妙な心境の変化の隙間へ忍び込んだのが、山村辰雄じゃ。この頃には海生《かいお》逸一の手助けもあって、進駐軍の材木でさらに大金を握っとる。

翌年は大西の身辺に大変化が起こってくるんじゃ。

山村組若者頭

　大西政寛の変化の兆《きざ》しは、周辺で徐々に起きていった。もちろん、あとから振り返ればそれはくっきりと浮かびあがるが、渦中にいるものに徴候は指摘できない。大西は時流に流されるように、ずるずると渦のなかに巻き込まれていったように思える。

　まずその大きな流れは、山村辰雄と土岡博の間に走った微妙な亀裂にあった。

　微妙な、というのには理由がある。山村辰雄は金を握り、また盃という正式な手続きは経ていないが、事務所には若い衆がごろごろするようになった。事業欲、勢力拡大欲も次第に心のなかで大きな位置を占めるようになってくる。そのとき引っ掛かるのは、阿賀から呉へかけて地盤を不動のものにしつつある土岡組のことであった。

　海生、土岡は戦前からの財産を持っている。いわば二代、三代かけて築いてきた地盤だった。土岡組という博徒組織こそ戦後結成されたものでも、土岡という財産を引き継いでいることに変わりはない。むしろ土岡博が親分として名が売れれば売れるほど、長兄・土岡吉雄の仕事はやり易くなる。

一方の山村には、そういう財産も連携すべき組織もなかった。あるのは海生逸一の庇護と、戦後という時流に乗れそうな己れへの自負だけである。誰になんと言われようと、金のため目的のためなら頭を下げ、泣き落としすら厭《いと》わずその場を切り抜ける自信はすでに己れのものにしていた。

名前のように明治三十七（一九〇四）年の辰年生まれ、年齢も四十代半ばに至って、呉を支配するという野望を秘めていて不思議はないし、土岡組の力が突出すれば海生自身の支配力が弱まるという読みも持っていて当然だろう。つまり土岡博と対立するようなことになっても、少なくとも背景の力・海生逸一は力の均衡を考え、土岡支援に回るはずはないと読んでいたに違いないのだ。

しかし土岡組は、それら微妙な時代の推移に対してまったく無防備だった。目を向けていたのかもしれないが、当時は勢いの赴くところ開拓への力が勝っていた。

むしろ見落としていたとすれば、山村辰雄が外見と違い、小心で猜疑心の強い男だということではなかったろうか。

微妙な、とはお互いの考え方、その対応への差であり、それは思いがけず深いものになっていく。

その一つが、呉と吉浦の間にある川原石港《かわらいし》・魚市場の問題だった。土岡組が市場での手慰みにと盆を開いたのである。

市場の役員の一人である山村にしてみれば、市場に落ちる金をむざむざ掻っさらわれるようで面白くなかった。当時は事務所を現在の中央二丁目、つまり呉駅すぐの場所に移していて、そこから川原石は二河川《にこうがわ》を経て目と鼻の先になるのだ。力さえあれば自分が手にしていい利権であり、市場支配の力の均衡もまた勝手に破られるようで、山村の不満は鬱屈していった。

同時に山村の事業の一つである江田島・高須の海水浴場にも変化があった。

二年前に山村辰雄は土岡吉雄、海生章三、新田規志人、西本薫の五人で事業家としての兄弟分を約束している。そういうこともあって、話し合いで土岡吉雄と海水浴施設の事業に乗り出したのだが、最初の折半という約束は次第に差がつき出していた。土岡側のボートの数がいつの間にか増えていたり、遊技場なども新設されるに至ったのである。

事業であれば話し合いをして、注文をつけるなり自分のほうも対応すればいいが、それがまた力の差だったというべきで、山村の鬱屈はさらに募っていった。

それを決定的にしたのが、土岡組の呉中心地への道場開きだった。

昭和二十四年夏のことで、波谷守之らが係として開設にあたり、盆開きには山村組側からは顧問格の谷岡千代松、若い衆の野間範男らが顔をみせた。当然ながら常盆となって全国から親分筋の客もみえるようになり、呉の土岡道場の名は通ってゆく。

もちろん道場はある日突然にできるはずもなく、山村は早くからそのことを知り、後に述べるように協力さえしているから、鬱屈しながらも文句一つ言えない立場にいたのは事実である。

しかし、手も足も出なかったかといえば、ひそかに策略をめぐらし、力の逆転を狙っていたのもまた事実であった。

山村辰雄からみた土岡組は、土岡吉雄の事業による財力をバックに、親分の土岡博を中心とする結束の固い組織だった。

親分の博は前に述べたように、金にも女にもだらしないが、総体として捉えた場合、人間としての格が違っていた。だから次兄の正三も舎弟分として博を立て、それに同調するように大西政寛、折見誠三らが土岡組の中核として若中たちへ無言の教育をした。

波谷守之が「背中を見て育った」とのちに述懐しているのは、土岡組全体にそういう雰囲気が充満していたからだろう。

山村辰雄からみれば、土岡組はまさに厄介な難敵と映っていたに違いなかった。

しかし、それゆえの弱点も山村は見抜いていたと思われる。土岡博は女のことで山村に金を借りたことがあった。それは長兄の兄弟分として山村へ親近感を持っていたからであり、よくいえば抱擁力の大きさ、逆に考えれば人間が真っすぐなだけに、相手の肚《はら》の内をみない油断に通じた。

そして土岡組の結束を考えるとき、土岡博が欠けたら組織は求心力を失って個々は四散するに違いなく、まして博の周囲の油断はそれを可能にできるような状態にあったのである。

山村辰雄がそこを見逃すはずはなかった。

しかしそれが可能だとしても、あとには自分の身の危険が待っている。なかでも悪魔のキューピー・大西政寛が眉間を縦に立てたとき、そこではどんな防備も通用するとは思えなかった。

まして大西が実弟のように可愛がり、山村もまた十五、六歳の頃から博奕場で顔を合わせている若中の波谷がいた。

大西が中心で土岡正三らがまとまり、若中は年少でもホープといわれる波谷を中心にまとまると、たとえ求心力は失っても、今度は親分の仇という目標で結束してくるのは目にみえている。

山村辰雄がそこまで考えたかどうかはともかく、二十四年春頃から、ちらりとでも土岡博抹殺を考えて不自然ではない状態が積み重ねられていた。彼にとってそれは、死活の問題だったのである。

土岡組が無言の力で、伸びようとする山村組を圧殺するべく、魚市場、海水浴場、道場と一つずつ仕掛けてきたと、その猜疑心は受け取っていたのだ。


しかし山村がその気になってみた場合、春頃から土岡組の状況に、これまた微妙な変化がみられた。そして土岡博と山村辰雄の微妙な亀裂を土岡側が気にもとめなかったように、ここでも土岡組はその変化への配慮すら示さなかった。

組織も人の心も一つと疑わなかったのだろうが、そういうなかで大西の心境に少しずつ変化がみられ出したのである。

逃げい逃げいの生活、希望の灯と思えた長男・幸三の生後三日目の死、そして蓄《た》まり出した金銭への欲望。それらは少しずつ大西の男としての信念を揺るがしていった。

そういうときに近づいてきたのが山村辰雄である。賭場で出会えば、彼は貫禄ぶるでもなく大西へ愛想を振りまいた。

「わしの金でよかったら、まあちゃん、ええように使ってつかあさいよ」

大西は太っ腹なその言葉にころりと騙《だま》された。土岡組は厳しく、なにより親分の博が金にだらしないから、テラの金はともかく、内所はいつも火の車だった。それに較べて、なんと鷹揚《おうよう》な親分だろう、と大西が思って不思議はなかった。

土岡博も金はきれいに費《つか》う。しかしここまでの闊達《かったつ》さはなかった。大西にしても、山村が海生逸一の後押しで大金をつかんだことは知っている。もちろん、戦後の闇成金の金のばらまき方もみてきていた。だが、僅か二、三年の顔馴染みに、博奕で勝手に使えと言った人はいなかったのだ。

しかもそういう場面は何度か重なり、山村はさらに親密な素振りを大西へみせることになった。

「まあちゃん、呉へ来たらわしの事務所へも寄ってくんない。駅のすぐ近くじゃ、なにかと便利じゃけんね」

大西の逃亡生活を知っていての山村らしい配慮だった。

だから大西は言われるまま、ぶらりと顔を出した。美能幸三は四国のほうへ行って留守はわかっていたが、舎弟分の親分の事務所である。駅で列車を待って目立つよりいいと思ったこともあって立ち寄ったのだ。

折りから昼飯どきだったが、大西が驚いたのは、若い衆の飯が白米だったことである。土岡組は、長兄の吉雄宅で食べさせて貰う場合でも麦飯だった。しかも若い衆たちは自由に振るまっていて、土岡組のようなきちんとした規律はないようにみえる。

組織としてどちらがいいかという判断より、大西にはすべてが新鮮にみえたに違いなかった。折り悪しく山村辰雄は留守だったが、大西が立ち寄ったことを知って、お詫びにと夫人の山村邦香から初子宛に観劇の誘いがあったという。

「あんたどげんなもんでしょう。広島の芝居やし、観たい気持ちはあるけんど」

大西は福山で初子からの電話を受け、呉にも立派な親分が誕生しつつあると思って当然だった。

初子へのなによりの気晴らしである。長男の幸三を失って以来というもの妊娠の徴候はない。母のすずよは、旅回りの一座にのめり込み、自らが興行元になって四国へ渡って帰って来ない。そして大西は自分の家であまり長居はできないのだ。

女房思いの大西にとって、自分の身の処し方以外に唯一の気がかりは、初子の無聊《ぶりよう》をどう慰めてやるかということだったが、それが思いもかけず山村辰雄の配慮である。

「おう、行かして貰えい。山村の親分には、わしがあとからよく礼を言うとくけん。姐さんによろしうな」

大西の心中は、この時点でぐらりと山村辰雄に傾いたといっていいだろう。

福山から戻った大西は、お礼がてらに山村組の事務所を訪ね、山村に歓待されたばかりか、その事務所の居心地のよさに、つい二、三日を過ごしてしまうのだ。土岡組と違って、ここでは「マサ」呼ばわりする者はいない。若い衆は美能幸三の兄貴分であるうえ、悪魔のキューピーを目の前にして礼の限りを尽くし、親分の山村にしてから下へも置かぬ待遇だった。しかも初子からは広島で姐さんに歓待されたと弾んだ声で連絡を受けている。

心が傾いたというより、大西は山村辰雄の表面に惚れてしまったというべきかもしれない。山村辰雄にしても、自然な流れのなかで将と馬へ同時に配慮することになったが、大西がこうも早く自分へ心を寄せてくれるとは思いもしなかったろう。広の道場で、土岡正三、折見誠三らと大西が、金銭面で気まずいことになったと噂に聞き、うまくいけばとさりげなく気を惹いてみたのは確かだった。しかし前の年には、山村の若い衆である前原吾一が、やはり金銭面のごたごたから、「山村組の白い飯より、土岡の麦飯のほうが性に合っとる」と土岡組へ走っているのだ。

そのことを知らないはずはない大西が、まさか簡単になびいてくれるとは、山村にとっては思いもかけぬことであり、望外の喜びであるはずだった。

山村辰雄は己れの手腕にさらに自信を深め、あとはどう大西を山村組へ取り込むかに思案をめぐらせた。昭和二十四年初夏の頃で、このころになって山村は土岡博抹殺を本気になって考えはじめたのだろう。大西さえ味方になれば百人力だし、なにより後顧の憂いの最大の難物がいなくなるのだ。

そうとも知らず、大西はずるずると渦に巻き込まれるように、時代の変転のなかへ、裏側の主役として参加していってしまうのである。

ほんまじゃのう。なぜ大西が山村さんについてしまうか、それが悪魔のキューピー生涯の謎じゃけんの。

将軍さんと折見誠三が、広の盆中をぐじゃぐじゃにしたからじゃという説は確かにあるわな。大西は兄貴分じゃけん文句も言えんし、かなり鬱屈しとったいうわけじゃ。

しかしの、それは山村側が流した噂じゃいう説も一方にゃある。これはなんとも言えんわな。ほいじゃけん、そこに共通しとるのは金の問題じゃ。大西が金に執着を持ち出したのは間違いなかろう。

考えてもみい。臭い飯を食わんためには警官も撃たないけん思うとった大西じゃ。逃げい逃げいは一生つきまとうかもしれんよの。そげいなとき頼りになるのは金じゃ。すずよさんと初子さんの面倒をみるのも金なんじゃよ。山村さんはそこを衝いた。さすがに抜け目がないわ、のう。

山村さんは昔の金持ちと違うてな、急所の金の使いっぷりがええんじゃ。小心で狡猾《こうかつ》かもしれんが、頭が切れたのも確かよ。そのうえで演技も上手じゃ。それは何度も何度も欺かれた美能さんが一番よう知っとる。じゃきにそれは、よっぽど内側に入って人を見る眼を持った者にしかわからん。大西がころりといかれて当然なんじゃ。

馬を射たのも慧眼《けいがん》よのう。大西が初子さんを大事にしとったのは皆が知っとったけん、奥さんの邦香さんをだしにした作戦はずばりじゃよ。そんときの話は知らんが、その後じゃろうかい、杉村春子が広島の文化ホールかなんかへ来たとき、山村夫人と初子さん、それに大西の最期の場となった岩城家の奥さん、その三人が行くの見た人がおるし、よく三人は連れだって歩いとったんじゃ。

初子さんにしてみれば、誘われて嬉しくないはずはなかろう。観劇じゃ買い物じゃいうてはご馳走になり、夏に向かってブラウスなんぞも買うて貰えば、帰って大西に報告するわな。大西が喜ぶの目に見えるじゃろう。

将へは実弾、ほいて馬を使って歓心を買う。大西が参らんはずないんじゃ。

まして大西がついたり、見たり聞いたりした親分は、カシメの向井さん、土岡の博さん、それに渡辺長次郎、また引退させてしもうた久保健一にしても、みんな心は真っすぐで、策謀家ちゅう一面は持ち合わせてないんじゃ。大西は死ぬ一カ月ほど前まで、山村さんを疑うてなかったろう思う。

山村さんはその一方で、海生さんの歓心を買うのも忘れんかった。海生さんの心中はその通りやったかもしれんの。土岡組が突出してしまえば、自分の支配に支障をきたすのは当然じゃろうし、ほいじゃけん山村辰雄に肩入れもしたんじゃろう。山村がそこを読んどって、ひそかに土岡とぶつかってもと思うとったのも当たっておるかもしれん。

そういうところはよく見えるだけに、土岡組の魚市場、海水浴場、呉の常盆なんぞは、山村組圧殺へ向けた刃《やいば》と映ったんじゃろう。土岡組からみれば、山村組なんぞ月とスッポン、拳銃と拳骨じゃ。吉雄さんの兄弟分じゃきに山村さんをたてとって、それなりの配慮はしたけん、先方が死活問題と考えとるなんて知らんで当然じゃった。

そうじゃ、呉の盆開きには博徒の爺ちゃんもひと役買うとるんじゃ。

爺ちゃんより博さんのほうが三つ上じゃったんかいな。爺ちゃんが大正九年、博さんが六年生まれと覚えとるけんね。土岡組ができてから二人は仲良うなって、銭がないときは中通りあたりでくすぼっておったり、できればできたで、二人つるんで博奕に行っとったもんじゃ。

無理な博奕も打ったりしよったそうよの。無理な博奕？　早く言や賭場荒らしやイカサマじゃろうかい。一緒に苦労したいう意味じゃ。ほいじゃけん、呉の常盆計画も博さんは爺ちゃんに声かけとるんじゃ。爺ちゃんの腕は確かじゃけん、一緒にやろういうわけよ。いま、爺ちゃんはそんとき二十九じゃ、将来やりたいこともあったんじゃろう。縁組んだらそれを諦めにゃいけんけんね。でもできるだけの協力はせんならん。

爺ちゃんは山村さんとは古いんよ。なにしろピカドンのときゃ、呉で同じ部屋に寝とって、ガラスがピリピリ震えて飛び起きたほどいうからな。じゃきに博さんも、山村へ応援してくれいうことを爺ちゃんに頼んどるんじゃろう。通さな具合が悪いけんね。

山村さん、協力しとるんじゃ。道場のすぐ近くに交番があるけん、爺ちゃんが、「おっさんあっこも頼むわ」言うと、山村さんは警察のほう押さえてくれたいうてた、のう。

いま考えれば、道場開きが夏の頃だったけん、大西はもう山村へ来とったかいの。あとで爺ちゃん、そういや谷岡さんや野間範男らの態度がぎこちなかった言うとった。爺ちゃんですら、吉雄さんと山村が兄弟分やし、悪い感情持っとるとは思わんかったと言うとるんじゃ。山村さんの思い過ごしよのう。それとも、そう自分に言い聞かせて、呉支配への野望を山村辰雄は実行に移し出していたのかもしれん。

ちょうどそん頃は、山村組の若者頭・佐々木哲彦、哲ちゃんがヤク売ったとか売らんとかで吉浦の拘置所へ入っとったんじゃ。ほいてあと逃げとっても、山村は大西が来たもんじゃけん、哲ちゃんに冷や飯食わせとったそうじゃ。ころころ変わるけんね、山村さんいう人はの。

大西が正式に山村組へいつ来たかは、これがはっきりせんのじゃ。それでも六月の終わり頃にゃもういたという人はおる。ま、六月末いうたらええかいの。

わしゃ思うんじゃが、山村さん、大西のハートをつかんだ最後の殺し文句は、うちへ来たら警察へ話つけるけん言うたんじゃなかろうか。まったくの想像に過ぎんけど、土岡の常盆にしても警察を押さえたし、いろいろルートは持っちょった思うんじゃ。

ほいて大西は、そのままずっと呉に居ついてしまうんじゃけん、逃げい逃げいはやめて、目立たないように初子さんと住み出すんじゃけん、そうも思えるわな。

住んどったのは、のちに山村組の事務所となる本通りのほうじゃいうた。向井信一さんの息子さん、前にも出てきた信喜さんが何度もそこへ大西を訪ねた言うとったわ。

行ったのは映画館のなかで会うたからと言うたかな。呉の一劇か二劇やったんじゃろ、満員で後ろのほうは立ち見しとるいうのに、一人だけ椅子を通路に出して見とったそうじゃ。傍らには若い衆がついとったんかい、目立ったんですぐわかったんじゃろうの。

「あれ、まーやん」言うたら、「おう、信《のぶ》ちゃん、親父さん元気か」「うん、元気にしてる」言うと、「おっ、ラムネ」って若い衆に声かけて飲ましてくれたそうじゃ。

それで「遊び来い」となったらしいわ。信喜さん、教えられた通りに行って、つい「まーやん、おる?」と下で訊いたら、「誰じゃお前は」なんてどやされた言うてた。二階に住んどって、みんな兄貴とたてて、大西さんと呼ぶ者もおらんかったそうじゃ。

そういやその頃かいのう。爺ちゃんは大西とよく麻雀をやっとる。山村組へ来とるの知らんけん、最近はよく呉におるのう思うたそうじゃ。

爺ちゃんの麻雀強いんは有名よ。なにしろ小学校三年からの年季じゃけんね。じゃきに大西は教えてくれいいう感じで遊びに行きよったんじゃろう。夏の頃は毎朝早くから行ったらしいの。ま、爺ちゃんらのメンバーにはちょっと無理で、千点百円か二百円かの遊び麻雀のほうやっとったいうたかい。ほいでも負けるのが嫌いで、慎重に打っとったから勝ちも負けもせん麻雀やったそうじゃ。

いま考えりゃ、小遣いは山村さんから出とったんじゃろうな。なにせ、信喜さんの言葉じゃないけん、若い衆がピリピリしとって、いわば山村組若者頭という存在に大西はなっとったんじゃけん、のう。

実際に大西は山村組の核となっていた。大西が中心にいてこそ、親分の山村辰雄があり、若い衆が存在するといえた。大西という核が入っていなかったら、山村はこの時期にまだ土岡と事を構える気は起きなかったろう。しかも佐々木哲彦が留守である。いればお互いの気質から反目《はんめ》になることは目にみえていた。

山村は佐々木に冷や飯を食わせながらも、天の利、地の利を得たとほくそ笑んでいたに違いない。

一方で山村は大西に対して、あらゆる言辞を弄して洗脳に務めたと思われる。それこそ山村の狙いの最後の詰めであった。

それまでの親分で兄貴分である土岡博がいかにだらしないか、腹黒く山村辰雄抹殺を狙っているかを、彼はそれこそ涙と怒りの迫真の演技で、大西へ縷々《るる》説明したのは想像に難くない。大西がそれを真《ま》に受け、自分にこれだけよくしてくれる親分の役に立とうと思ったこともまた納得できる。

それは悪魔のキューピーが、本当の悪魔に魅入られたときといえるだろうか。

大西政寛は、ついに土岡博抹殺の肚を固めてしまう。

それは夏の盛りの蒸し暑い夕べであった。山村事務所の二階で大西は、少し声をひそめて五人に向かって話していた。

「あいつら蚊帳《かや》を吊って寝とるんじゃ。ほいじゃけん、入ったらまず蚊帳の吊り手を斬れい。そうすりゃどこに人間がいるかわかろうが。そこを片っ端から斬って斬って斬りまくれい。

ええな、殺《や》ったらすぐ舟へ戻るんじゃ」

それは土岡博の暗殺計画だった。この日、情報が入って、土岡博らは江田島・高須の海水浴場へ一泊するという。そうなれば泊まるのは松の木の間にあるバンガローふうの建物である。なかには蚊帳、つまり天井の四隅から麻などで細かい網目を作った布を垂らして蚊を防ぐものだが、それが吊ってあるから、吊り手を斬ればふわっと落ちた蚊帳は人の寝ている形を自然に浮かびあがらせるうえに、内部の人間は身動きできない状態になるから、そこを滅多斬りにする計画なのだ。

舟はエンジンのついた漁船をすでに手配済みで、奇襲をかけたあとはさっと引き揚げれば犯人もわからないというわけである。

絵図は誰が描いたかはわからないが、寝泊まりの状況に詳しいところをみると大西の作戦だろうか。彼は五人に説明したあと、今度は夜の集合時間に念を押して山村への報告に席を立った。山村宅はいまの東愛宕町の東端寄り、鯛乃宮の下にあり、事務所からそう遠くない。

五人のなかには美能幸三もいた。その頃は広島の岡敏夫のもとへ身を寄せていたが、博奕が夏枯れのうえ、大西に用があって呉へ戻ってきたところでその夜の暗殺計画だった。

「幸三、お前どうするんない」

大西の問いへ断るわけにもいかず、またその夜の行くあてもないことから美能はそのまま事務所へとどまったが、結局、戻ってきたのは一人だけだった。それぞれが理由をつけて戻って来ず、戻った一人も浮かない顔をしている。

山村辰雄は怒った。もちろん計画は中止である。美能幸三は悪いところへ帰ってきたと思っていただけに、半ば安堵《あんど》の気持ちが強かったが、やはり巡り合わせが悪いのか、あるいは咄嗟の山村辰雄の閃《ひらめ》きかはともかく、そこからまた侠気を出してしまうのである。

山村は怒りながらも、大西と美能を自宅へ誘った。夜の八時頃のことだった。怒りを冷ますつもりだったろうか、山村はひと風呂浴びると床の間の前に座って二人へビールをすすめながら、溜息をついた。

「まあちゃん、これからどうすりゃええ」

大西としては残った三人で殺《や》ると答えるほかなく、美能はそれを聞いて大西に殺らせるわけにはいかないと言うしかない舞台だった。その美能の言葉尻へ山村が飛びついた。

「お前が殺ってくれるか。じゃきに下手したら前の刑があるから死刑じゃ。そないなら、もしお前が帰ってこれたらわしの財産をみんなやる。な、まあちゃん、これでどうじゃ」

そこへ山村夫人がまるで計ったように入ってきて、涙ながらに美能の手を取ってみせた。

「幸三、お前はええ親分や姐さん持って幸せじゃや、わしゃ羨ましいわい」

大西は本当にそう思っていたのだろう。その声は感極まったものであった。

帰り際、山村の口ききで美能幸三は大西の拳銃を貰うことになった。モーゼルのＨＳＣオートマチック、32口径、全長十五・七センチ、重さ僅か六百グラムという、いかにも大西の好みらしい道具であった。

もちろん美能に土岡博への恨みはない。むしろ会えばいつも幸三と声をかけ、可愛がってくれるのが土岡博だった。彼は拳銃の軽さとは逆に、後悔という重い心を抱きつつ運命の日を迎える。

対決と別れ

昭和二十四（一九四九）年九月二十七日、美能幸三は広島駅前・猿猴《えんこう》橋近くにある岡組の道場前でついに土岡博を撃った。一カ月以上、山村辰雄から毎日のようにせかされながら機会を待ち、この日の白昼になって目的は達成されたのである。

美能幸三は繁華街に集まってきた野次馬にまぎれて逃げた。トラックですぐ駆けつけてきた警官たちに追われたが、知り合いの家に飛び込んで逮捕寸前を救われたのだった。彼が呉へ戻ったのは夜の八時半頃である。世話になっていた岡組の者に送って貰ったからで、そのときに聞いた話では、土岡博の生命は助からないだろうということだった。腹部の銃弾が背骨でとまっていて、医師の話では今夜が峠だろうという。

呉で待っていたのは大西政寛と野間範男だった。大西はすでに事件の経過を知っていた。昼過ぎに広島から美能の使者が来て、これから目的を遂げると聞かされ、午後になって岡道場前の銃撃のあと、土岡博と若い衆の河面《かわめん》清志が病院へ運ばれたと知らされているし、美能が戻ってくるのを待ちかねていたのだ。

「幸三……」

とひと声かけたきり、大西は彼を隠れ家へ案内した。山村が懇意にしている家で、二階には布団が二つ並べてあった。

「ここで待っとれいよ、すぐに親分が来るけんの」

大西にしてみれば、美能幸三の手を取って「よくやってくれた」と言いたかったはずであった。いわば自分の身代わりを買って出た形での襲撃である。逮捕されればそれこそ死刑だってあり得るし、長期刑は当然ながら覚悟しなければならない。しかしその報酬として山村は、自分の全財産をやると明言していた。ここは親分の山村にまず第一にねぎらいの言葉をかけて貰うべきだと大西は考えていたと思われる。

一方で山村は、美能幸三が隠れ家へ入ったと知らされていても、もう一つの報告を苛立ちながら待っていた。それは土岡博の死であり、さもなくば危篤か絶望という朗報のはずであった。しかし九時を過ぎてから入った報告は山村を逆に絶望という谷底へ突き落とした。土岡博は一命をとりとめたばかりか、銃弾は急所を外れていて、摘出してしまえば明日にでも元気に阿賀へ帰れるはずだという。

山村は送受器を叩きつけるように置くと、そのまま隠れ家へと急いだ。心中は不安と怒りが渦巻いていた。不安は土岡博が必ず報復に出るだろうというもので、怒りはそうなる原因をつくった狙撃者へのものだった。

山村は二階へ上がるのももどかしく、その思いを美能幸三へぶつけた。長い間かかって営々と絵図通りに築きあげてきたものが、たったいま崩れ落ちてしまったのである。

「お前のう、つまらんことしたよの。博は生きとるど、なぜトドメをささんかったんかい。一発撃って逃げたんか。も一度やれい」

美能にしてみれば思いがけない言葉であった。ヤクザとして親分のために、なんの恨みもない人を殺るべく精一杯の努力をしたのである。生きていると言われて安堵するような思いと、努力が報われなかったという複雑な思いが交錯したが、まずはどうあれ、ねぎらいの言葉がかけられるのが当然なのだ。それが人間味のかけらもない口調だった。

彼は、もう思い出したくもない白昼の場面が脳裏にちらつくのを耐えながら、弁解すべき言葉をぐっと呑み込んでいた。

大西政寛から預かった銃は弾が二発しかなかった。その二発で二人ともすっ飛んだのだ。そのあと河面清志を格闘で倒し、さらに土岡博が美能に狙われていると知り、岡道場から出て見張っていた斯界の大先輩に羽交い締めにされながら、その日に求めていた別の拳銃でさらに二発撃ち、再び空砲になったと知ったとき、警官隊を視野に入れてやっとの思いで逃亡してきたのだ。ヤクザとして恥ずかしめを受ける覚えはなにもない。

しかし彼は耐え、親分の数々の言葉が頭上を過ぎていくのを情けない思いで聞いた。

「やったのはお前じゃ、責任とれいよ。わしに責任はないんじゃけん」

山村はなおもくどくどと言い続けた。山村にしてみれば、黙っていることに耐えられなかったのかもしれない。生きている土岡博にどんな顔で会ったらいいのか。それより今度こそ、本気になって命を狙われるだろう。

美能幸三への怒りは不安に変わり、不安は妄想を呼び、妄想は愚痴となって次から次へと口からこぼれた。

それがどのくらい続いたろうか。美能の耳を山村の言葉が素通りしだした頃、階下の戸を叩く音が聞こえた。かすかに「山村……」と呼ぶ声も聴こえる。

「来たっ」

黙って耳を澄ましていた山村は、不安と妄想が爆発したようだった。

「誰でしょうかね。わし行ってみますけん、もしバーンと撃つ音がしたら、天井裏へ隠れてください」

美能はそう言うと、すでに腰を抜かしてへたり込んでいる山村を抱えて押入れの上段へ上げ、階下へ降りて行った。

　用心深く戸を開けると、そこにいたのは山村の二人の兄弟分だった。

「兄弟、来とろうが、陣中見舞じゃ」

「いや、おらんです」

「ほうか、ここじゃと聞いたんじゃがのう」

　短いやりとりで二人が帰り、美能がそのことを押入れに向かって報告すると、山村は天井から降りてきたのだろう、蜘蛛《くも》の巣を頭につけたまま、今度は自分の狼狽ぶりを隠すために冗舌になった。

「ま、いろいろ言うたが、一生懸命やってくれたんは事実じゃけん、済まんかった。そんときの模様を話してみい」

　美能としてはもう答えようがない思いである。だからなおも黙っていると山村は、視線を二つ並べた布団に当ててから、バツが悪いのか、一緒に寝てやろうと思っていたが急用を思い出したからと帰って行った。

　入れ代わるように入ってきたのが大西政寛だった。

「親分は……おらんのかい」

「ついさっき、急用を思い出したとか言うて出て行きましたけん」

「一人でのう。いま守之が来ちょったんじゃ。親分を出せい言うて血眼になっとるんよ。ほかのもんやったら生きて帰さんが、守之じゃ、可愛けんのう。ついさっき追い返したんじゃけん、親分がそのあたりで会うてみい、一発じゃ。幸三、話はあとでゆっくりの。親分が心配じゃけん探しに行くけん」

波谷守之は阿賀でその第一報を聞いた。

「守之！　幸三が博を撃ったど」

車で通りかかった土岡吉雄が、慌ただしい声でそう言ってまた走り去るのを見ながら、波谷は呆然と立ちつくしていた。周囲のすべてが色褪せ、目の前が真っ暗になる感じだった。親分が殺された、しかも殺ったのが美能幸三……。ほかの若いもんじゃなく、なんで美能が……。

二つのショックが同時に波谷の全身を駆けめぐっていた。親分が、なんで美能が……こうしてはいられない……。数瞬の間、凍りついたようになった心臓は、その反動のように全身に大量の血を送り出していた。

カッと体が熱くなった波谷は、すぐさま足を土岡組の事務所へ向けた。親分が殺られたなら、相手の親分を殺らなしょうがないじゃない。思いは一つだった。山村を殺って、親分と一緒に死んでやろうじゃない。

土岡組では、土岡吉雄の報らせで全員が広島へ行く支度をしていた。トラックが用意され、誰もが興奮を抑え切れぬように慌ただしく動いていた。

「河面清志も撃たれたんじゃけん、血だらけで相手に立ち向かったそうじゃ」

そんな話し声も耳に入った。

「守之、お前も早う支度せい」

「早う、親分のところへ行くんじゃ」

鳴りっぱなしのトラックのエンジン音を聞きながら、しかし波谷は誰の声にも耳をかさなかった。

死んだ者のところへ行ってなにになるんじゃ。一番は仇を討つことじゃないか。

まだ土岡博の生死は知らされていず、波谷はすでに親分が死んだものと思い込んでいた。もちろん、弾が急所を外れていたと知ったとしても思いは同じだったろう。

波谷守之は道具《ハジキ》を腹巻きへしっかり差し込むと、去ってゆくトラックを見向きもせずに、地下足袋で一歩一歩踏みしめるように歩いていった。

鯛乃宮の下にある山村の家は知っていた。電車通りの終点から暗い坂道を上がって行けば、そこが山村の二階建ての家である。

会えるか会えんか、とにかく姿をみて一発撃てたらいい。思いはその一点に絞られていた。

いま歩いているこの暗い路地を生きて帰るつもりはなかった、というより生死すら念頭になかったというべきだろう。

十九歳という自分の年齢も、今日が何日でいまが何時かということさえもまったく忘れていた。ただ肚だけが覚悟という重しでしっかりすわって、ヒタヒタと鳴る地下足袋の音が、その覚悟を目的地へ運んでいった。

「山村おるの、出せい！」

山村の家へ入るなり、波谷は低く叫んだ。

山村組も土岡組の殴り込みに備える態勢はとっていた。

ドドッと跫音《あしおと》がして、二階へ通じる階段の途中まで何人かが降りてきた。

「誰じゃっ」

「波谷守之です」

「一人か」

波谷は黙って相手を睨み返した。

「守之、お前来たんか。来る思うた。まあ上がれい」

そのとき二階から降ってきた声は大西政寛のものだった。兄やんが、なんでここにおるんかい、波谷はふとそう思ったが、いまはそんな場合ではない。言われるままに階段を上がって行くと、そこには大西と顧問格の谷岡千代松を中心に野間範男、鼻万三、原寿雄をはじめ数人が待っていた。

「山村を出せい」

波谷の言葉を大西がどんな思いで聞いたかは想像に難くない。このあと大西はひと言も口を挟まないのだ。

「おらん。留守じゃ」

「おるじゃろう、出せい」

「おらん言うたらおらんっ」

声に険が加わると同時に、全員が波谷を取り囲んだ。静まりかえった部屋の空気が揺れ、こするような足音が響く。ニッカボッカーのズボンへ、全員が手を突っ込んでいた。

「それなら、どうしてうちの親分を撃ったか、わけを聞かせい」

波谷も腹巻きに手を差し入れ、道具をしっかり握りしめた。囲んだ者たちも、隠れた手が微妙に動く。波谷は全員を睨《ね》め回しながら言った。

「あんたら、わしを撃つなら撃ちないよ。そのかわり一発だけ、わしも撃たして貰うぜ」

ざわめいた空気がぴんと張りつめていた。波谷は覚悟を決めてきたのだ。山村を殺れないばかりか、なにもせずに殺られることはない。二人や三人は道連れにしてやる。

その思いが、普段は無口な波谷に啖呵を切らせていた。張りつめた空気のなかで、誰もがぴくりとも動かない。

「どうない」

波谷は道具を握りしめたまま、大西の眼を視《み》つめて言った。

「みんなうちの親分には可愛がって貰うたんじゃろう。それがどんなつもりない」

波谷は大西の視線と動作から目を離さず、続けて言いたい放題の啖呵を切った。大西が土岡を裏切っていることは、二階へ上がってはじめてわかったことだった。しかしそれを責めている暇はない。波谷は全員に向かって言える限りのことを言った。

「山村は本当におらんのじゃ。喧嘩してもなんじゃけん、今夜のところはのう」

間合いをはかったように、年長の谷岡千代松が言って、大西がゆっくり頷いた。それで張りつめていた空気がゆるんだようだった。

大西が黙って階段を降り、波谷もそれに続く。あとを数人が追いかけてくる。生きて帰ろうと思わなかった暗い路地を、波谷は大西と肩を並べて歩いた。二人とも黙ったままだった。

波谷にも言いたいことはあったが言葉にならなかった。それより山村を殺れなかった口惜《くや》しさが募った。生きているという感覚も安堵感もなかった。今夜が駄目でも明日と思った。

死ぬ気に変わりはなかった。

　大西にしても、あり余る感情は言葉にならなかったのだろう。なにを言っても弁解になるし、殺される覚悟のできた波谷の行動を誉めてやりたくとも、相反する立場がそれを許さなかった。

　それぞれの想念が絡み合うように歩きながら、二人はやがて灯りがともる電車通りへ出た。

「守之……」大西がぽつりと言った。

「守之、幸三をどう思うとるんじゃ。会うたらどうすんない」

「そりゃ兄やん、山村が一番じゃが、美能と会えるもんなら訪ねて行かにゃしょうがないじゃない。それより兄やん、山村じゃ」

　波谷はずっと怺《こら》えていたものを吐き出すように言った。仲のよい友達でも、やはり親の仇だった。会えば勝負するまでである。

　大西がじっと波谷の眼を見た。

「わかった守之。なんも持って帰らす土産《みやげ》はないけん、今夜のところは帰っちょけ。明日わしが阿賀へ行って話しするけんのう」

「ほんなそうします。明日来てくんないよ」

　波谷は大西の眼を暫《しばら》く見返してから、くるりと背を向けると電車通りを横切って行った。

その眼はいつまでも記憶に残った。それがこの世での大西政寛と波谷守之の別れになったからだった。

波谷守之が山村宅へ単身乗り込んだとき、山村辰雄は美能幸三の隠れ家にいた。三十分ほどの時間差だった。そして大西が心配して隠れ家を訪ねたとき山村は出たあとである。大西がやっと山村を探して事の次第を話すと、山村は顔色を変えた。

「まあちゃん、それでどして守之を生かして帰したんない」

「ほかの者じゃったら誰が来ても生かして帰さんけん、守之じゃ可愛けんのう。あいつは生かしといたら必ず男になるけん」

大西もさすがに山村の言葉にむっときたのだろう。そう答えると山村はそれには耳をかさずに言った。

「それより、いずれ幸三の隠れ家を移さにゃいけんのう。兄弟にも知れとるし、守之も狙っとるけんの」

だから美能幸三は三日ほどして場所を移すことになったが、それまではなんともやりきれぬ辛い日々が続いた。

襲撃の日の夜の山村の言葉に、美能は戸惑いを超えて怒りさえ感じていた。土岡博には世話になったことはあっても、恨みはなにひとつないのだ。しかし親分の命令で撃った。場面と状況のなかで精一杯の力を尽くしたのだ。ところが開口一番、一発撃って逃げたのかと罵《のの》しられた。しかも責任とってもう一度やれという。

それは美能幸三に殺人鬼になれというに等しかった。もちろんそんなことはできない。彼は時間よ戻れ、時間よ戻ってくれんか、とひたすら念じた。襲撃の朝まで時間が逆回転することなどあり得ないと知りながら、そう願わずにはいられないほど悔いが心の奥深く突き刺さっていた。

ぽつんと一人でいると寂寥感《せきりょうかん》が募り、それは隠れ家を移っても同じだった。

山村はどこへ行ったのか姿を見せなかった。波谷守之が乗り込んできたことで、安全な場所へ身を隠していたのかもしれない。

そのかわり、山村の意を汲んだと思われる者が顔を出した。究極のところ、残酷にも言葉はつねに一つだった。

「お前のう、命を捨ててくれんか、死んでくれんか」

「死んでくれ言うて、死ぬ場所こしらえてくれるんか」

美能にも意地がある。憤然として訊くと相手は身を躱《かわ》して言うのだ。

「そりゃ野間範男にちゃんと言うてあるけん、範男が来たら言うてくれ」

死ぬということは、山村が言っていたように、土岡博を再度襲撃してとどめを刺すことを意味していた。土岡博は事件の翌日には阿賀へ戻り、自宅で静養している。それを襲うことは無謀に等しい。たとえ成功したとしても殺されて当然である。

しかし、なぜ、誰のためにそこまでしなければならないのか。かりに狙撃犯が邪魔だから死んでくれと言われたとしても、彼にはそれで命を投げ出すいわれはなにひとつない。美能幸三は逃げたいと思った。

そういう美能を訪ねてきたのは、野間範男ではなく大西だった。

「なかなか顔を出さんで済まんのう。親分は焦っちょるし、時間がとれんのじゃ」

眉間は立たずに曇っているのが大西の苦悩を表していた。大西にしても山村の扱いに困って当然だった。この頃の山村は、土岡博への再襲撃を企む一方で、土岡側への懐柔策にも手を出していたのだ。しかもその方便は、山村の知らないところで、大西が絵図を描いたというものになるはずなのだ。それでいて、再び波谷が襲ってくることを怖れている。

そのときの気分で言動がくるくる変われば、周囲にいる者は疲れ果てるだけだ。焦っていると大西は言ったが、その言動に振り回されていたというほうが事実だろう。だから美能のことを気にかけながらも、なかなか顔を出しに来られなかったのだ。

しかし、そう弁解はしたものの、大西は美能の顔をみて次第に表情がゆるんだ。波谷と同様に可愛い弟分であり、波谷と辛い別れをしたあとだけに心を開いて当然だった。美能にしても大西の笑顔をみれば鬱屈をぶちまけたくなる。

「兄やん、わしのう、死んでくれ言われてものう、死にきれんのじゃがのう」

大西はじっと美能を視つめた。笑顔がまた曇ってゆく。

「幸三、ほんじゃどうしたらいい」

「兄やん、わしゃ逃げたい。辛抱してくれ兄貴、尽くしたんじゃけん、やるだけやったんじゃけん」

大西は覗き込むように美能を視つめ続けていた。そしてキューピーのような大きくて円い目が潤んできたと思うと、瞬きもせずに涙が頬を伝わり出した。

「済まんのう幸三。ほいでもここまできたんじゃけん、ここから辛抱せいや。お前が死んだら一緒に行くけん、必ずわしも死んじゃるけんのう」

大西の言葉に偽りはなかった。

小原らの腕を斬り落としたときも、その小原を助けて桑原へ乗り込んだときも、そして久保健一に火鉢を投げつけたときも自らが先頭に立ち、人を恃《たの》むことを潔《いさぎよ》しとはしなかった大西だった。まして美能幸三の苦境であり、結果的には自分の身代わりとしての苦悩である。

美能が死んで自分が生き残ることなど、たとえ一瞬でも考えられる性格ではなかった。まして大西には、この頃になってやっと山村辰雄という人間がわかりかけて、少しずつ疑念が芽生えていた。美能幸三が死ぬようなことがあったら、自分も一緒に死んでやるというのは本心から出た言葉だった。

美能幸三も熱いものがこみあげるのを怺えきれなかった。

しかし、事態は意外なほうに向いて展開した。久し振りに顔を出した山村が、阿賀は警察の取締りが厳しく、手が出せない状態だから暫く美能に身を躱《かわ》せというのだ。行く先は三原市で案内人は前原吾一という。

前原は山村の白い飯より土岡の麦飯がいいと、揉め事の結果とはいえ土岡組へ走った男である。しかもトラックでの逃走路は、阿賀を通らなければ三原へは行けない。誰が考えても不自然で罠の匂いがした。

さすがに直前になって計画を知った大西は顔色を変えた。

「幸三、親分は焦り過ぎちょる。辛抱せい。もしお前が死ねば、すぐわしも死ぬけん。途中の阿賀で土岡が襲うてきたらかまわん、前原らを一番先に撃ち殺して逃げい」

美能は頷くしかなかった。大西の眉間は縦に立っていたが、美能を視つめる眼だけは慈《じ》悲に満ちていた。そしてここでも、これが美能幸三と大西政寛の事実上の別れとなった。

昭和二十四年九月二十七日、大変な一日じゃったのう。ほいてその後の一週間。大西をめぐって美能さんと守ちゃん、ま、守ちゃんは大西が叔父貴分いうても弟みたいなもんで、二人は兄弟分みたいなもんじゃけんね。ほいてまた土岡組と山村組じゃろう。いろんな因縁や柵《しがらみ》がもつれあったいうか、凝縮したような、例えは悪いけんど、ドラマチックな日よのう。哀しい対決いうたらええかい、土岡の博さんと美能さん、大西と守ちゃん、それぞれ対決したくないのに、結果はそうならざるを得んようになっていく。

ほいてからに、予期せぬ今生《こんじょう》の別れじゃ。守ちゃんとはその日が最期、美能さんは逃げたあと務めに行くんじゃ。大西の死を聞いたのは刑務所の中よ、のう。

そうそう、美能さんは阿賀はなんとか無事に通り抜け、三原へ着く前に拳銃預からしてくれ言われて、ちょっとの押し問答のあと隙をみて闇に身をくらますんじゃ。尾道まで夜道を歩いた言うたかい。大西へ連絡すると喜んどったそうな。もしかするとまたあの眼に涙ためとったかもしれん、そげん男じゃ。

その頃の阿賀では、土岡の博さんが帰ってきても、物を言わんかったそうじゃの。撃ったんは美能さんとわかっとっても、警察には知らん男だと突っぱねたそうじゃが、戻っても事件のことはなんも言わん。

何日くらいしてからかのう、守ちゃんにはじめて言うたそうじゃ。

「幸三が持っちょった拳銃は、マサのじゃった」

ずっと大西の裏切りのことを考えとったんじゃろうか。つまり大西を相手と認めたんじゃろう。全面対決の構えとなっていくんじゃ。守ちゃんは、大西と美能さんが阿賀へ死にに来るいう見方しとったらしいの。

そう、そうじゃよ。守ちゃんは死にに行ってるんじゃけんね。そう思うじゃろうが。もちろん「明日行く」いう大西の言葉は実行されず、結局は山村さんの優柔不断、美能さんへの余りに人間味のない態度、それに土岡への画策やら美能さんを重荷にし出したことなんぞで、美能さんは逃げ、大西は山村さんの言動に疑問を持ち出しとるから、二人が死にに行くなんぞありっこない。誰のため、なんのためかわからんもん、のう。いうなら、バックボーンを失うたわけじゃ、辛い話よ。

そうこうするうち、和解話が整うてくる。山村さんが海生さんに頼んだんじゃろか。

実は事件の少し前じゃったかいの、土岡さんは呉の海生さんの映画館から、売上金を持ち出しとるんじゃ。悪気じゃない、いつもの調子で「ちょっと貸せい」というわけじゃ。博奕行く前じゃいうたかな。それで負けて返せんもんじゃけん、海生さんの心証悪くして、それを山村さんが煽《あお》ったのかもしれん。

そんなこともあったけん、山村さんは海生さんへ涙ながらに頼んだのかもしれんの。奔走したのは、美能さんが二度目に撃とうとしたとき背後から羽交い締めにした清岡吉五郎さんと、新田規志人さんじゃ。条件は美能さんの破門と自首というんで、美能さんは十月十一日に広島東署へ出頭するんじゃ。事件から二週間、さらに一週間して、保釈で出た十二年の刑があるんで務めに行く。のちにこの事件で八年が加算され、合計二十年よ。山村さん、全財産やってもええよのう。

美能さんと土岡さんの心温まる話はあとで言うけん、問題は大西じゃ。二十年いう気の遠くなるような刑は、美能さんも本当に辛いじゃろうが、大西も身を切られるように辛かった思うんじゃ。

自分が不自由を嫌い、拘置も務めも逃げていただけに、美能さんのこと思うと眠れんかったろう思う。まして一緒に死んでやる言うとる。これは本心よ。ほいて大西からみれば、生きとるといっても美能さんのことは死んだような思いじゃったろう。

それにこの頃になると、襲撃の絵図描いたんは大西じゃいう噂が立つんよ。誰が言うたかはともかく、山村さんは土岡組の若い衆の事件に、弁護士を世話したり、弁当を差し入れたりしとる。大西がそれを知ってどう思うかじゃ。

山村さんへの不信感は大きくなるわな。バックボーン失うた言うたが、大西は立場もなくなるんじゃ。

守ちゃんのこともある。大西は山村さんに邪魔にされたばかりか、可愛いと日頃から思うていた美能さんと守ちゃんの二人を、まるで死なしたように思うて不思議はない。二人が死んで、なぜわしが生きちょる。思いが届かんのも苛々を募らせたろう。大西が信じられぬ凶暴性を発揮するのはすぐじゃ。

射殺

波谷守之とは敵対し、美能幸三とも塀の内と外でわかれることになった大西政寛は、呉を離れて福山にいることが多くなった。

山村辰雄への疑念や不信感は決定的になっていた。土岡博襲撃のすべては大西の描いた絵図という噂を耳にし、それがどこから出たかがわかれば、あまり呉にはいたくなかった。山村は会えば「まあちゃん」と猫撫で声で呼びかけるが、波谷守之が狙っているのを怖れてか、あまり姿は見かけなくなっている。もちろん大西をも避けたがっているのは、山村の態度でわかった。

わしは騙されていたのか、と大西は考えたに違いない。金で釣られて太っ腹な親分と思い込み、土岡博を裏切ったばかりか、可愛い弟分の美能幸三を窮地に追い込んでしまった。しかも山村は美能を責めて、状況が変わると、逃亡に土岡に走った前原吾一を付け、阿賀を通るという不思議な行動を取らせた。

それが「わしの全財産をやる」と断言した親分の取るべき道だろうか。しかも幸三からの連絡によれば、拳銃を預かるというので咄嗟に闇にまぎれて逃げたという。

金で釣り、自分の保身のみが大切で、子分の命は粗末にする。自分が信頼しきっていた親分とは、そんな人間だったのか。

破門と自首という和解の条件も胸に重く詰まっていた。それは石コロのように臓腑を刺激した。加算刑となれば、本当にいつ帰ってこられるかわからない。大西にしてみれば、一年でも一カ月でも我慢できない不自由の身なのだ。臓腑の石コロを大西は、かつて体験した戦地での行軍のように感じていたのかもしれなかった。

石コロがゴロゴロ、ゴロゴロ……。

臓腑で鳴るそれは、やがて周囲の人たちへ向けられて当然だった。石コロどもが、ゴロゴロ、ゴロゴロ……。

虚無と同時に苛立ちが募った。

福山へ来たのは、そんな感情を抑えきれなかったと同時に、幸三と名付けた息子の葬式を出した場所という思いもあったろう。大西はすべてを忘れたかったのだと思われる。

しかし、考えまいとすればするほど苛々は募った。そういうときの気晴らしは博奕である。

大西はすすめられるまま、従いてきた鼻万三とともに福山競馬へ通い出した。

勝負となれば負けたくはなかった。そのためには道具札が不可欠であり、競馬の場合、それは八百長である。

誰がどう仕組み、どう失敗したのかわからないが、そこで大西は事件を起こしてしまう。昭和二十四年十一月二十八日付の中国新聞は「暴漢数名で騎手を殴る、賞金問題で因縁」という見出しで、それをこう伝える。

《福山競馬場第五日目の二十六日、最終十一レースもはねた午後五時半ごろ、騎手の××(六二)は暴漢数名にこの日の第二レースの賞金問題でいんねんをつけられ、やにわに割木で顔面、頭部をめった打ちにされ全治一カ月の重傷を受け、直ちに小池外科病院に収容された。福山市署ではこれを殺人未遂として立件するとともに、複雑とみられる背後関係について徹底的な真相究明に乗り出した》

騎手の住所氏名は割愛したが、この段階で大西政寛、鼻万三ら容疑者の名前は明らかになっていないものの、その後の調べからすぐ名前がわかって指名手配されてしまう。

もう福山にはいられない。読み書きができない大西は、そのためもあって極度に広島県を離れるのを嫌がったというから、土地勘のある尾道や三原あたりを歩いたのち、正月を迎えるため初子の待つ呉へ戻り、母のすずよも呼んで三人はしばしの団欒《だんらん》のときを持ったと思われる。

その頃の阿賀では、波谷守之がひそかに大西への情念を燃やし続けていた。

事件のあと、土岡方では「山村は悪い人間ではない、狙ってはいかん」という命令が出ていた。土岡吉雄が兄弟分の山村をかばったからだったが、そこに山村側の働きかけがあったのは疑いのないところだろう。

海生を動かし、首謀者・大西となれば、山村は与り知らない事件になってしまう。しかも苛立っている大西が、山村側に回ったことを土岡組が激怒していると聞いて吐いた言葉が阿賀へ伝わってきていた。

「土岡の者が呉へ出て仕事したら、血の雨を降らしてやるわい」

波谷にとってこれほど刺激的な言葉はなかった。もとより生き残ろうなどという考えはない。山村を殺れないなら、兄やんがそこまで言うのなら、と波谷が考えて不思議はなかった。よし、土岡組の土性骨《どしょうぼね》を見せてやる。兄やん、やって貰おう。兄やんが阿賀に来ないのなら、わしが呉に行かにゃ、兄やんだって淋しかろうが。あんたが育てた守之じゃ、どんな芸ができる男になったか見て貰おうじゃないか。

そう考えた波谷が打った手は、呉の中通りにある二劇での興行だった。父の吾一に金を出して貰って大阪へ行き、浪花節の吉田奈良丸一行と話をつけてきたのだ。

興行日は昭和二十五年一月二十日から二十五日、阿賀と呉の掛け持ちと決定していた。阿賀は土岡で固めて、呉へは波谷と彼の若い衆になっていた沖田秀数、番野正博の三人だけで行く覚悟だった。

大西に可愛い守之の働きがわからないはずはなかった。二劇には次回興行のビラが貼られ、噂で勧進元は波谷守之と聞こえてくる。大西は人を介してさりげなく波谷へ伝言を託したが、それも伝わったかどうかわからない。

大西の苛立ちはますます激しく、石コロどもがゴロゴロの虚無感は、視界を冷暗色に変えていった。

指名手配を逃れて呉へ戻っていた大西の事件が、再び中国新聞に載るのは、そういう状況の新年早々、一月六日付のことである。

「拳銃で射殺、口論の意趣ばらしから」という二段見出しが事件の衝撃を伝えていた。

《四日午後五時四十分ごろ、呉市和庄通り四丁目の高日神社付近で、同町人夫・大西輝吉君(二三)が二十七、八歳くらいの男と口論、輝吉君はピストルで後頭部を撃たれてこん倒、共済病院に収容されたが五日朝三時絶命した。呉署では直ちに現場検証を行い、関係者らの供述により容疑者として阿賀町海岸通りの大西政寛(二七)を指名手配した。

犯行の原因は、同日昼、本通り五丁目を両名が仲間数名と歩いていたが、すれちがった時ささいなことから口論したその意趣ばらしらしい。なお容疑者大西政寛は昨年十一月、福山競馬場で発生した騎手殺人未遂容疑者の一名として手配中のもの》

冒頭で述べた「山村組の大西」を騙った事件で、原因は妻の初子をひやかされた大西の怒りにあった。

しかし状況はどうあれ、手配中の身で射殺事件を起こせばどうなるかは、大西も十分に承知のことであろうし、同時にこの事件にその愚を冒すほどの要因はなに一つない。あるとすればそれは、悪魔のキューピーが本当に悪魔に魅入られたうえに、自らの狂気の血が自暴自棄を起こしていたことではなかったろうか。

そうして一月十八日、大西の虚無と狂気は無謀きわまりない脱出行を試みるのだ。

一月十九日付の中国新聞は「殺人鬼、二警官を射殺」という見出しで、その朝の様子をこう書き出している。

《かねて指名手配中の犯人・大西政寛をよく知る数田理喜夫警部補は、大西が呉市内にいることを確信し全力をあげて足取りを追及していたが、呉市東鹿田の無職・岩城義一方にいることを探知し、十八日午前一時半、四十人の警官を指揮し犯人逮捕に向かった。

岩城宅は呉市特有の山の手崖下にある独立二階家で、三隊に分かれた警官隊はおりから降りしきる雨をついて同家を水ももらさぬように包囲し、午前三時きっかり、数田警部補が表

玄関の戸を叩いた》

あとはもう続けるまでもあるまい。秋田と土佐の混血で、のちに発砲音のあまりの凄まじさに腰の抜けたようになった犬が吠え、岩城の妻が応対する冒頭へ続いていく。

そしてその数田警部補と鞆井清刑事の二人を射殺、自らも窓から脱出しようとしたところを川相刑事に射殺され、大西政寛は二十七歳の短い生涯を閉じるのである。

事件後、大西の撃った銃弾数が合わず、自殺という線も考えられたが、それはまさしく自ら死を選んだにふさわしく、悪魔のキューピーらしい壮絶な最期といえた。

中国新聞はその後も事件を続報、そのなかに、福山の騎手事件で指名手配中の《無職・鼻万三(二五)は、十八日払暁の大捕物で警官二人を射殺した大西政寛と同宿しているのを逮捕され》、事犯の大要を認めたと一月二十三日付の新聞で報じ、また二月一日付では、《大西政寛と共謀、一月四日に高日神社で大西輝吉君を射殺、指名手配中の無職・野間範男(二五)が》潜伏先の広島市で三十日に逮捕されたことを報じている。

炬燵掛けの端を握って、ふわーっと払いのけたとき、ガガンガン、ガーンと撃ちよったんじゃけん、のう。炬燵んなかで大学生の制服着て、二丁拳銃を構えた大西の姿は凄まじかったろうぞ。眉間が縦に立って、キューピーのような目玉を険しく光らせて、のう。

そうじゃった。薬莢と発砲数が合わんのと、警官が撃ったのは川相刑事の一発じゃけん、それが大西のローレルと同じじゃったことから、当初は自殺説も出たんじゃ。ほうよ、言う通り自殺みたいなもんじゃろう。わしも最初に言うたわな、大西が死に場所を求めていたように思えてならんと。

こうして大西の短い生涯を辿ってくると、それがよくわかるじゃろう。死に場所さがしとる状況やないかとは、美能さんや波谷の守ちゃんとも同じ意見じゃったな。

虚無と苛立ち。それもある。けどな、これも美能さんと守ちゃんが言うとったけん、ほんま大西はさみしかったろう思うんじゃ。守ちゃんとは敵対してしまうし、成り行きからいうて、一緒に死んでやるのは美能さんしかおらんのに、ご存知の長期刑じゃろう。

生きる価値いうか、本質的なものを見失うてみい、人間どうなるかじゃ。ほうよ、大西の虚無感はほいじゃけん、深い孤独感からもきとるんじゃろう。美能さん、守ちゃん、土岡博さん。それに山村さんというバックボーンもポキリと音をたてて折れた。

いくら大西が一人で生きてきたいうても、そうじゃ、いくら精神的に体力的に人に負けんものを持っていたいうても、ヤクザとしてこれはさみしかろうが。

確かに大西は逃げようと思うとった。警官を撃ってでも逃げる構えをみせた。わしゃ撃たないけんけんと日頃から言うてた通りのことをした。

ほいじゃけんの、学制服姿の大西の逃亡先は関西じゃ言うたろう。県外へ出るのを嫌っていた大西じゃ。決心はしたけんど、そういう心境もあって、なるようになれ思うとったんじゃなかろうか。

撃ったのは本能よ、のう。撃たれるのも覚悟のうちよ、のう。それが自分を行動でしか表現できなかった男の最期の言葉じゃったろう思う。もっときつい言い方をすれば、父の万之助、兄の隆寛、息子の幸三、みんな死んで自分も死ねば、悪魔的な血も絶たれる思うちょったかもしれん。血イいうもんは哀しいのう。

二十七年間、思い込んどった出自、あらゆる束縛、迫害、すべて体ではね返して自由に生きたいうても、なんだか息一つ吐かずに駆け抜けて行ったような人生に思えてならん。

それも戦前戦後の辛い時期をじゃ。両親の離婚、父のモルヒネ中毒、カシメ若衆、石コロがゴロゴロの軍隊。絶頂期はあったけんどすべて失うんじゃ。辛い人生よのう。

しかも最後は山村さんからはっきり見捨てられとったんじゃ。大西にとっては、もうどうでもよかったことじゃろうが、福山の事件、高日神社の射殺事件で、山村さんにとって大西はもう使いものにならん体になっちょったんじゃよ。コマとして使えんし、逃げれば逃げたで金がかかるわいな。

新聞の「岩城義一宅にいることを探知」というんは、情報が入ったからなんじゃ。早朝に大学生の制服制帽姿に変装してやな、関西に高飛びいうてあんたも言うた通り、それは精確度の高い情報じゃった。

密告《チンコロ》したのは、山村さんいうのが定説になっとるわな。

岩城宅におったのは、新聞のように鼻万三ともう一人、高日神社の射殺事件で共犯の疑いがかけられとった野間範男じゃいうた。同じ逃げとったんじゃからそうなるよの。ところがその範ちゃんは、警官が踏み込んだときはもうおらん。

なぜかいうたら、事前に山村さんが電話で呼び出しとるからというわけじゃ。それからどうなったか、それがどんな意味を持つかは知らん。ほいじゃけん、精確度の高い情報いうたら、もう内部告発しかなかろうが。その通りじゃったけん、のう。

それにしても、新聞の「殺人鬼」と「二警官を射殺」という見出しの間にある写真、こまいけんど懐かしい顔じゃ。

いつ頃のもんじゃろうかいの。ちょっぴり憂いが漂っとるようじゃけん、いまになってみると大西の生涯をよう表しとるような気がする。

そうそう。大西が死んだとき、土岡の博さんが守ちゃんに言うたそうよ。

「マサも男じゃった。惜しい男じゃったなあ」

きれいなもんよの。そういえば話はとぶけんど、美能さんの長期刑が決まったときも、守ちゃんは土岡さんに言うたそうじゃ。

「親父さん、こんなこと筋が通らんことかもしれませんけど、二十年以上の刑いうたら美能は死刑と同じ、気の遠くなるような年月じゃ。事件のことは忘れてください。わしの身体で済むことやったら必ず償いはしますけん」

土岡さん、ひと言じゃ。

「なにを言うんか守之。幸三もマサもみな男同士、男の道を歩んだまでじゃ。なにも思うちょらん。お前と幸三の仲だ、そんなこと気にするな」

博さんらしいのう。そうじゃ、前にも言うたように、これには心温まる後日談があるんじゃ。大西が死んだ翌二十六年九月に、博さんが賭博罪で務めに行くと、広島刑務所じゃけん、美能さんがおるんよ。美能さんが尽くしよったのは有名な話なんじゃ。用事しよったり煙草もって通《かよ》ったりしたんじゃろう。美能さんにあとで訊いたら、「そういうこと通じんと思うけど、なかでお詫びした」言うとった。

ほいで守ちゃんに訊くと、博さんは「守之、お前と幸三の仲じゃけん、世話になってもいいじゃけ」言うたそうじゃ。守ちゃんも同じ頃に事件があって務めに行って、初犯でなんもわからんとき世話になるんじゃけんの。そんときはじめて美能さんとじっくり話し合うたいうの、前にしたけん覚えておるじゃろう。守ちゃんが笑うて言うてたもん、美能さん、刑務所の親分じゃいうて。ほいて美能さんは美能さんで、守ちゃんのこと博奕の神様いうてから笑いおった。

事件のカゲいうか、あとに残るもんはきれいさっぱりのうなっとるんじゃ。

残ったとすれば山村さんの錯覚、さもなければ、そう自分に信じ込ませた野望よ、のう。波谷じゃきに山村さんは、ずーっと後の後まで守ちゃんがいつか来ると怖れとったらしい。

のハ、守之のモ、それ聞いただけで嫌な顔しよったんは有名な話じゃけんの。

それとのう。これはずっとわし一人で思うとったことじゃが、美能さんが博さんを撃ったとき、山村さんの命令じゃけん、迷いがあったんじゃないか思うんじゃ。急所はずれとるよのう。美能さんほどの男じゃきに、逆に美能さんほどの人じゃけん、そげん気もするんじゃがの。もちろんそげいなこと訊くわけにはいかんけん、誰にも話しとらんが、土岡さんは事件の前も後も、美能さんに一度も辛く当たったことないと聞いとるだけに、そんな気もするんじゃ。

も一つ話し残したことがある。それは大西の情についてじゃ。小原馨の腕を斬ったあと、馨さんを舎弟にという話があったり、大西が守ちゃんに兄やんとたててやれ言うたことは話したよの。大西はそのあともなにくれとなく馨さんのことを気にかけて、市会議員事件の小早川守さんに何度も「小原を頼むけん」言うては、こっそり小遣い渡したそうじゃ。「小原に言わんでええ、困ったときにゃ来い」言うて、のう。

　そげん話も伝わっとる。最後は金で迷わされたようになった大西じゃが、使い途はきれいで、あったかい心を持っとったんじゃ。そげん話はもっともっとあったろう思う。

　それにしても、考えてみればあっという間の生涯じゃった。当時のヤクザもんは、みんな長く生きようなんぞ思うとらんで、その日を精一杯に生きちょったいうても、本当に短い一生じゃった、のう。


　大西政寛の遺体を引き取りに呉署へ行ったのは母のすずよだった。遺体はすでに頭部から腹部まで二つ割りにして解剖したあとがあり、まるでしつけ糸のように乱暴に縫い合わせてある姿をみて、すずよは泣くことも忘れ、これが我が子の政寛かと目を疑ったという。

　家へ帰ってからは、初子とともに泣き暮れたが、身内だけの通夜といっても訪れる人もほんの僅かで、それは葬儀にしても同じだった。

　二警官射殺事件は呉から阿賀、そして広の町へも知れ渡っていて、付き合いのあった人も参列を見合わせたのだろう。殉職刑事二人の葬儀は密葬、呉市警察葬とも盛大で、とくに本通り九丁目の本願寺会館で行われた警察葬は、連合軍の将校らも参列、写真入りで大きく報道されたほどである。

四十九日も過ぎて、気の抜けたようにぼんやり過ごしていたすずよのもとへ、不意に訪ねてきたのが山村辰雄の顧問格である谷岡千代松であった。

谷岡は自分の姪が山村と関係ができたことから、佐々木哲彦をはじめとする若衆を世話したこともあり、姪と山村が切れたあともなにかと相談に乗ってやっていたのだが、もともと曲がったことの嫌いな人であり、大西との一部始終をみていて、さすがに許せないと思ったのだろう。

山村の電話で岩城宅を逃れた野間範男から、内部の模様を聞いて密告《チンコロ》したのは山村だったと言い、すずよに山村から金を取れと示唆したのだった。

男まさりのうえに、まだ五十と若かったすずよは、そうと聞いてすぐ山村の自宅に乗り込んで行った。その頃にはチンコロ電話の噂がすずよのもとへ届いていて、すずよなりに博徒の古老のもとなどへあたっていたときだったのだ。

すずよは血相をかえて山村に迫った。

「政寛はイヌされちょる。噂は聞かんでもなかったけん、ことがわかったからには黙っておれん。イヌしたもんは親でも子でも先に命を貰いまっせ。山村さん、あんたの命は貰いますけん」

山村は血の気の引いた顔で弁明した。しかしすずよは政寛のためにも引かなかった。可愛い政寛が、まるでセルロイドのキューピー人形のように、継ぎ目にそって二つに割られた姿が目に焼きついているだけに怒りは収まらなかった。

山村は気配で出てきた夫人と一緒に、涙ながらにすずよの前に手をついた。

「葬儀にも行けんで、なんの世話もできんかったのは悪いと思うてるんじゃけん。怺えてくれ。それより、あんたも大木《たいぼく》にすがっているほうが、これからはなんぼか楽じゃろう」

山村がそう言って提示したのは、一時金四万円と月に一万円の仕送りだった。

すずよは結局それを呑んだ。いくら迫っても問題を躱《かわ》してしまう山村への追及は断念するしかなかったのだが、ほとぼりが冷めた四カ月でそれは途切れたという。

一方で波谷守之は、大西の死後にその遺言とも思える伝言を聞いて涙する。それは前述したようにさりげないものだったが、大西の覚悟のほどを示すものだったのだ。

「守之に伝えてくれ。わしが死ぬまでじっとしちょれ、一番先に来るな言うての」

大西がどういうつもりだったかはわからないが、確かに「わしが死ぬまで」と言っているのだ。生きている間という意味にもとれるものの、死が近いことは自ら実感しているゆえの言葉だったろう。

死亡二日後の一月二十日からはじまったこともあって、呉の興行は山村組からなんの妨害もなく成功裡に終わった。大西は最後の最後まで波谷のことを心配していたことになる。

広島刑務所では、美能幸三も号泣した。泣き尽くしたあと、どういうわけか咽喉にラムネの玉が詰まったような状態になった。唾液以外はなにも咽喉を通っていかない。

美能はそれで断食を決行した。不自由の身であれば、喪に服すにはそれしか方法がなかった。

大西の死を知ってから三週間、それは二十日間にわたって続いた。ノド自慢のときはじめて大西を見てシビレたこと、吉浦拘置所で一緒になり、血をすり合って兄、舎弟の盃を交わしたこと、短い間ながらぎっしり詰まった思い出が、面影とともに幻影のように彼の網膜で揺れた。

喪明けと決めていた二十一日目、眼は真っ赤に充血していた。頬はこけ、足腰もふらついた。美能は鏡のなかの自分の変貌した顔を視ながら、用心深く水をすすった。咽喉のラムネ玉は取れていて、冷たい感覚が食道を伝《つた》ってゆく。一口、二口……すると胃壁の水位があがるのと比例するように、眼の充血が取れて白くなっていくのが見えた。彼は水の威力に感心しながら、生きている自分を実感し、自分が生きている限り大西も心の中で生き続けると思った。

それほど大西の印象は強烈だったのだ。

その大西政寛の短い生涯を辿ってきて、筆者がまず痛切に感じたのは最初の転機だった。

絵が好きだった政寛が、教師に「字も書けんで脳病院の絵の先生にでもなるんか」と揶揄《やゆ》された、文鎮で殴り倒し即日退校になる事件である。

心ない教師がいるものだと感じながらも、だから感想ふうに「その絵画的才能と異常感覚に限っていえば、大西政寛は異能画家になり得る可能性を持っていた」と述べた。それは石コロがゴロゴロの抽象画ふうの場面でも強く感じたものだった。

ところが、そう書いてからは一カ月以上を経ていることになるが、平成二年六月二日の朝日新聞の「私と先生」という文章をたまたま呼んで愕然とした。

登場していたのは彫刻家の佐藤忠良氏。一九一一年生まれ。東京造形大学の名誉教授で、絵画でも名のある斯界の長老だ。書き出しの部分を引用させて戴く。

《六歳のとき、農学校の教師をしていた父を亡くし、山の上の一軒家から母の里の夕張に移りました。活気あふれた炭鉱の町に出て、初めて社会に接したようなものでした。

尋常小学校五年生のころ、夕張の学校でも絵の具が「金魚印の色鉛筆」から「王様印のクレヨン」に代わりました。先生が黒板に富士山だとか松の木を描いたのを、まねして写していた。それが美術の授業。大正時代でしたからね。

それでも僕は絵がうまかったんでしょうか、五、六年生のときの坂下作治先生が、「ただよしは絵を描いてていい」って、読み方や算術の時間でも、僕には絵を描かせてくれた。エリート気分で、大きな紙を床に広げて何かクレヨンで描いていた。先生は僕の絵を内緒で展覧会にも出してくれて、賞をもらった。家族で喜びました》

このあと中学へ進み、やがて美校の朝倉文夫氏に学ぶことになるが、幼少期の父の死、展覧会の入賞、通常授業中に絵を描くことなど、なんと大西政寛の境遇に似ていることかと愕然としたのである。そうして《振り返れば僕が美術を志す下地を小学校の先生が作ってくれた》という個所に至って、まことに唐突ながら、この欄に目を触れさせたのは、墓の下に眠る大西政寛ではないかとさえ感じた。わしだって、という声が聴こえたような気がしたのである。

しかし誰にでもある転機で、大西政寛は悪魔のキューピーの道を選んだ。そうして短い生涯はいまや伝説化している。

晩年のすずよは、生活保護を受けて一人で暮らしながら、周囲に何組もの花札をばらまいて、訪ねる人はまるで花びらのなかに埋まっているように見えたという。

「まあちゃんが好きじゃったけん、いつもこうして遊んでますよ」

呟くように言いながら、それでも話が大西のことに触れると、必ずきっとして言った。

「政寛はあたしにはできすぎた子じゃったですけん、立派な極道で誇りにしてます」

大西の墓は螺山《にしやま》の「ほいと谷」に至る手前の小高い山腹にある。

墓からは広の工業団地を経て阿賀港、そして休山《やすみやま》が背景に霞んでいた。阿賀港近くの延崎は土岡組のあったところ、そして休山の背後には最期となった東鹿田町があり、それは大西政寛が闊歩していた呉の中通りへ続く。いずれも大西にはゆかりの地であった。

大西の死後、時代は土岡組と小原組の抗争、昭和二十七年六月二十二日には出所したばかりの土岡博が、山村組・佐々木哲彦の若い者によって射殺され、やがて山村辰雄が呉を手中にし、広島の「仁義なき戦い」へと発展してゆく。

そしてさらなる嵐の予兆の手前で広島の事情を思って身を引き、波谷守之の奔走で嵐を未然に防いだ美能幸三は、実業の道へ進んだのち、子孫とてない大西のため、佐賀県鳥栖の高野山へその永代供養を依頼したが、そのことを知る人は少ない。

殺人鬼の神話

山上光治の光芒二年

死地からの生還

実録小説と銘打ちながら、こんな書き出しは奇異に思われるかもしれない。しかし実際に取材を続け、その時代や人物にのめり込むように埋没してしまうと、まるで幻覚のように取材対象が現れることはあるのである。

筆者が「仁義なき戦い」の発端的役割を担う山上光治《やまがみみつじ》に出会ったのもそんなときであった。時は昭和二十（一九四五）年冬。場所は広島駅前、猿猴《えんこう》橋口。周囲は焼野が原である。八月六日に原爆投下、十五日が玉音放送で、人々が敗戦を知ってから、まだ僅《わず》か三カ月を過ぎたばかりだった。

振り返れば原爆ドームの鳥籠がみえたかもしれなかったが、視線は一点に吸い寄せられていった。

死の街広島には、七十五年にわたって一木一草も生えないばかりか、人間も当分は生きられないと言われながらも、秋風が立つ頃にはどこからどう集まってきたのか、猿猴橋町一帯では、人々が寄りそうように、いきいきと生の営みをはじめ出していた。

焼けトタンのバラックや掘っ建て小屋がたち並び、戸板一枚の露店もあった。そこにはあるはずのない物品が、まるで湧き出したように並べられていた。禁制の食飲料、贓品《ぞうひん》らしい衣料となんでもあり、カツギ屋、ブローカー、第三国人が闊歩する間を、それら品物を求めて人々が群がり泳いだ。

山上光治はそんな光景の端っこにいた。

ちょっとだぶつき気味の飛行服を着て、首には白いマフラーを無雑作に巻いている。小柄で痩《や》せぎす。小さな台を前に腰掛けていたが、立ち上がってもおそらく百五十六、七センチぐらいだろう。五分刈りの下の顔は浅黒く、目は三白眼だった。黒目が上に片寄り、左右と下部に白目が光るから、正面を向いていても下から睨みつける感じになる。人相学上で凶相とされるのもそのせいだが、山上はその視線を台上の商品に向けていた。

ラッキーストライク、キャメルなど、台上には進駐軍の煙草が置かれている。二十本入りの箱でも売るがバラ売りもする。キャメルの駱駝《らくだ》やラッキーストライクのデザインは現在と基本的に変わっておらず、鮮やかなカラー印刷が冬の淡い陽に優しく映えていた。

山上はやがて眼を細めた。柔らかな陽差しをやや広めの額に受けて、気分がよくなったのだろうか、山上も実に優しそうにみえた。売り上げが好調だったのかもしれない。
聴こえるか聴こえないかくらいの口笛のメロディが、雑踏のなかで鳴り響いていた。視線が山上に吸い寄せられていなかったら、それは山上の口元から洩れているメロディとわからなかったろう。
口笛は低かったが、耳を澄ませばリズムは軽快だった。どこからか流れてくる「リンゴの唄」のメロディとは違って、明らかに五音音階による軍歌と知れた。それが「若鷲の歌」とわかるのには十秒とかからなかった。
海軍航空隊予科練習生を描いた映画「決戦の大空へ」の主題歌で、昭和十八年に霧島昇がヒットさせ、以後は予科練の歌として親しまれてきたものである。
〽ヒョウヒョヒョ　ヒョヒョヒョヒョヒョー
おかしなことに、口笛はメロディだけのはずだったが、出会いが出会いだったからだろうか、筆者にはそれが明確に歌詞を伴って聴こえていたのだった。
山上は西条八十作詞の二番と三番を繰り返し歌っていた。
〽二　燃える元気な「予科練」の
　腕はくろがね　心は火玉
　さっと巣立てば　荒海越えて

　行くぞ敵陣　殴り込み
三　仰ぐ先輩「予科練」の
　手柄聞くたび　血潮が疼《うず》く
　ぐんと練れ練れ　攻撃精神
　大和魂にゃ　敵はない

命惜しまぬ霞ヶ浦の七つ釦《ぼたん》の気分に、山上は浸りきったように無心に口笛を吹き続けていた。なるほど、殺人鬼といわれ、最期は自死事件という、性根の塊《かたま》りのようだった山上の原点はこのあたりにあったのか。筆者がふと現実的な意識をしたとき山上の姿も消え、その前を「宮島行」の赤い標識をつけた電車が通り過ぎて行った。

山上光治は大正十三（一九二四）年、広島県山県郡八重町（いまの千代田町）に生まれた。昭和十四年三月、広島第一高等小学校を卒業したのち、奉天造兵廠の検査工として当時の満州へ渡った。奉天は現在の瀋陽《しんよう》である。そこで四年を過ごして帰郷、今度は呉の海軍工廠に徴用工としてとられた。徴用とは国家が国民を呼び出して強制的に一定の仕事につかせることで、いわば工員としての召集令と同じである。

奉天での生活がどんなものであったかはわからないが、昭和十四年から十八年にかけての満州は、日本人にとってそれほど苦痛を感じるものではなかったはずだから、帰国した山上は鬱屈したに違いない。年齢も十九歳になっている。たまの休日や夜に盛り場を徘徊《はいかい》するようになって当然だった。

そこにはボンクラ（不良）もいれば、腕っぷしが自慢の徴用工たちもいる。小柄で痩せぎすのうえ、非力な山上が護身用にナイフを持つようになっても不思議はない。しかも心は昂揚していた。折りから封切られた東宝の「決戦の大空へ」も、呉か広島の映画館で観ていたのではないかと思われる。「若鷲の歌」はその頃からの愛唱歌だったろう。後年も機嫌がいいとよく口笛で歌っていたのを、身近にいた人は何度も聴いているのだ。

そういうとき、山上は広島市の胡《えびす》町の路上で喧嘩に巻き込まれる。ボンクラの喧嘩だったが、根性者の山上は分けて入った。

喧嘩がどういう状態だったかは不明だが、見物人の前で意気がっている者同士の仲裁は、時としてもつれるもとになりやすい。

「おどれ、すっこんでりゃええんに、出てくるけえ面倒になるんじゃ」

「アホぬかせ、止めに入らなんだらどうなるんかい」

「おう、おどれ上等な口きくのう」

売り言葉に買い言葉であった。三白眼で睨まれたうえに、小柄なことで相手も舐め切っていたのだろう。喧嘩は仲裁人が買う形となり、何度か素っ飛ばされた山上は、最後に喰らいついていくと、ポケットのナイフを深々と相手に突き刺していたのだった。

山上は呉鎮守府で軍法会議にかけられることになった。悪いことに相手が収容先の病院で死亡、傷害致死がついて少年刑ながら懲役二年の刑が確定した。

最初は地元の広島刑務所だったが、その後に久留米、函館、北千島と送られ、寒冷地での辛い作業に従事した。北千島では強制労働も加わっていたろうか。そうして再び函館少年刑務所へ戻り、一年六月受刑ののち仮出獄となった。

だがそれは、同時に召集令状の発令でもあった。敗戦三カ月前の昭和二十年五月、山上は鳥取陸軍部隊に入隊する。

広島にピカドンが落ちたと聞きながらも、土佐で任務に就いていた山上が帰郷できたのは十月だった。山県郡八重町の母のもとへ、山上はやっとの思いで辿りついたのだが、その一カ月後の十一月に、もう山上は広島駅前の闇市に姿を現すようになる。

山上は過去についてほとんど喋っていない。傷害致死という古傷のことが原因かと思われるが、その育ちについてもまったく口を閉ざしているのだ。僅かに山上の家へ一緒に行った者に、父のことを訊かれたのに対し、「親には頼らんけえ」と言ったのみである。

以上の経歴にしても、山上の自死事件を報じた「中国新聞」の記事を中心に、少しずつ聞き集めたにすぎない。

　山上は懲役のことを両親にどう言っていたのだろうか。山上の葬儀が終わったあと、身を引き取りにはじめて顔をみせた父親は、誰にも迷惑をかけない自決を聞いて、少し誇らしげに言ったという。

「光治は特攻隊の生き残りじゃったけんの」

　山上はいつも白いマフラーに飛行服だっただけに、山上の過去を知らない同輩たちは、「やっぱりみっちゃんは予科練帰りだったんかいのう」と頷《うなず》き合っているのだ。山上はもしかしたら、その懲役から召集、復員までも、両親に予科練へ行っていたと言っていたのかもしれない。

　その父親は市内大須賀町で下駄店を開いていた。そして山上の出生地は山県郡八重町ながら、学校は市内の第一小学校の高等科で、復員は再び八重町の母のもとである。

　戦時中か被爆後の疎開も考えられるが、家庭も複雑だったような気もする。それが満州行きを決意させたのかもしれないし、その四年間で彼はおそらく英語を学んでいるはずなのだ。山上が英語を喋れたのは有名らしいが、海軍工廠時代はすでに敵性語であり、懲役時代とて同じで、その語学力がどのくらいかはわからないにしても、ブロークンなりに喋れたとすれば、奉天時代に習い覚えたとしか考えられない。

そしてその語学力が、山上の戦後の生計を助け、さらには極道への道を歩ませることになったばかりか、やがては戦後の中国地方で、殺人鬼と書き立てられた第二号となるのである。それでいて山上光治の名が、広島極道にいまなお神話として語り継がれるのは、彼が本当の意味の殺人鬼ではなかったからにほかならない。

八重町の母のもとから、父が無事と知って広島市へ出てきた山上光治は、闇市をぶらつくうちにすぐ洋モク売りを思いついた。

戦災孤児のモク拾いは、戦後の盛り場のどこでもみられた光景だが、拾った吸い殻は集めて手製の煙草巻き器で再生され、それはまた闇市で売られることになった。割安の分だけ飛ぶように売れたが、やはり愛煙家には咽喉《のど》にくるヤニ臭さが我慢できない。

そこで製造されたのが、乾燥済みの煙草の葉を刻み、同じように巻いて売られた闇煙草である。二種類の葉の配合具合では、配給のものより遥かに良質となり値段は高くても需要が多かった。しかしこれはやがて、各自が自分でつくるようになってくる。

そこへいくと洋モクは垂涎《すいぜん》ものだった。香りも甘さも、そのゆらめきあがる紫煙までも国産品とは較べものにならず、一本でも半分でも、吸い殻さえも貴重だった。

山上はそこへ目をつけたのだ。どういうルートを使ったのか、とにかく意思が通じることで山上は進駐軍に道筋をつくり、少しずつでも手に入れると闇市に来て売る側に回った。

最初は立ちんぼで駅前近くの通行人に声をかけていたが、洋モク売りなら場所は身ひとつ分の台があればいい。親切な人が露店を寄せ合って場所を空けてくれたのだろう、やがて山上は品物が入ると闇市の片隅に座るようになった。

品物はあっというまに捌《さば》けた。慈《いつく》しむようにバラ売りを買っていく人もいれば、二十本入りの箱で買う成金客もいた。そしてすぐ馴《な》染《じ》み客が増えてくるが、それはまた人の耳に入るということでもある。

闇市はテキヤの村上組が仕切っていた。

親分の村上三次は、神農界秋月一家の流れを汲む祐森松男の身内だったが、親分祐森が戦地から未帰還だったため、自らいち早く闇市へ店を出すかたわら、一帯の縄張りを預かる形で仕切っていたのだ。事実、村上三次は事情を知る人には口癖のように、「このシマは祐森親分が帰るまでの預りじゃ」と言っていたほどである。

しかし闇市はまた戦場でもあった。カッパライ、喧嘩、火事、なんでも起こる。それらに自ら体を張っていたのが、村上の次男・村上正明である。腕っぷしも強く、暴れん坊として定評があった。彼はカスリを取るかたわら、闇市支配に眼を光らせていた。

村上組について記せば、やがて抗争に発展する岡組についても触れなければならない。

親分の岡敏夫は当時、広島駅裏手にある尾長《おなが》町に住んでいた。六畳、四畳半、三畳の平屋で、若い衆五人が六畳に寝泊まりし、親分夫妻は四畳半で生活するというつましい生活だった。

岡敏夫は、広島の親分・渡辺長次郎の流れを汲む天本菊美の若い衆だった。そもそもは船乗りで、若くして炊事長を務めたものの、戦火が激しくなって船を降りている。だから博徒の親分となったのちも、魚の下ろしから煮物焼き物、炊事をさせたら見事な腕をふるったという。

器用な人だったらしく、下船後は靴の底を張ったりしてしのいだ一時期がある。岡敏夫直系の古参株のなかには、靴底を庭に干す手伝いをさせられた人がいたというから、敗戦直後のやくざの側面を知るうえでは興味深いかもしれない。

岡敏夫が天本菊美から、いつ盃を受けて若い衆になったかは判然としないが、戦後早々に天本の賭場を預かってテラ銭を配分するようになった頃には、天本の子分や客たちに、「若、若」とたてられていたということを考えれば、いわば跡目、いまでいう「若頭」の地位にいたというのが正確なところだろう。

船員上がりなだけに当時からモダンで、夏は五分刈り、冬は長髪を真ん中から分け、その上に濃い水色のベレーをかぶるダンディぶりだった。当時で三十歳代、ベレーの色はもちろん海の色だろうが、美男子でスマートなうえに気骨のある若親分といえた。

当然ながら地元のテキヤ村上組との付き合いも深く、次男の村上正明は岡敏夫の舎弟分にあたる。後に述べる村上組の村戸春一も岡の舎弟分であり、だから岡組の若い衆で懲罰がわりに村上正明や村戸春一預りになった者もいて、彼らは一様に「叔父さん」と呼んで慕う部分も多く、両組の間に、「仁義なき戦い」へ至る芽は、それこそ原爆後の死の街の風聞のように、まったくないといってよかった。

岡親分のところに行けばメシが食える、ということもあっていつの間にか集まった五人の若衆は、親父や姐さんの命令で猿猴橋の闇市まで歩いて十五分、時には親分の自転車で目刺や鮭を買いに行き、そこで村上正明らに出会えば、「叔父さん、こんにちわ」と挨拶するような穏やかな日々だったのだ。


その頃の村上組は一人の男に手を焼いていた。風のように闇市に現れては洋モクを売り、売り終わるとさっと引き揚げていく飛行服の男だった。もちろん山上光治で、彼のほうにしてみれば恣意的《しいてき》な行動でも、闇市を仕切る村上組からはそうみえて当然だった。

珍しい洋モクを仕入れてきては売っているという風聞が耳に入り、露店代《カスリ》を取ろうと駆けつけるともういないのである。

そこで村上組は待ち伏せることになった。そうと知らない山上は、仕入れたばかりの洋モクを持ってきて台に並べ出す。

「お前、誰に断って店だしとるんじゃ」

待ち構えた男の問いに、山上は悪びれずに答える。

「誰にも断っとらん」

「なにい、ここは村上組が預かっとるシマいうのを知らんのかい」

「はあ、知らんです」

「アホかお前は、店だしたら場所代《ショバ》を払うんが当然じゃ、金持っておろうが」

「いま仕入れてきたところじゃけん、持っとらん」

三白眼が上目遣いになった。

「ふざけるな、てめえ」

村上組の二人組が洋モクを載せた台ごと蹴り上げた、アッパーカットが山上の顎をとらえ、山上は素っ飛んだ。「ええか、もう顔出すな。お前の糞ったれ顔みると胸くそ悪くなるわい」

二人組は、起き上がって白目むきだしで睨みつける山上に、捨て台詞《ぜりふ》と同時に痰を吐きかけて立ち去った。

しかし山上は、まるで何事もなかったように、その日も洋モクを売り切ると風のように去った。見兼ねた周囲の人が闇市の仕来《しきた》りを教えたが、もう山上は聞く耳を持たなかったようだ。

二日後、顎に青痣《あおあざ》を残したまま再び山上は闇市に現れ、仕入れた品が少なかったからか、たちまち売り切ると小柄な体の胸を張り、白いマフラーを凩《こがらし》になびかせて去った。

そのことが村上組の耳に入らないはずはなかった。カスリを無視されては他の商人への示しがつかない。次に現れたとき、山上は広島駅裏の二葉山へとさらわれた。

四人組に両脇からドスを突きつけられ、山上は山陽本線と芸備線のガードを抜け、駅裏を小突かれながら引き立てられるように歩いた。

駅裏一帯は東練兵場跡地だが、ピカドンのあとは死体置き場になり、枕木を交互に組んだ火で、くる日もくる日も死体を焼いた場所である。まだその匂いの残るような所を抜け、山上は人気《ひとけ》のない小高い山腹に連れ込まれた。

「おどれ、何度言うたらわかるんじゃい。面《つら》みせるな言うたろうが、ええか、ヤキ入れて埋めたるから往生せいよ」

そのひと声で鉄拳と足蹴りが山上の体中に炸裂した。ドスを突きつけられたままでは抵抗もままならない。

死ね、このドアホ、穴は掘ってやるけえ、くたばれ、クソッ。おどれ、落とし(殺し)たるわい。

兄貴格が腕組みして見据《みす》える前で、三人が交互に焼きを入れる。膝蹴りが顔面と鳩尾《みぞおち》へ続けて入り、山上の体が前のめりに突んのめるが、山上は音《ね》を上げない。襟をつかまれて起こされ、パンチを仰向けにくって素っ飛ばされても、くそっと吐き捨てるように言っては、三白眼で睨み返すのだ。

「もうええ、さえん男じゃが、これで懲りたろう。今度やったら落とすけえ、よーく覚えとれいよ」

二十分近くたった頃、崩れ落ちて動けないながらも、まだ顔だけ上げて睨みつけようとする山上をみて、兄貴格のほうが音をあげたようだった。

ところが一週間としないうちに、また山上は猿猴橋へ現れるのだ。報告を受けて怒ったのは村上正明だった。予科練帰りらしいが、名前もわからないような奴に舐められてはいられない。

「見つけたら知らせい。わしがやったる」

酒を飲んで暴れだしたら鬼神のごとくなる村上正明の、まるで酒で顔を赤くしたような命令だった。そして師走も近い日の午後、山上は村上正明らにつかまるのである。

凄惨なリンチがはじまった。見せしめのためにも闇市の中でやる必要があった。村上の一発を皮切りに、四、五人がかりの殴る蹴るが続いた。悚《こら》えてくれい、とひと言でも謝まれば救われたろうが、山上はボールのように足で転げ回されても音を上げなかった。

むしろ、やられるたびに這《は》いつくばりながら上目遣いで睨み返しては、「覚えとれ貴様らの面、よーくみとくけえ」と、口中の血糊《ちのり》とともに吐き出すのだ。

「この外道《げどう》！」とついに一人が手にしたピッケルを山上の頭に叩き込んだ。まるで風船が割れて空気が飛び出すように、血がピューッと噴いて出た。

「覚えとれ、必ずやり返したるけえ」

それでも山上は、顔を血で染めながらほざいた。それはまさに悪鬼の形相だった。

あまりの騒ぎに、折りから闇市へ出ていた岡組の面々も集まってきたが、叔父貴の陣頭指揮では手を出せない。

そこへ通りかかったのが岡敏夫だった。自転車を降りると、若い衆がいるのを目にとめて呼び寄せた。

「なにしとるんじゃ。早《はよ》うやめさせて助けい。あのままじゃ死体が一つ出るじゃろうが」

岡親分の鉄拳が若い衆に飛んだ。兄貴分に気づいて村上正明らもさすがに手を引く。

「服部、図体がでかいお前が背負え」

名指されたのは、のちに共政会二代目会長になる服部武である。原田昭三、丸本繁喜、それに近藤、甲島らが続く。助かるか助からないか、尾長の家まで連れて帰って医者を呼ぼうというのである。岡敏夫が先に自転車で走った。

「負うて帰って助かりゃええがのう。みてみい、わしの一丁羅、血だらけじゃ、これはもう落ちんわい」

白い毛皮のついた飛行服がみるみる血染めになるのをみて、服部はこぼしながらも早足になった。途中で近藤に替わり、最後はまた服部だった。

「泣けるのう、もうわやじゃ」

「まあ辛抱せいや」

服部の泣きを皆で面白がったり励ましたりで尾長の家に着く。山上はその間、背負われたままぴくりともしない。時折り、うなされたように「覚えとれ」と呻《うめ》くのみだった。

若い衆の六畳間に姐さんが敷いた布団へ山上を横にしたときと、岡敏夫が医者を連れて来たのは殆《ほとん》ど同時だったろうか。

しかし医者は来ても、医療品の払底していた時代だった。赤チンやヨードチンキで傷口を洗い、打ち身膏薬《こうやく》を貼りながら山上を診ていた医者は、全員を見回しながら、誰にともなく呟《つぶや》いた。

「これはもう無理じゃ。出血はなんとか止まっとるが、死ぬのを待つだけじゃろうかい。わしにはもう手に負えん」

岡敏夫の顔をみるのが辛かったのだろうが、最後は自分に語りかけるような感じの呟きであった。

「ほいでも先生、まだ死んどらん。ま、できるだけ面倒みてみますけん。明日また診てやってくださらんか」

岡の頼みに、医者は力なく頷いた。

ところが山上は、仮死状態でその夜を明かすと、翌日は傷の痛みがわかるのか、少しずつ呻き声を出すようになるのである。全員が交替での徹夜看病であった。そうなれば、熱を下げるために冷やす手拭いを取り替える仲間にも希望が湧く。

医者も絶望的な表情から、首を傾《かし》げて「もう少し様子をみんとわからん」と言うようになった。

山上がかすかに眼を開いたと思えたのは三日目だったろうか。

「意識、戻ったんやないかしら」

明るい声で大声をあげたのは、岡敏夫の姪の西村よし子だった。姐さんが用事で実家の福山へ行ったため、頼まれて泊まり込みの手伝いに来ていたのだが、幸運にも山上の死地からの生還に立ち会うことになったのだ。

よし子は憲兵の夫との間に二人の子がいたが、夫の戦死によって岡の許を頼り、尾長より少し北の山根町に居を構えていた。結婚前は水商売も手伝っていたように美人で、岡家の血が濃いためか、岡自身が可愛がっていた戦争未亡人である。親分の眼がなかったら、誰かが言い寄っていても不思議はなかった。

山上はうっすらと意識を取り戻し、そこに色白で目の大きい女の顔をみてどう思ったろう。やがて二人は結ばれるのだから、山上は死地からの生還と同時に恋をも得ることになる。

そうして、この日をきっかけに山上は広島極道の仲間入りをするのだ。岡敏夫が闇市を通りかからなかったら、彼は間違いなく死んでいたのに違いないことを考えれば、まことに奇《く》しき縁というべきである。

山上光治、ときに二十一歳であった。

無期懲役判決

山上光治は、まさに不死身の男だった。

岡敏夫の姪の西村よし子が、かすかに目蓋《まぶた》をふるわせた山上に気付き、明るい希望の声をあげたのをきっかけに、その一時間後にはうつろながらも細い目を開いたのだ。

「ここ、ここはどこじゃ」

「岡の親分の家よ。と言ってもあんたわからんじゃけん、気にせんといいのよ。あんた、親分に助けられたんやから、安心して寝てなさいよ」

西村よし子が、ここぞとばかりに山上の耳元で励ますと、山上はかすかに頷きかけて呻いた。

「ほらほら、動いたらあかん。ほんま、死んどっても不思議ない体やったんけん、動いたら痛むんよ。でも、痛むのは治る証拠、看病したげるから寝ときんさいな」

よし子の声が身に沁みるのか、山上はそれで目を閉じたが、その目蓋の動きで小さな雫《しずく》がぽろりと顳顬《こめかみ》へ伝わり落ちた。それが感謝の涙だったか、激痛による涙だったか、あるいは三日ぶりに目を見開いた刺激による涙だったかはわからない。

しかし、西村よし子はその涙に感動していた。

「ええんよ、気にせんと。看病したげるけん、早くようなってつかあさいよ」

素早く額の濡れ手拭いを取ってその涙を拭いながら、よし子は赤チンと打ち身膏薬だらけの山上の体をそっと撫でた。

自分が看病しているときに意識を取り戻したうえ、死地から生還したしるしの言葉まで声にしたのだ。うちが治したんや、うちの看病が通じたんやとよし子は感動でうち震えるように思った。

よし子が山上に話しかける声で、庭から素っ飛んできた岡敏夫も同じ思いだった。医者も見放した肉体のぼろ切れ同然の男を、とにもかくにも生き還《かえ》らしたのだ。闇市から尾長の家まで連れてきて、交替ながら徹夜の看病が医者に勝ったのである。

「よし子、こいつは不死身じゃの」

「ほんまよ、叔父さん。うち、もう嬉しくて」

よし子は叔父に覚《さと》られぬように、さりげなく目頭を押さえた。いままで物言わぬ木石のようだった目の前の男が、急にいとおしくなってきたのだった。もしかしたら、このときよし子の心に愛の萌《きざ》しが芽生えかかっていたのかもしれない。

山上の傷は、現代なら瀕死の重傷で集中治療室ものだったろう。だから奇跡の生還はあってもそれは医療が治癒させたといえるが、薬とてない戦後間もない時期である。それは看護が救ったとしかいいようがなく、そうして一人の生命を救うということは、一瞬の光爆で焼け焦げになって還らぬ人を無数に見ている広島の人々にとって、現在では考えられないほどの感動を与えたのに違いなかった。

「おい、あげいなのが息を吹き返すんかいの、たまげたのう」

「ほんまじゃ、あいつ不死身かい」

「一張羅の服がわやになった甲斐があったいうもんじゃ」

「ぬかすな、服は服よ」

服部武、原田昭三、丸本繁喜ら、のちに岡組から山村組、そして共政会の大幹部になる男たちも、口は悪いが思いは同じだった。近藤、甲島らによし子を含めた全員が交替で徹夜したのだ。

そうして意識が戻った山上は信じられぬ回復ぶりをみせる。

山上が尾長の家にかつぎ込まれた五日後、猿猴橋の闇市での一件を耳にした中国新聞の記者が、それとなく様子をさぐりに岡親分の家を訪ねて、この日はじめて食べ物を口にするという山上の姿をみているのだ。

部屋の襖《ふすま》を開けると強い酢酸の匂いが鼻をつくなかで、全身を打ち身膏薬でぐるぐる巻きにされ、顔の形の変わった山上が、重湯状の粥《かゆ》をスプーンで食べさせられていたのである。山上は己れの姿を恥じたのか、不敵な面構えで嘲笑《あざわら》うように口をゆがめた。

思えばその嘲笑こそが、山上の不撓不屈《ふとうふくつ》の精神力の象徴だったろうか。戦後はじめての新年を迎える頃には、得意の口笛が冬の夕映えのなかに低く響くようになった。

この当時、軍歌はGHQの指令でご法度である。だから山上は口笛のメロディに歌詞を歌い込んでいたのかもしれないが、いずれにしても「若鷲の歌」が山上を鼓舞していたのは間違いのないところだろう。

〽さっと巣立てば　荒海越えて
行くぞ敵陣　殴り込み
〽ぐんと練れ練れ　攻撃精神
大和魂にゃ　敵はない

山上を機嫌よくさせていたのは、回復のスピードと同じくするように、よし子との愛があっという間に結実したからだった。

二人が結びついたのは、岡敏夫夫妻をはじめ、岡組の五人の誰もしばらく気付いていない。もちろんよし子の最初の感動と、そこから芽生えた山上へのいとしい思いが伏線としてあったからだが、それだけにその思いは回復状態と歩みをともにすることになった。

看病しながら触れた手を握り返し、打ち身膏薬を貼りかえながら頬と頬が触れ合い、笑い合って視《み》つめ合えばお互いの思いは通じるのである。

まして山上は、美貌のよし子に対し、熱心な看病ぶりを抜きにしても一目惚れであり、その思いがいかに強かったかはのちに行動で証明されるが、山上自身もよし子との仲が発覚したあと、照れながら仲間にぼそっと呟いているのだ。

「よっちゃんの子供たちも可愛いけんね」

山上は一カ月ほどして歩行が自由になり出すと、山根町のよし子の家へ通うようになっている。仲間は大須賀町の家へ行ったと思っていたが、山上はよし子のもとで子供たちの遊び相手になってやっていたのだ。

その姿も、よし子の心を開くもとになった。傷も打ち身のあとも痛まなくなれば、男女の結び合いは自然である。そうして微妙な変化は女のほうに表れ、またそれを目覚く見つけるのも女の目だった。

「あの光治をまさかと思うけど、どうもよっちゃんを見ると、わたしは二人があやしいと思うてならんのよ」

妻に言われて岡敏夫も確かめてみる気になった。よし子に訊くと俯《うつむ》いて答えないので、山上を呼んで訊き質《ただ》す。

「光治、よし子とできとるようじゃが、ほんまのことか」

「はあ、まことに済んません。看病受けちょるうちに……」

「馬鹿たれ、よし子はわしの姪じゃ。ほんまにどげなことしちゃるか。助けて貰うた礼に女に手え出すんじゃ、泥棒猫にも劣るわい」

岡親分の平手打ちが飛び、山上は平蜘蛛《ひらぐも》のように這いつくばった。以後も山上は岡親分の一喝にあうと、必ず「平蜘蛛のように這いつくばる」と誰もが言うが、おそらくこのときが最初だったろう。

「ま、できたものはしゃあない」

ひとしきり怒ったあと、親分の姐へともも山上へともとれる言葉で仲は公認になったが、それだけに山上は親分や仲間の前では決して二人にならず、以後もそれまでと同じようにこっそり山根町通いを続けることになった。

昭和二十一年の新年も過ぎ、二カ月足らずで山上がすっかり元通りになった頃から、猿猴橋の闇市では大きな変化がみられるようになった。それまでも第三国人の横暴ぶりは目に余るものがあったが、年末から新年にかけて朝鮮連盟の看板が大きくものを言い出したのである。

東京・新橋、新宿の例でよく語られるように、全国どこでもみられた光景だったが、広島もまた凄まじい嵐が吹き荒れ出したのだ。警察はまったく手を出せない。

闇市はすでに広島市民に必要欠くべからざる存在になっていた。

そこではスイトン、雑炊、玄米パンをはじめ、金さえ出せば銀シャリさえ食えた。南瓜や芋類を含めた野菜、それに岡組の面々がよく買いに走らされたように、目刺、塩鮭などの魚類も豊富だった。

被服廠あたりから盗まれたのか、闇ルートで流れてくるのか、シャツ、軍服などにはじまって、高級衣料品も揃っていた。

酒は最初、バクダンだった。芋を原料にアルコールを混ぜた焼酎、さらに工業燃料のメチルアルコールを加工した酒などで、火を付ければ燃えるからバクダンであり、広島では飲んでひっくり返るからバタンキュー酒とも呼ばれていた。

本物のダイナマイトさえあった。密漁撈《ぎょろう》用のもので、一本百円という記録さえある。

喧嘩、カッパライ騒ぎは日常だった。なかにはバラックに火を付け、燃えて建てかえのための材木を売り付ける抜け目のないボンクラもいて、火事もよく起きたものである。

それでも農村への買い出しで食物を得られなかった者は、僅かな金を頼りに闇市で飢えを癒すべく、混雑するなかを泳ぐように食料品を漁《あさ》った。

そういう庶民を直撃したのが悪性のインフレである。物の価値が上がれば金の価値は下がり、一週間で物価が倍になる例は日常茶飯事だったのだ。

三月七日、そういう政治不安を回避すべく、政府は緊急金融措置として旧円封鎖を断行した。「悪魔のキューピー」でも述べたが、預貯金を封鎖、流通している紙幣を廃止したうえで新円を発行したのだ。旧円は統制されて印紙を貼付したものしか使えない。物価統制令などが当然ながら馴れて落ち着くまで物の価値はさらに上がることになった。物不足はすすみ、逆に闇市に物は溢れた。

密造酒や高級食料、衣料などのほとんどのルートは、敗戦と同時に特権階級になった第三国人の手にあったから、そうなれば闇市の天下は握って当然である。

のちには一時期ではあったが、第三国人が広島駅前で実弾つきの貸拳銃業をはじめたほどだった。一日の賃貸しが八百円前後、嘘か真《まこと》か、お望みなら米国製自動小銃、機銃もあるとうそぶいていたというから、その力のほどもわかるだろう。

拳銃は広島市外の海田町、それに呉にいる駐留軍の兵士が遊興費稼ぎに持ち込むことが多かったが、これらは当初ほとんど第三国人の手にあって日本人には流れてこない。

物のルートを握り、武器を手にした彼らはさらに横暴の限りを尽くすようになる。呉では警察がヤクザに拳銃を借りに回ったというが、広島も警察が無防備なのは同じだった。横暴さに手を出せないばかりか、下手に手を出そうものなら特権を笠に脅されるほどになった。

たまりかねた警察が相談したのは、山上の一件などもあり、面倒見のよさから次第にボンクラが寄り集まって、勢力の増し出した岡組のところである。もちろん尾長町の家には岡組の看板さえ出していないが、闇市に店をいくつか持つようになり、カスリも取り出していた時期であった。

闇市のシマは確かにテキヤの村上組が握っていた。しかし親分の村上三次はどちらかというと露店商人タイプに近く、次男の正明は酒が入ると人が変わったようになり、凄まじい狂暴性を発揮するので怖れられていても、警察が頼みとするには心もとなかったのかもしれない。

村上の親分、祐森松男は二十一年に入って復員、駅前の復員兵仕切場に姿をみせていたが、戦塵に俗臭を洗ったのか戦前までの気合いは失せていた。

祐森は入れ墨こそないものの、背中や腹には喧嘩の刀傷が無数に刻まれ、過去の激闘の歴史を物語るに十分であった。空手に長《た》け、気合術は折り紙つきだったともいわれる。

しかし、いち早く復員姿を認めた知人に祐森はしみじみと心境を語ったという。

「命のやりとりはもうええ。戦場での九死に一生の身を、いまさらヤクザ出入りのために失いたくはないんじゃ。それにこの闇市の賑わい、このシマは三次が生命を賭けて開拓したもんじゃろう。いまさら縄張りうんぬんは言えた義理じゃないわい。どうしても三次が親分に迎えたいんであれば一応は座につくけん、すぐ引退するつもりじゃ」

だから闇市の縄張りは村上組の手にあり、露店からのカスリは取っていても、実権は朝鮮連盟が握り、揉め事などの相談は岡組に持ち込まれるという図式になりかかっているときだったのだ。

「わしらも応援しますけえ、岡さん、男として立ち上がってくださらんか」

警察からの再度の要請に、岡敏夫は最後の決断を下した。喧嘩になるかならぬか、まずは話し合いからはじめなければならない。そのためには、MP（憲兵隊）との関係もさらに良好にしておく必要があろう。山上光治の英語も少しは役に立つやもしれぬ。

岡がそんなことを考え出した頃、しかし山上はいきなり広島を震憾《しんかん》させる事件の主役になってしまうのである。

山上は岡組の身内として生きて行くと決めたとき、岡親分に心情を直訴している。

「わしゃあ、村上の奴らの顔を忘れん。ヤキ入れた奴の顔はみな覚えとる。とくにわしを落とせい言うて命令した村上正明は別格じゃ。親分、わしに村上を奪《と》らしてくれい」

岡は一喝した。

「わりゃあ、なに考えとるんじゃい、正明はわしの舎弟じゃ。そげなこと口でも許されるもんじゃやないっ」

それで山上は口惜《くや》しい思いを内に秘めるようになったが、だからだろうか、ふとしたときに仲間へ呟くことがあった。

「わしゃヤクザ者は嫌いじゃけん。ほいじゃがヤクザになったんは、復讐したい奴がいるからじゃ。そのためにハジキだって隠し持っとるわい」

当時の岡組で武器といえば、日本刀、短刀、それに軍用の手榴弾くらいである。拳銃は第三国人らが多く手にしていても、まだ広島ヤクザは手にしていなかったのだ。だから山上がハジキを隠し持っているということは、次第に仲間へ知れ渡ることになった。

それを耳にしたのが、親分の親類筋にあたり、この頃から岡組のもとへ出入りするようになっていた男だった。酒癖が悪くて若い者も手を焼いていたのだが、その彼がある日、山上へ「拳銃を貸せ」と迫ったのだ。

理由を訊くと、隠退蔵物資を盗りに行くのだという。すでにボンクラ仲間五人で計画は進んでいるらしい。

「そげんヤバイとこへ行かすのに、わしがハジキ貸したいうたら、親分にどげん怒鳴られよるかわからん。ええわい、わしが一緒について行っちゃるわい」

山上は岡親分への恩誼を考えたのだろう。そのときは軽く見張り役のように考えていたのかもしれない。

拳銃は実行日の前夜、山上が大須賀町の実家へ取りに行った。拳銃を取りに行くことは隠して仲間の一人と行き、仲間を外に待たしたますぐ出て来たのだった。

「親御さんは、われがヤクザになってどない思うちょるんかいの」

仲間の問いかけに、山上が言葉少なに「親には頼らんけえ」と言ったのはそのときである。

拳銃はのちに米国製の45口径とわかったが、おそらく洋モクを仕入れるときのルートで手に入れたものであろう。

目的地は、焼け残った宇品《うじな》に近い旭町の旧広島被服廠倉庫である。ここには隠退蔵物資が満杯になっているといわれ、旧円封鎖で物の価値が急騰しつつあるときだけに、盗みが成功すればまさに大金が転がり込むのだ。

昭和二十一年四月十六日夜、山上を加えて六人になった一行は、トラックを手に入れて被服廠へ行き、うまい具合に倉庫内へ忍び込むことに成功した。

盗み役、運び役、運転兼積載役にわかれ、山上は倉庫内に入った親類筋の男ら二人の警備役にあたった。

ところが梱包類を運び出しはじめて間もなく、一行は警備員に発見されるのである。

さっと光が当たった先には、運悪く親類筋の男がいた。

「こらっ貴様っ、盗っ人じゃな」

警備員が走った。

「逃げると撃つぞ」

男はその言葉で足がすくんだのだろう、警備員に体をつかまれる。警備員の右手には拳銃があった。それで男は必死で抵抗する構えになった。

「暴れると撃つ、逃げたら撃つぞ」

山上はそのとき、男を助けようと梱包の山の陰から二人に近寄っていたが、警備員の大声は真剣であり、助けようにも拳銃は男の脇腹にくい込んでいた。

「おい、見逃せい」近寄った山上が声を押し殺すが、警備員はそれでなお威丈高になったようだ。

「なにい、逃げてみい。撃ったる」

山上の45口径が轟音を響かせたのは、その瞬間であった。ガーンという音が倉庫内に谺《こだま》して、警備員が素っ飛び、弾《はじ》かれたように男がつんのめりながら逃げ出す。

「わーっ」とわけもなく男が叫び、倉庫内に入った三人が夜の闇にまぎれようとするとき、鋭いが切れ切れの呼子が断続的に響き渡った。撃たれた警備員の瀕死の警笛だった。

当直の警備員たちが駆け出してきて、何人かが捕まったが山上は逃げた。

山上光治はすぐさま指名手配された。

泉という警備員は、呼子を吹きながら絶命、職に殉じたことが高く評価されて死後に巡査に昇格したために、山上の容疑は強盗殺人、それも泉巡査射殺という重いものになった。山上は逃亡中にそれを知る。

山上の逃亡は十日間にわたった。

山上のことだけに、その夜はよし子のもとへ走ったかもしれない。もちろん束の間の別れであり、迷惑を考えてすぐに立ち去ったことは確かだろう。

それからの山上の逃亡経路はまったくつかめていない。当時の新聞記者によると、大阪方面に草鞋《わらじ》をはいたとの情報が色濃く流れていたらしいが、それも確たるものとはいえなかったようだ。

しかし山上は、事件が「泉巡査射殺」となったことにはショックを受けたのだろう。

逃亡十日目の四月二十六日、山上はバラック建ての警察署へ自首するが、のちに岡敏夫が

「山上は泉巡査の場合、泣いてその非を悔いていた」と語っているように、その前に岡親分を訪ねて事件の非を詫び、親類筋の男を守り切れなかった心情を報告したものと思われる。山上とはそういう男であり、また「予科練の歌」が好きで、軍国少年として育ってきた山上が、一種の至誠感、使命感のようなものを大事にしていて不思議はないのだ。

山上は警察で取り調べられたあと、吉島の拘置所へ移されることになった。もちろん吉島町にある広島刑務所のことで、当時は拘置所がなく、すべて吉島送りになっていた時代だった。

裁判所はこれまたバラック建てで、当然ながら裁判ができるような法廷はない。それで裁判は東洋工業、現マツダ本社工場で行われるようになっていた。

広島市と猿猴川を挟んだ対岸の府中町にあり、仁保橋を渡ってすぐの現マツダ病院近くがその仮法廷である。

岡組の若い衆たちは、山上の裁判があると聞けばそこまで出掛けて行った。

山上は吉島からいまの国道2号線をバスで送られてきた。当時を知る人たちが、「バスいうても腐ったようなバスで、五人ぐらいが鳥籠みたいなところへ入れられて」というように、焼け残りのオンボロバスであった。

しかも背後には大きな罐《かま》と煙突がついている木炭《もくたん》自動車である。燃料の薪《まき》や炭《すみ》を罐に入れて燃やし、煙突から煙を吹き上げながら蒸気によって走るのだ。戦後の発明第一号だろうが、馬力のないことおびただしい。

「おい、来たぞ来たぞ」

服部、原田、丸本らが先に行って待っていると、時刻に白い煙をなびかせながら喘《あえ》ぐようなエンジン音がするのですぐわかった。

降りてくる被告は、全員がよそ行きの青い囚人用の短い着物だった。帽子から網が顔面を隠すように垂れていて、本人は外が網越しに見えるが、外部からは網の目が細かくなって顔は見えない。

しかし、山上の小柄な体型はすぐにわかった。元気でいるとわかればそれでいいが、今度は法廷といっても僅か八畳ほどの広さで、裁判長と被告人が鼻つき合わせるほどの近さにいて、しかも傍聴席の廊下からは窓越しにすぐ目の前である。

「みっちゃん、体に気いつけいの」

裁判が終わって声を掛ければ、法廷に入ってからは帽子を脱いでいた山上が、目の前で律義に頭を下げるのだった。

やがて夏近くになり判決公判の日がやってきた。その日は岡親分を囲んで、山上を猿猴橋から尾長まで連れ帰った五人の若い衆が顔を揃えることになった。

岡組はすでに朝鮮連盟に対抗すべく、猿猴橋の闇市の真ん中に道場を持つようになっていた。つまりいまのパチンコ屋感覚で、フリで入って博奕が打てる賭場である。

テラ銭が面白いように集まり出した頃であり、岡組はもちろんガソリン自動車だった。呉などが近いだけに、闇の燃料もまた手に入ったのだ。

判決は予想された通りだった。三人のうち二人が懲役六年、山上は死刑の求刑が無期懲役となった。全員が小さな溜息をついた。

その判決がおりてひと呼吸したとき、目の前で背中をみせていた山上が、くるりと後ろをみた。さっとみんなを見渡し、最後は岡親分を見てから静かに頭を下げた。

「長い間、本当にお世話になりました」

低い声だったが、静まりかえった小さな法廷だっただけに、それは大きく聞こえた。

無期といえば、建て前としては死ぬまで刑務所を出られないのである。恩赦や模範囚としての仮釈があったとしても、それは気の遠くなるような将来のことで、娑婆《しゃば》で生きて逢えるかどうかはわからない。

山上の短い挨拶は、それらを言外に含めてのものであった。

「みっちゃん、頑張れの」

「気いつけて、達者での」

若い衆が小声で別れの言葉を掛けたとき、山上はもう背中をみせて、今度は同じ吉島でも広島刑務所へと足を向けていたのである。

刑務所での山上の噂は、少しずつ娑婆へ洩れてきていた。拘置所経由のものもあれば、刑務所自体が満員で自然に押し出される短期刑の人たちからのものもあった。

山上はそこで「吉島の虎」と仇名される同じ無期刑囚と一騎打ちをやったらしい。しかもやられてもやられても喰いついていき、最後は全員で引き離さなければならない大喧嘩を演じたようで、「吉島の虎」は数カ所を山上に喰い千切られたうえ、それがもとで網走送りになったといわれる。

その山上が、事件から僅か半年余、十一月初旬に娑婆へ姿を現すとは、誰もが夢想だにしないことであったろう。

断食四十七日

岡道場は広島駅を出て徒歩二、三分のところにあった。詳しく書けば電車通りを左に行って一本目の十字路が目印で、右が猿猴川にかかる猿猴橋に続き、左へ曲がればいまはもうないが喫茶店ふうの店が左手にあって、その裏側が岡道場である。

常連客らはその店を抜けて行く場合が多いものの、多くは横の路地から奥の道場へと向かう。

岡組がはじめて看板を掲げたそこは、周囲を塀で囲んだ二階建てであった。階下が炊事場兼食事室、浴室、寝室、当番者用の部屋で、二階の二間、約三十畳敷きがいわゆる道場、賭場である。

博奕《ばくち》はすべて手本引で、張り方は常時三、四十人、出入りは自由だからタネ銭が切れれば外へ飛び出し、金か物を持って再び戻ることもできるし、物の場合は階下で金に換えることも可能だった。もちろん戦後一年とたっていない当時のこと、物が貴重な時代であれば、盗品か拝借物かなど深い詮索はしなくて当然である。

この頃には原田昭三のボンクラ友達で、岡組大幹部の一人になる網野光三郎らも加わり、岡組の勢力は道場からあがるテラ銭の増大とともに大きく伸び、朝鮮連盟の看板へ徐々に圧力を加えていった。

朝鮮連盟の事務所は岡道場のもう少し奥の駅に近い場所にあり、その距離は僅か十メートルほど。本部は広島湾に面した宇品の海岸通りで、そこから常時二十人ほどが応援部隊として詰めている状態にあった。

一方の村上組の事務所は、猿猴橋と電車通りの中間、つまり岡道場へ行く十字路の手前右奥のところにあり、これまた岡道場とは三十メートルも離れていない。村上正明ら村上組の面々も岡道場へ顔を出しては、朝鮮連盟と対峙する構えをみせていった。

周囲一帯は闇市である。つまり岡組の進出と勢力拡大によって、岡・村上連合による日本人組織が、わがもの顔にふるまう朝鮮連盟とつい目と鼻の先で睨み合う構図ができあがったのだ。

状況は一触即発といえた。

小さな喧嘩はあちこちで起きている。朝鮮連盟の面々はつねに小さな武器を腰に下げていた。十数センチの革ケースに入ったジュラルミン製パイプがそれで、ケースから取り出して手元のボタンをカチッと押すと、それは長さ三十センチ以上に伸び、手元で直径四センチ強、先端で三センチほどの棒状武器になるのだ。形状はいまの警棒なみ、ジュラルミンは軽量で高い強度を持つことから航空機の材料に使われたように、武器としては軽くて自在に扱えるし、それで叩かれた側は強い打撲を受けることになる。

しかも彼らはつねに徒党を組んでいたから、一人がつかまると短時間で半殺しの目に遭うことになった。どこから手に入れた武器かはわからないが、関東でも目にしている人が多数いることを考えると、当時の連盟が独占的に所有していたものかもしれない。

もちろん日本人側も相手が一人の隙をみて叩きのめすことはあった。そうなると彼らは十数人で相手を探し回るのである。

しかし、岡組の進出と勢力拡大で力の均衡がみられるようになると、小さな喧嘩はあっても双方が様子をみながら睨み合う状態になった。連盟側にしても、正面切っての大喧嘩になれば相当の犠牲は覚悟しなければならず、十数人で闇市の中を風のように走って相手を探すようなシーンは少なくなる。

・

そういう状況を待っていたのが岡敏夫であった。彼は単身で連盟へ乗り込むのである。連盟の会長と一対一の話し合いを求めてのものであった。

最初は若い者を一人だけ連れて行き、先方が話し合いに応じると返事した段階で、日本刀とともに若い者を玄関から帰したのだ。

岡の言い分はこうである。

朝鮮連盟の横暴は警察もお手上げの状態だ。それでは市場の治安がままならない。自分らはそういう状態を黙視できなくなった。もちろん岡組の者も貴連盟の者といざこざを起こしている。こういう状況をなくすには、連盟がきちんと存在するためにも、市場は日本人である我々に任せて宇品の本部に引き揚げるべきだ。事務所はあってもいいが、応援の兵隊をおかないようにするのがまず第一ではないだろうか。

もちろん連盟側が簡単に応諾するはずはない。

しかし岡は、ここから驚くべき粘り腰を発揮するのである。まるで冷却期間は二日と決めたように、三日おきぐらいの定期便なみに連盟を訪ね、強談判《こわだんぱん》を続けるのだ。

決裂すれば双方に多くの犠牲者が出ることは必至だし、連盟側にしても警察とMPというラインは無視できない。

拳銃、自動小銃、はては機関銃と武器は無数にあっても、使用したとなるとMPが乗り出してくるのは目にみえていて、戦勝国側の特権階級としての立場も一気に危うくしかねない。

岡はそのあたりもすべて呑み込んでいた。そのうえで岡組の力の背景、さらに通訳に金を握らしてＭＰとの関係を深めたことを仄《ほの》めかしながら、粘り強く談判を続けていく。

その間に岡は二度にわたって襲われている。猿猴橋の道場から尾長の自宅へ帰る途中のことで、闇にまぎれて短刀で刺し、逃走した犯人の正体はわからない。

岡は若い者を連れて歩くのを好まず、つねに一人で歩くか自転車で戻るかだから襲われやすかったともいえるが、刺されてもまた平然としていた。刺された場所は一度目が右大腿部、次が右腰で、医者へ行けば三針や四針は縫う傷でも、決して病院へ行こうとはしなかった。

もちろん事件にしないためであり、襲った男の人相や特徴を訊いても、「あまり騒ぎなさんな」と相手にせず、その翌日は決まって平然と連盟に出かけて行くのである。

そうして日が過ぎ、やがて岡が二度目の決断をするときがやってきた。一度目は警察からの再度の要請に断を下したときで、以後は岡道場の進出、ＭＰ関係の根回し、そして連盟側との話し合いと岡の描いた絵図通りに事は運びつつあった。あとは相手に言い分を呑ませるかどうかだけである。

岡はその日、一張羅の将校服を着てきた。陸軍用のカーキ色のもので、肩章こそなかったが十分に貫禄のある風姿といえた。背丈も大男の服部なみだったから、その左手に日本刀を持った偉丈夫ぶりは、これまた何事かを物語って余りあった。

そのうえで岡は全員を集めた。

「これからわしは最後の話し合いに行く。その結果では皆に死んで貰うかもわからんが、ええな、あとは頼むぞ」

短くても言葉には万感の思いがこもり、それはそのあと、一杯の冷や酒をくっとあおったことで全員の胸に落ちた。岡が酒を口にするのは滅多にないことであり、その覚悟のほども知れたのである。

「親分は死ぬ覚悟じゃ。話が決裂したらその場で会長を刺し、自分も殺されるつもりで行かれたんじゃろう」

「ほうじゃ、すぐ支度せい」

服部、原田、丸本、網野らが声を掛けるまでもなく、全員が喧嘩支度に走った。といってもこの当時の岡組に拳銃はなく、あるのは日本刀、匕首《あいくち》、それに手榴弾。珍しいところで催涙弾が百本ほどあった。

催涙弾は山手の防空壕の中にあった軍用のもので、二十センチほどのアルコール用瓶に催涙ガスが密閉されているだけだが、その強烈さはテスト済みであった。

のちに村上組が投げ込んだそれで、岡組の一人は朝になっても目脂《めやに》がとれず、無理にとると剝《む》けるような状態で、洗っても開かずに、涙だけ出る日が続いたという強烈なものである。

もちろん投げれば瓶が割れて催涙弾となるわけだ。

急を知って村上組からもほとんど全員が応援に駆けつけ、それぞれが武器を手に用意を整えると連盟の前へ出張《でば》って行った。

しかし連盟側も岡の服装と日本刀ですべてを悟っていたのだろう。騒ぐ面々に岡が「差しの話にさせい」とやったのかもしれない。事務所前には連盟の応援を含めた兵隊が鈴生りでいて、岡・村上の面々を見出すといずれも武器に手をかける形で向かい合うことになった。

対峙すること一時間余。

その間は連盟側にちょっとでも奇妙な動きがあったら、まず催涙弾と手榴弾を一斉に投げ込み、様子をみて斬り込みに行く覚悟と手筈はできていた。

しかし岡は出て行ってから二時間ほどで、連盟の会長に見送られるように、ゆっくりと岡道場へ向けて歩いてきた。岡の論理と粘り腰、そして最後の刺し違える覚悟がついに連盟を引かせることに成功したのは、その満足そうな笑顔が物語っていた。

三十代にして岡は男をあげたことになる。岡敏夫と岡組の名は広島中に知れ渡った。

朝鮮連盟が引き揚げたのちのこと、岡道場は地の利もあって最盛期を迎えるが、真っ昼間からの堂々の賭博行為に警察も文句はいえず、自粛を頼みに何度も足を運んでいたところ、岡は時期を同じくして駅前に青天白日旗を掲げ出した華僑連盟の張水木と兄弟分になり、岡道場にも青天白日旗を掲げて人々を驚かした。つまり名義を第三国人とすることで警察が手を出せないようにしたわけだが、そうすることで道場を守ると同時に、警察を批判からも守ったことになる。

岡敏夫は度胸とともに頭も切れる青年親分といえた。

一方の山上光治はその頃、吉島の広島刑務所内でいくらか落ち着きをみせはじめていた。吉島の虎を追いやった根性も一目置かれたのだろうか、その後はこれといった凶暴な噂も裟婆へは伝わっていない。

むしろ口笛を胸中深くしまいこんでいたせいか、心境を三十一文字《みそひともじ》で表現する習慣がついたようだ。

山上と同時期、あるいは後から広島刑務所へ行った人が、所内紙に山上の短歌が掲載されているのを目にしているように、実際のところ山上は数多くの短歌を短い期間で残しているらしい。

なかには、慰問のダンサーから裟婆への望郷を歌った印象に残るものがあったと指摘してくれた人もいたが、再録できない取材の不備は無念としても、おそらくよし子への思慕もなんらかの形で詠《よ》んだものがあったことは容易に想像がつく。

ヤクザになった以上、山上は長生きすることなど考えていず、また取り巻く状況も無期刑という生死も曖昧《あいまい》な場所に身を置いていたが、唯一の心残りはやはりよし子のことだったと思われるからだ。

そのよし子への思いを込め、あるいは絶ち切るための日常的な精神安定剤が短歌だったというべきだろうか。山上は実に美しい字で想念を三十一文字に移し変えていった。

山上を知る人が、英語と文字を、殺人鬼と呼ばれた男らしくない特性としてあげるように、山上は筆を持たせたら達筆であった。多くは草書体だったから、短歌も当然ながら筆で書かれたものであったろう。

よし子との結び付きにしても、怪我人と看病人との心の触れ合いもさることながら、よし子の二人の子供の可愛さも含めて、山上が美しい文字の歌をよし子に捧げたことがきっかけだったに違いない。そこにあるのは単なる野合ではないだけに、山上のよし子への思いも深かったというべきだろうか。

その思いはある日突然に凝結するが、九月半ばまでの山上は、短歌に没頭することによってまずは落ち着いた日々を過ごしていた。

英語を習ったであろう奉天時代のことも懐かしく思い出していただろう。

当時の奉天には旧帝大卒などのインテリも数多くいて、そういうなかの広島出身の人に山上は可愛がられたのかもしれない。短歌、書道は小学校高等科時代から好きだったのだろうが、それを高めてくれたのはそういう人で、想像を逞しくすれば、そういう趣味の会か県人会みたいなところで、山上は趣味を高めると同時に英語なども教えて貰う人にめぐり合ったとも考えられるのだ。

そういう懐かしい日々を思い出しながら、山上は落ち着いた生活のなかで歌を詠んでいたと思われる。

裟婆の情報は、新入りによって数多く伝えられていた。もちろん岡敏夫親分に関する刺激的な話も数多く伝わってきた。しかし山上は無心にそれを聞くことができた。

無期刑というどうにも身動きがとれない身であれば、親分へ肝心のとき恩返しができない口惜しさはあっても諦めざるを得ず、また心境も次第に澄んだものになってきつつあったからだった。だからこそ数多くの短歌も生まれたといえる。

また暑い夏の盛りもどうやら過ぎ、残暑の声がきかれる頃までの岡組や親分の情報は、刺激的ではあってもすべて山上を安心させるものばかりであった。

はじめて岡組の看板を掲げた岡道場の猿猴橋進出。憎い思いの村上組の面々が応援に回ったのは複雑な心境だったにしても、あの連盟と一触即発にあればむしろ心強い味方といえるし、山上としては自分を尾長の家まで運んで助けてくれた同僚たちが、いずれも無鉄砲な連中だけに怪我するようなことがなく、親分を守ってくれることを祈るのみという心境だったろう。

　ところがやがて連盟が撤退、しかも無血という裏には親分の思慮大胆という男ぶりがあったと聞こえてきて間もなく、その感謝の意味なのか、京橋川にかかる柳橋の近くに、自宅兼事務所が有志の手で建てられたという情報に接した頃には、嬉しさが最高潮に達すると同時に軽い焦燥感も混じるようになった。

　山上が知っているのは尾長の家だけである。岡道場のことは、出入りした人間が入所してくることでわかるが、柳橋の家は岡組関係の者以外には訊くことができない。

　広い二階建てで、親分と姐さんはその二階へ住むようになったらしいから、尾長に較べて過ごしよくなったことは想像できても、同輩たちがどうしているのか、また多くの新加入の者たちがどんな男なのかは、まったく情報はなかったのだ。よし子について、さりげなく訊いても同様である。

　もちろん、知ったからといってどうなるものでもなかった。しかし親分を取り巻く環境に未知のものが急増していくことは、いかほどの達観に至っていても、やはり不自由刑という身であれば焦燥感にはつながるのだ。

　やがて岡組が広島駅構内の警備を任されたという情報が流れてくる。

　朝鮮連盟の撤退、そのあと新しく駅前の「オアシス」二階に旗を掲げた華僑連盟とは親分同士が意気投合、東にも西にも敵がいなくなったうえ、警察自体が連盟撤退に岡組を頼ったように、国鉄当局も岡組に依頼せざるを得ないという周囲の状況も、漠然とはわかってくるようになった。

当時は自分しか持っていなかった拳銃も、そうなれば警察もMPも黙認のうえで持つようになったのかもしれない。

怜悧《れいり》な山上がそう考えたように、現実もまたその通りだった。華僑連盟は一年後には撤退、広島駅構内警備も短い期間で任務は警察の手に移るが、その間に岡組全体が武装化したのは事実である。MPへの懐柔策が功を奏したことと同時に、加わった地力と任務がそうさせたといえよう。

そうして岡組の勢力が急増するにつれて、立場が微妙になるのが村上組であった。

事実、この夏の小倉の祇園祭に露店を出した村上三次は、広島の闇市が博徒の岡組に牛耳《ぎゅうじ》られていることを土地の親分衆に指摘され、その面子《メンツ》を大いに失わされているのだ。

ほかにも広島地方の興行界の実力者で、元広島百貨店主という津村是義らも、テキ屋系村上組の沈滞ぶりを苦々しく思っていたかもしれない。博徒の岡組の充実があまりに急なために、村上組はかえってその存在が目立ったというべきだろうか。言葉に出したかどうかはともかく、村上組自身がそう意識して不思議はない状態になりつつあったのだ。

もちろんそんなことは、岡組も獄中の山上もまったく知らない。歴史はただそういう歩みを示し、そのなかへ因縁の山上が流れ込んでゆく事実があるのみである。

時には涼しい風も吹くようになった九月半ば、山上は獄中に最新情報提供者を迎えることになった。

岡敏夫の舎弟分で、半年後の昭和二十二年春の総選挙には、広島市に接する船越町の町会議員にうって出て当選する高橋国穂がその人であり、岡と同年輩、山上には叔父貴分にあたるが、岡親分を含めた岡組の近況を訊くには申し分のない人であった。

もちろん尾長にいた半年足らずの間に何回か挨拶しただけであり、気易く訊き質すわけにはいかない。

山上は、服部、原田、丸本、近藤、甲島ら、自分を尾長へ運んでくれた同輩たちの近況を訊き、徐々に柳橋の新居、親分や姐さんのことへ話を移して行った。

すると高橋国穂は自ら核心に触れてくれた。

「お前の知りたいのは、よっちゃんのことじゃろう。そのよっちゃんじゃがの、お前が無期刑じゃ仕方ない言うて、岡の兄貴が嫁ぎ先を心配しとるいう話よ。ま、身から出た錆《さび》じゃ、お前もよっちゃんの幸せのためには、そのほうがよかろうが、のう」

それまで笑みを漂わせていた山上の三白眼が、ぐいと上向きになった。

「ほんまですか」

「ほんまよ、誰でもそう思うじゃろうが」

高橋国穂は、あまりの薬の効き過ぎにたじたじとなったはずだった。

このときの短期刑に際して、高橋は岡から思ったほどの援助を得られず、ひそかに逆恨みをしていたといわれる。もちろん当事者だけのことでほかの誰も知らないが、高橋が当時そう洩らしていたという伝聞があり、だから高橋としては、岡への恨み事をそういう形で表現したかったのだが、薬は効きすぎたというべきだった。

西村よし子の再婚話にしても、あったかなかったかは判然としない。しかし客観的に考えた場合、よし子は岡の姪で可愛い身内であり、結ばれた山上が無期という刑をうたれた以上、よし子に対してなんらかの身の始末を考えてやろうとするのが人情というものである。「よし子をなんとかせにゃいけんけえ」くらいの言葉は親しい人に言って、それが高橋国穂の思わせぶりな言葉になったとも考えられるのだ。

しかし、高橋の軽はずみな言葉は、このあとの山上の人生も、岡・村上の抗争という歴史をも大きく左右することになっていく。

山上にすれば、短歌を精神安定剤としていても、つねに意識はよし子への思慕にあり、そうしてその頃は、岡組を取り巻く状況の変化に軽い焦燥感すら抱いていたときなのだ。
なんとしてでも出ないかん。

親分に頼んで、よし子の再婚話は取り止《や》めて貰わないかん。わしに懐《なつ》いとる二人の子たちだって、そのほうが幸せいうもんじゃ。

高橋国穂にしてみれば、ちょっとした逆恨みから山上に岡への思いを吹っかけてみたに過ぎなかったが、山上にとってはそれでよし子への思いが凝結したといえた。

吉島を出るんじゃ。出てよし子のもとへ戻るんじゃ。そのうえで岡の親分に真意を聞いてみないかん。大恩の人じゃろうと、よし子が再婚しとったら許せんじゃろう。

いや、そんなはずがありゃせん。親分がよし子を再婚させるなんてなんかの間違いじゃ。無期刑だからちゅうて諦めてはいられん。親分に助けて貰うた恩も返しとらんし、いつかはと思うとる仇も返しとらん。

よし、わしは出たる。

山上の思いはよし子を軸にして揺れ、軸があるだけに結論は一つになった。そうして、刑務所を出て自由によし子に会い、恩も仇も返せる立場になるには刑の執行停止しかなかった。死に至る大病、心身耗弱《こうじゃく》。

山上はやがて決断した。断食、それしか方法はなかった。

どこまで続き、どこまでやれるか。生きて帰れるか、死に至るか、やってみてからのことである。馬鈴薯ばかりのような食事だったが、山上はきっぱりと食を断った。水だけは、用心深く少しずつ飲んだが、やがてそれも徐々に減らしてゆく。

衰弱がすすむと、山上は一日中うとうととして過ごした。夢ばかり見る日もあった。夢の中で山上は、かつて衰弱とは逆にぐんぐん回復し出した頃の尾長の家にいた。その頃の山上は、夜陰にまぎれて拳銃の試射に通っていたが、その自分がありありと見えた。家の裏手から山のほうへ歩き、幼稚園の近くまで行く。ポプラ並木があった。直径五、六センチの若木が標的だった。五メートルほどから射つ。パーン、パーン、パーン。命中の手応えは月明かりで確認できた。

夢の中でポプラが村上組の忘れられない面々に変わってゆく。わしはあのときもそう思うて射っていたんじゃ。と山上は夢とも現実《うつつ》ともつかなくなって呻く。

そしてポプラに続く柳がよし子に見えて山上は目覚めるが、もう自分がどんな状態にいるかは朦朧《もうろう》としていた。

刑務所内に吹きはじめていた秋の風が、次第に冷たくなっていったが、栄養失調の進んだ山上は震えるだけで声も出なくなった。

山上の病棟送りが検討されたのは、断食が四十日を超えた十月末のことだったろう。六週間を過ぎると危険といわれるだけに当然だったろうが、ここから記録と現実は微妙に喰い違いをみせる。

記録によれば十一月四日、山上は栄養衰退、重症状態の理由で刑の執行停止となり、広島赤十字病院に入院、加療中に姿を消した、つまり脱走となっているが、現実には山上は広島刑務所の病舎から岡敏夫によって引き取られているのだ。

山上が刑務所でジギリをかけていると知った岡が、裏から手を回して貰い受けたとしか考えられず、そうなると一般に流布されている山上の断食四十五日と、岡組内の四十七日の差も納得がいくのである。

つまり十一月四日、山上は四十五日の断食で日赤送りとなったが、すでに回復不可能との判断で五日には刑務所病舎へ戻され、六日朝に出所となって二日の差も説明がつく。

その朝、八時半頃に刑務所からの電話を受けた岡は、丸本繁喜に車のエンジンをかけておくように命じ、九時過ぎには基町の裁判所へ行っている。小さなバラック建てに裁判所と検察庁が同居していて、だから裁判も東洋工業を借りざるを得なかったのだが、そこで書類一式を貰い、吉島の刑務所へ着いたのが九時半過ぎだった。

当時の吉島は現在の道路に面した表門が裏門で、太田川に面した裏門が表門である。岡を助手席に乗せたシボレーは、道路に面した裏門から入り、川に面した病舎の前から看病夫が担架で運んできた山上を受け取った。

蒼ざめたうえに垢で焦茶色になった肌の山上は、すでに骨と皮のみで、息をしているのかどうかさえ判然としない状態だった。

柳橋の自宅兼事務所へ連れて帰り、歩いて五分ほどにあった当時の広島東署から警察医と刑事を連れてきたのも丸本である。

警察医の鑑定はひと言だった。

「岡、もうこれは駄目じゃ、なんぼ手を尽くしても、つまらん」

「つまらん」とは「サジを投げる」の意で、この段階で山上は自由な体にはなったが、同時に死をも宣告されたわけである。

しかし山上はここから再び甦《よみがえ》るのだ。

岡道場殴り込み

　仮死状態の山上光治は、警察医の帰ったあと、階段下の三畳半の部屋へ運ばれて寝かせられることになった。親分の岡敏夫をはじめ、服部、原田、丸本ら幹部は、警察医が言った「つまらん」という重い言葉を深刻に受けとめていた。

　警察医が「サジを投げた」と言えば刑の執行停止は当然としても、場合によっては葬儀の準備をしなければならない。その前に大須賀町の親元への連絡も必要だろう。誰もがそう考えて当然であった。

　山上は意識があるのかないのか、寝かせられたままピクリとも動かない。声をかけても反応はないし、もちろん瞼《まぶた》も閉じられたままである。救いは担架で受け取ったときより、布団に寝かせられたせいか、肌へ触れるといくぶん温《ぬく》みが感じられることだろう。

「ま、もう少し様子みなしゃあない。息はしとるんじゃけん」

山上の鼻先へ掌を当てていた岡が、考えられる準備を口にしなかったことで、狭い部屋には安堵の空気が流れたものの、土色の山上の顔をみれば、それがまた凍りついたものになるのは仕方がないことであった。

それでなくても小柄で顔も小さい山上は、さらに全体がひと回り縮んでいて、布団からそこだけ出ている顔の皮膚は、すでに艶などというものを通り越し、カサカサに乾いた鱗《こけ》のような小片が、辛うじて張りついているのみである。

しかも右の耳下にはおびただしい血がこびりついていて、その上にまた新しい血が少し流れ出していた。その傷は一年前の冬、闇市で村上組の連中に痛めつけられたとき、ピッケルを叩き込まれたものの一つであった。

頭部のほうはなんとか肉が盛り上がって治ったが、鼓膜まで達していた耳の傷は、片耳を不自由にしたばかりか、穴はいつまでたっても塞がらず、山上はいつもそこへ脱脂綿をつめて、流れ出る膿《うみ》や血を防いでいたのだ。

そういう習慣もすでに自分で始末できないほど山上の衰弱は続いてきたともいえるが、土色の乾いた鱗のような皮膚の上に流れる血は、凄惨であると同時に、それが山上の生きている唯一の証《あか》しともいえた。

そしてその証しは、二時間近くたって現実のものとなった。

様子をみにきていた岡が、山上の小さな動きを目にとめて声をかけた。

「光治、おい聞こえるか、光治」

山上が頷《うなず》くように首を動かし、小さく口元を開いたのはそのときだった。おう、こいつは助かる。岡が呟きながら驚きの表情で周囲の幹部たちを見回した。

「光治、腹へったか」

岡が今度は血の出ていない左耳へ口を寄せた。それは半ば無意識に出た言葉だったろう。四十七日間の絶食、僅かな水だけで生き存《なが》らえ、そうして死さえ宣告された男が、いま意識を取り戻したかに思えたのだ。生命があると思えば、なにか食べ物をと反射的に考えたのに違いない。

しかし、その無意識から出たひと言は思いがけない反応を呼んだ。山上はかすれるような声で、ゆっくり言ったのだ。

「はい。なにか、食わせて、つかあさい」

「おう、待っとれい。いますぐ用意してやるけえ」

岡が弾かれたように立ち上がっていた。それは山上の不撓の精神力に弾き飛ばされたといえるかもしれない。集まっていた服部、原田、丸本らの誰もが同じように立ち上がり、信じられないという顔を見合わせていた。

尾長の家で奇蹟の回復を見てから約一年、同じように医者から見捨てられながら、山上は再び甦ったのだ。やっぱり不死身じゃ、こいつは。二度の奇蹟を実際に見た彼らは、お互いに眼で語り合った。

「親父さん豆腐がええですかいの」

「そうじゃな、豆腐と素《す》うどん。じゃあけ、急にあんまり食わすなよ」

「わかっとります」

丸本らが若い者に命じ、豆腐と素うどんが用意されることになった。出所に際して醬油もなにもつけない豆腐をたべるのは極道の習慣であり、理由は身を豆腐のように真っ白にするからといわれるが、消化も理由の一つに加えられるのかもしれない。麺《めん》だけの素うどんも、すぐに縮んでしまっている胃を刺激しないようにと岡が配慮したものだった。

もっとも戦後一年と三カ月、豆腐も素うどんもまだ貴重品であったから、それは山上の状況からみれば精一杯のご馳走といえたろう。

素うどんを山上に食べさせたのは丸本繁喜である。アルマイトの鍋で煮て貰った素うどんを、お椀に入れて三畳間へ持って行くと、豆腐をひと口ほど食べていた山上はすでに目を見開いてうどんを欲しがった。

季節は十一月初旬、午後とはいってもやはり冷たい豆腐より温かい汁物がよく、また口中まで乾き切っている状態であったはずだから、口内に苦り粘りつくような豆腐より、つゆの味がしみわたるうどんのほうを欲しがって当然ともいえた。

横向きに寝たままの山上の口へ、丸本が箸でうどんを一本入れてやると、山上は感極まった様子でゆっくり噛みしめているようだった。

「みっちゃん、うまいか」

丸本にしても、午前中には死を宣告された男が、ゆっくりとはいえうどんを噛んでいる姿を見れば嬉しかった。だから山上が頷くのを待ってもう一本を入れる。

「つゆ、つゆが飲みたい」

「ほうか、ほうじゃろうの、咽喉《のど》も乾いとるんじゃろうけん」

丸本が木の匙《さじ》でほどよい温かさになった汁を与えると、山上は咽喉仏を上下させ、ごくんと音を立てて飲んだ。

そしてもう一杯、もう一本と少しずつ食べるピッチが早くなっていくうち、山上は土色の顔にほんのり赤味が戻ってきて、時折り見開く細い眼の充血も取れていくようだった。

「みっちゃん、そげん食うて大丈夫か。親父にあんまり食わすな言われとるけえの」

丸本がみかねて口出ししたのは、お椀の中があらかたなくなりかかったときであった。ところが山上は、残りをすぐに平らげてしまったばかりか、徐々に声の調子も取り戻していた。

「もう一杯、頼むから食わせい」

「やめとき、また夜になったら食わせるけえ、みっちゃん、少し辛抱せいよ」

「頼みじゃ、いま食いたい。世話かけて済まんのう、食わせい」

折れたのは丸本のほうであった。胃痙攣は心配だったが、これだけ元気が出たうえ、不死身の山上であれば、情からいっても食べさせてやりたかった。

山上はその二杯目を、今度は凄まじいばかりの食欲できれいに食べ終わると、「有難う」と丸本に礼を言って、安心したのかすぐ目を閉じて眠りに就いたようだった。

あっけに取られた丸本が、その寝顔をぼんやり見ているところにやってきたのが岡である。

「丸《まる》、ちょっと来い」

すでに二杯目を持って行ったと知り、お椀が空なのを見て岡は声に怒気を漲《みなぎ》らせていた。

「お前、胃袋が破裂したらどうすんない。光治を殺すんか、われ」

岡の往復ビンタが、丸本の頬に炸裂することになったが、山上はその夜からみるみる快方に向かった。そして二日後には、丸本が殴られたのを知らない原田昭三が、やはり「天婦羅が食いたい」という山上の願いを聞き入れ、これまた岡に往復ビンタを喰っている。

しかし岡の心配にもかかわらず、絶食四十七日に耐え切った山上の内臓は、急激な食欲をも強靭《きょうじん》にこなし切って、その翌日には風呂を切望するまでに回復した。食欲が満たされれば、今度は全身の痒《かゆ》さが我慢できなくなるのである。

「親父さん、風呂じゃ風呂じゃ言うて聞きゃあせんのですけえ、どげんしますか」

「まだ起きられるだけで歩けんじゃろうが」

「這えますけん、這うてでも行く言うて」

「ほなら大丈夫やろ、負うてやれ」

命じられたのは巨漢の服部武だった。闇市から尾長の家へ、血だらけの山上を背負って上等の飛行服を台無しにして以来で、今度は全身が鱗のような皮膚と垢まみれの山上を背負うことになった。

その服部が目を剝いたのは、山上のあまりの軽さだった。食物を摂りだして三日目とはいえ、まだ骨と皮だけの状態である。

「これじゃ、首根っこつかんで、下げたほうが早いけんの」

山上が元気になっただけに、服部が憎まれ口を叩けば、丸本と原田も口を揃えた。

「ほうじゃ、食わせい食わせい言うから、親切に食わしたったら、わしら親分にビンタ喰うとるんぞ。もう親切はこりごりじゃ」

しかし憎まれ口は叩いても、若い彼らの心はきれいなものだった。山上を風呂に入れ、そっと撫でるように体を流してやるのである。

石鹸をつけると、肌の鱗は上のほうから剝《は》がれ落ち、二枚か三枚が剝《む》けると、赤剝けの状態になって血のにじんだ本当の肌に至るのだ。指の間も乾いた粘土のような垢がぎっしり詰まっていて、お湯につけるとそれがポロンと落ち、そこからも血がにじんだ。

その斑《まだ》らになった赤剝けの肌は、赤チンで消毒しておいても朝になると腫《は》れ、それがまた残った鱗を落としていった。

神話に、毛をむしり取られた白兎を、大国主命《おおくにぬしのみこと》がガマの穂をほぐしてくるみ、手当てをする場面があったが、赤剝けの山上はまさにその白兎に似ているといえた。

大国主命はもちろん岡以下、幹部の面々だったろうが、真の意味では元気を取り戻したときに、岡の配慮でよし子が見舞いの品を持って訪ねてきたことだろう。三畳の間でどんな会話が交わされたかはわからないが、獄中で誤解していたことを詫び、早く歩けるようになって、よし子の家へ訪ねる約束がなされたのは想像に難くない。

山上は十日ほどで柳橋のかかる京橋川畔まで歩いて行けるようになり、木枯らしの夕映えのなかに、あの「若鷲の歌」の口笛が低く流れに沿っていくのを聴くことができるのである。

山上は二度までも甦ったのだった。

山上が出所してから二週間たった十一月十八日、山上の回復をまるで待つかのように事件は起こった。

その夜、猿猴橋にある岡道場は珍しく賭場が荒れていた。夜半に客同士の揉め事があり、それをどうやら鎮めたあとも賭場が殺気立ち、親分の岡が自ら賭場に出、客が納得して引けたのが午前一時をかなり回った頃であった。

岡は道場に泊まることになった。

当番は服部と原田である。二人は六畳の当番部屋に入り、岡は道場の片隅、その六畳に近い場所に布団を敷かせて寝た。寒い日が続いたなかで小春日和を思わせる暖かな日だったのと、柳橋の家まで引き揚げる億劫さがそうさせたのだろう。

村上組の襲撃があるなどという気配も情報も、まったくといっていいほどなかった。岡組で破目を外した若い者は、村上組の岡の舎弟の預りとなるような関係が続いていたし、村上三次親分の次男、村上正明も、週に一回は岡道場か柳橋の家に顔を出し、兄貴、兄貴と岡を立てていたのだ。

もちろん、酒を呑んで狂気のようになるときを除けば、村上正明はよき叔父貴分として岡組の若い衆にも慕われていたのである。

だから村上組が岡組に対して敵意を抱いているなどとは、岡組の誰もが考えていなかったことだろう。当然ながら、村上三次が七月の小倉祇園祭で、広島の闇市を博徒に牛耳られているとテキヤの親分らに指摘され、面子を失墜していることなどの情報も入っていない。

しかし、岡道場と名はついても、そこはれっきとした賭場である。岡は当番制に厳しく、とくに当番中に持ち場を離れると容赦なく鉄拳を飛ばした。それは、のちに共政会二代目会長になる大男の服部武に対しても同様で、同じ背格好の岡が服部に制裁を加えるさまは迫力があったといわれる。

たまたま岡が所用で外出中、当番の服部が相棒に留守を頼んで赤線へ「ちょんの間」に行ったことがあった。

自転車で行って、女を抱いてすぐまた帰ってくるから、僅か三十分ほどである。ところがその間に岡が帰ってきた。

「ハットンはどこへ行ったんじゃ」

「ちょっと、そこまでうどん食いに行っとります」

「当番のとき出るなと言うとるのに」

岡は当番の表札を指して怒気を含んだ声で言ったが、十分ほどたって帰った服部が、岡が帰っているのを見てバツが悪そうに、

「親父さん、お帰りなさい」

そう言ったとき、岡はもう履いていた革のスリッパを両手に持ち、服部の頬へいきなり鞭のような往復ビンタを数回くらわしていたのである。

「義務づけられたことを守れんで、なにが当番かい」

後年は腹も出て貫禄が増し、機嫌がいいとよく鼻うたが出る親分となったが、当時はまだ痩身で迫力十分、しかも力一杯の革の鞭だったから、服部の頬はみるみる腫れ上がったのだった。

だからその夜の当番も、賭場が荒れたあとで多少の酒は入っていたが、服部と原田のうち一人は起きていたはずであった。不寝番一人も義務づけられていたことで、まして親分が間近に寝ていれば、不寝番役のほうは目を覚ましていなければならない。

しかし油断というか、睡魔という魔がさしたのだろう。それとも村上組の侵入が鮮やかだったというべきだろうか。

服部と原田が飛び起きたのは、一発の銃声がバーンと道場に響いたときだった。

そのとき岡は、村上正明に馬乗りになられていた。村上の銃口はまっすぐ岡の額中央を指している。目覚めたときすでにその状態であり、どうにも身動きがとれない。

のちに岡は、そのときの状況を旧知の中国新聞記者に、「すぐに射つのかと思って観念したが、相手は勢いにのって冥土への引導渡しの文句が長い。その隙に拳銃を払いのけた」と語っているが、それは長く感じられただけで、実際はほんの数瞬だったろう。

「往生せいっ」

村上正明が叫んで引き金に力をこめたとき、岡は咄嗟に首を縮めたのだと思われる。秋口から伸ばしはじめていた髪は、すでに五分わけのきれいな髪型になっていたが、銃弾はそこを焦がしながら布団から畳へとめり込んでいたのだ。

弾が外れたのは村上正明も手応えで知ったのだろう。もう一発と構え直したとき、隣室から鉄砲玉のように一直線に素っ飛んできたのが服部だった。

「なにさらすーっ」

「ぐおっ」

言葉にならない叫び声とともに、服部の巨体が村上正明に体当たりして、村上もろとも岡の上を通り越して四、五メートル先まで宙を飛んでいった。

同時に飛び起きた原田の行動も同じだった。服部が村上を体当たりで吹っ飛ばした横を身をかがめて駆け抜けると、淡い裸電球のもと、階段脇で見張りをしていた村上組の近藤という若い者に、これまた肩から突っ込んでいった。

「死ね、こいつ」

「ギャーッ、……ギェッ」

　ここでも言葉にならない叫び声があがり、近藤の悲鳴は階段を落ちる音とともに階下へと消えた。階下にいたもう一人の男の悲鳴が上がる。

「親分になにさらすっ、待てい」

　一方では素っ飛ばされたあと、素早く起き上がった村上を服部が追うところだった。原田はすでにそこへ向かって突進していたが、それを回る形で避けた村上はもう一発を射ちながら、ダダダダッと音立てて階段を降り、やがて裏口を逃れていく足音が遠くなった。荒い息で服部と原田が岡の前に戻った。時計は午前二時を回っている。

「親父さん、大丈夫でしたか」

「ああ、弾はかすったようじゃ。追わんでもええ」

「しかし、なんで村上の叔父貴が」

　岡はそれには答えなかった。誰にとっても村上組の襲撃は青天の霹靂《へきれき》、それもあわや生命を落としかねない銃声を伴った雷鳴だったのだ。

　思えば朝鮮連盟撤退からこの日までが、広島の戦後の僅かな平和の日々であった。この日を境にして、広島極道のいわゆる「仁義なき戦い」は、第二次の「代理戦争」の激化をまじえ、第三次が終了するまで二十五年の長きにわたって続くのである。

　そうして、この第一次の序曲の中心人物となるのが山上光治であった。無期刑にジギリをかけ、出所すると同時に因縁の村上正明の敵対である。歴史の役回りのなかで、運命は山上に復讐をうながし、その果ての自死を迫るかのようにみえる。

山上は一カ月もすると岡道場の当番につけるまでに回復した。山根町のよし子のもとにいるらしく、当番でも思い出したように口笛を吹き、時にはよし子の二人の子を連れて闇市を歩いている姿も見受けられるようになった。

当番の相棒に、山上はジギリのことを訊かれると必ず言った。

「わしゃのう、親父に恩があるけんのう。その恩返ししちょらんと生きとられんけん。じゃがの、返そうと思うてもなかなか返せんのよのう」

山上は村上正明が親分を襲ったと聞き、すぐさま岡のもとへ「村上を奪《と》らしてくれい」と言っている。耳の穴の手当てをするたび、村上正明をはじめとする村上組の面々の顔が浮かばぬ日はないのだ。

「光治、われ、なに言うんか」

岡の答えは、しかし最初のときと同じようにひと言だけだった。「わしの舎弟ぞ」という言葉は聞くまでもなかった。それだけ村上正明は舎弟分として岡に尽くしていたのである。

山上は歯痒い思いでいたに違いない。

　事件は襲われた岡組が恥として認めず、村上組もまた不首尾を恥じて伏せたため、結局は公けにならなかったが、双方にとっては歴然とした事実であり、現に翌日からもう村上正明の姿は広島でみられなくなっていた。

　しかし、岡敏夫自身の気持ちはどうあれ、岡組としてはなんらかの「かえし」をしなければ面子は立たない。

　その報復が殺人死体遺棄事件となったのは、襲撃事件から二週間後の十二月三日だったが、判明したのは年末も迫った日のことである。

　猿猴川が広島湾にそそぐあたり、黄金山からは川向かいにあたる向洋の畑で、犬が死体を掘り出したという報告が警察に入った。調べでそれは村上組の幹部、原田倉吉であると判明した。容疑者として岡組の幹部、網野光三郎と原田昭三の名が出たが、確証がつかめないまま昭和二十二年を迎えることになり、結局は一月末、MPからの圧力と、警察から出してくれとの要請で二人が七年の刑を務めることになって解決をみた。

　山上はかつて自分もそうされたように、二人が吉島の刑務所へ送られる姿を、服部や丸本らと見送っている。そしてそれが、網野、原田と山上の別れでもあった。二人は殺人死体遺棄という罪名にもかかわらず、ヤクザ同士の喧嘩ということから、三年十カ月、四年を務めないで仮釈放となったが、そのときもうとっくに山上はいないのである。

一方で原田倉吉殺害の全貌が、警察の調べと裁判によって明らかになるにつれ、村上組には自ずと殺気が漲っていったようだった。

原田倉吉が村上組のなかではしっかり者の一人として知られていたこともあるが、その原田が映画館にいるところを岡組の原田らに連れ出され、簡単に二発ずつ撃たれて殺されたあと、死体は大きなゴミ箱に捨てられてしまうのである。

しかも二人は、そのままではすぐ発見されてしまうため、今度はオート三輪を借り受け、それに死体を積んで向洋の発見現場へ向かうのだ。

当時その一帯はさつま芋畑が多く、収穫あとの蔓《つる》が半ばひからびて散乱していた。二人は夜陰にまぎれてその芋畑に穴を掘った。地面の蔓はひからびていても、地下茎はまだみずみずしい。

二人はそのヤニと土で真っ黒になりながら穴を掘り、血まみれの死体を埋めた。それが十二月三日夜半のことであった。

しかし、穴はあまりに浅すぎたのだろう。頭の部分の髪と足先が、そのあとの西風で次第に地面に表れ出て、餌を求めて歩き回っていた野良犬の発見するところとなったのである。

そのなまなましい経過が知られるにつれ、村上組のなかには、酒を呑んでは息巻く者もいた。幹部の菅重雄もその一人だった。

「岡組がなんぼのもんじゃい。わしがいつかは岡を仆《たお》したる。いまにみとれ、いつかわしがやったるけえ」

そういう声は岡組の耳にも入ってくる。

山上はその頃になって、首から紐で吊るした二丁拳銃を持つようになった。

拳銃は山上が刑務所で想像していたように岡組が広島駅の構内警備にあたるようになってから、かなり簡単に入手できるルートができていた。だから山上も何丁か持っていたようだが、その頃に愛用していたのは片方が38口径で、もう一方はコルト25口径である。山上はその二丁を肉切り包丁用の革のケースに入れて首から吊り、片時も離そうとしなかった。

しかも、つねに安全装置は外したままである。便所は当然のこと、風呂も風呂場の棚に置いて入るほど徹底していた。

西部のガンマンなみの抜き方も、人目につかないところで練習していたようだった。

尾長の家にいたとき、夜陰にまぎれて拳銃の試射に通っていた幼稚園近くへ、今度は山根町のよし子の家から通った。

初心者の場合、MPが使用していた45口径拳銃では、五メートル先のポプラを標的に、両手を使って撃ってもなかなか命中しないものだが、山上は五メートル以上の距離でも百発百中だった。

天性の才能を練習で磨き上げたというべきだろう。山上の試射をみた者は、態度の沈着さ、腕の正確さにみな度胆を抜かれているのである。

そうして練習をよくしたせいか、銃の手入れも怠らなかった。銃を愛した点では「悪魔のキューピー」大西政寛に通じ合うところもなくはないが、山上光治の場合は、己れの負けじ魂と非力のバランスを銃に求めたといえるだろうか。

その山上の拳銃が火を吹くのは、原田と網野を広島刑務所へ見送って間もなく、相手は「岡を仆したる」と大口を叩いていた菅重雄だった。

射殺と逃亡

村上組の幹部、菅重雄もまた岡敏夫の舎弟格の一人だった。山上光治からいえば、もちろん叔父貴分にあたる。

しかし山上は、菅重雄の名こそ知っていても顔は知らなかった。

「いつかは岡を仆したる」

大口を叩いているのが菅という叔父貴と耳にはしたものの、尾長の岡の家に行って三カ月ほどで事件を起こし、そのあとは獄中、断食、やっと回復しかかったところで村上正明の岡道場殴り込みである。顔を見知る機会はまったくなかったといっていい。

しかも菅は、村上組にいる岡の三人の舎弟のうち最も嫌われていた。

のちに事件を起こす村戸春一の場合、岡組の面々は「どげんして村戸の叔父貴を狙わないけんようになったたんかいのう」と最初はボヤいたほどであった。

村上正明にしても、酒が入ったら寄りつかなければいい。たまたま傍にいる破目になったら、これはもう災難というほかはなかった。

酒乱という状態はみた人でなければわからないが、突如として人格が変わるのである。それまでのにこやかな談笑が、瞬間的に顔面が引き攣り、目が据わるか血走るかして怒り出すのだ。

村上正明も同じだったという。突然に若い衆へ鉄拳が飛び、茶碗をぶつけ、それは信じられないほど荒れ狂うらしい。傍に夫人がいれば同じようにするから、逃げていた若い衆が素っ飛んできて間に入る。すると今度はその若い衆が標的になるのだ。

しかし村上正明が愛されるのは、翌日になって酔いが醒めてからの態度にあった。

「お前の顔、どないしたんじゃ」

彼は若い衆に向かって訊くのである。

「どないしたもこないしたもないですよ、親父さん。無茶しよんない。夕《ゆん》べの親父さんのせいですわ。もう木っ葉に殴られて」

「アホぬかせ、わしゃそげんことしとらん。酒呑んで寝たまでじゃ」

まったく記憶にないのである。そうして相手が岡組から預りの若衆なら笑顔で小遣いぐらいくれるし、日頃の面倒見もいいのだ。

村戸春一にしても同じだった。むしろ酒乱がないだけ岡組の面々には、「叔父さん」と慕われていたといえよう。

しかし菅重雄は違った。広島弁では「大物をたれる」というが、態度も言葉も大きく、日頃から「虫のすかん叔父貴」だったのだ。しかも村上正明の殴り込み、岡組の原田倉吉射殺のあとは「岡を仆す」というあからさまな放言である。

岡組、村上組の対立は、歴史的にみれば村上組の岡道場殴り込みが出発点となるが、岡組が返しとして原田倉吉を射殺してはいても、岡組の意識としては村上組との抗争という実感は抱いていない。村上正明は依然として姿をみせていないものの、岡自身が追うなと言っていたように、岡組の誰もがこの時点で村上を追ってはいないのだ。あくまで岡の舎弟であり、岡組の面々にとっては叔父貴であることに変わりはなかった。

もちろん菅重雄の場合も同様だった。しかしその「大物たれ」ぶりに岡組の若い衆が苛立っていたのは事実である。仆すいうんなら、その前に殺ったろかい。口に出す出さないではなく、極道ならそう思ってまったく不思議はない状況にあったのだ。

その菅重雄が、ひょっこり岡道場へ姿を現したのは、昭和二十二年二月十八日の夜のことであった。

このとき菅がどんなつもりだったかはまったくわからない。つまり本気で岡を殺るつもりだったのか、あるいは挑発という冷やかしだったのかだが、おそらく後者のほうだったのではないだろうか。

岡組に抗争意識は薄いといっても、目の前で岡を襲われた幹部たちが、親分への警護を固めるのは当然のことであった。一人でぶらりと来て殺れるとは、いくら菅でも思わなかったはずである。

さらに菅は酒を呑んでいた。想像でしかないが、酒の席で大物たれていて引っ込みがつかなくなったか、あるいは心気昂揚のあげく、岡道場へと足を運んだのではないかと思われるのだ。それとも、鬱屈が酒で尖鋭化され、不意を衝くことで岡を殺れるとでも思ったのだろうか。

菅重雄は猿猴橋のほうの通路から、ちょっぴり目を血走らせて入ってきた。菅が知っていたかどうか、この夜は集まりがあって、岡をはじめ重立った幹部たちは誰一人として道場にはいなかった。留守はいわば二軍、幹部たちの若い衆が三人ほどいただけである。

「おう、岡はおるか」

菅は若い衆に顎を突き出した。

「いいえ。おらんですけん」

若い衆が相手を菅と知り、さらに酒臭い息を嗅いで、ちょっと面倒なことになりそうな予感から緊張気味に答える。

「どこへ行ったんない」

菅としては、そのあと大物をたれるチャンスと思ったことだろう。しかし、そのときはすでに山上が若い衆を払いのけるように菅の前に出ていた。山上はこの少し前に道場へ寄り、茶漬けと魚の煮付けであり合わせの飯を掻き込んでいたところだった。しかし相手がイチャモンを付けにきた気配と知れば、若い衆に任せてはおけない。

「うちの親分を呼び捨てにするのは誰か、誰なお前」

口のなかに残った飯を飲み込んだ山上が、咽喉をごくりとさせながら訊く。

「そういうお前こそ誰じゃい」

若い衆の「村上さんとこの菅さん」という声に重ねるように、菅が横柄なもの言いになり、山上がすぐかぶせる。

「わしゃ山上よ、お前か菅いうの」

それはほんの数瞬の出来事だった。山上は菅重雄に対する岡組の面々の苛立ちが脳裏をかすめただろうし、菅は咄嗟に山上の射殺事件と凄絶なジギリを思い出したはずであった。それが運命を分けた。

菅はどう思って腹巻きへ手を入れたのだろうか。山上光治の名前で条件反射的に拳銃へ手が行ったとしても、撃つもりだったのか、あるいは威《おど》しと防御のつもりだったかはこれまたわからない。

しかし、同じ条件反射なら早射ちの訓練さえしていた山上に敵《かな》うはずもなかった。

「ガーン」

至近距離からの凄まじい轟音と銃火の閃《ひらめ》きで、若い衆が思わず耳を手で覆ったとき、菅は腹巻きの拳銃を握ったまま後方へ素っ飛んでいた。

裸電球の黄色い光景が血で染まっていった。菅重雄は即死だった。

再び山上光治の逃亡生活がはじまった。前年の四月、被服廠倉庫を襲って警備員を射殺してから十カ月しかたっていない。そのときは途中で「泉巡査射殺事件」となったため、逃亡十日で自首したが、今度はヤクザ同士の喧嘩だった。

岡敏夫も逃亡をすすめたのだろうが、山上も自首する気持ちはなかった。出頭すれば元の無期刑か死刑しかない。

しかし警察も山上を必死で追う気配はなかった。いまでは考えられないが、岡が話をつけたことは間違いなかったろう。警察としては朝鮮連盟の闇市からの撤退、続いて難問題が予想された華僑連盟も、兄弟分として友好を保ったばかりか、一年ほどでこれまた広島駅前からは引き揚げているし、ほかにも広島駅警備など、岡敏夫には借りが積み重なっていたのだ。もちろん通訳を抱き込み、ＭＰへ顔をつなげた力も背景にはあった。そして「泉巡査」となった時点ですぐさま山上が出頭したように、警察の岡に対する信用も絶大だったからこそ暗黙の契約は成立したのだと思われる。

しかし警察が必死で追わなかったとはいっても、山上が自由でいられたわけではない。あくまで逃げ隠れしていて行方がわからないから逮捕できないのであり、その意味で逃亡生活に変わりはなかった。

山上は広島市を避けて、呉線一帯をぐるぐる回り歩くようになった。当初は山根町の西村よし子のもとでくすぶるつもりだったようだが、それでは余りに目立つというので岡が命じたのだろう。

呉線は坂、小屋浦《こやうら》、天応《てんのう》、吉浦、呉と岡敏夫とつながりのある親分たちがそれぞれにいて、山上はその親分たちのもとで、いわば一宿一飯の恩義にありつきながら、さほど遠くない旅がけをするのである。

今日は坂、明日は吉浦と一日ずつのときもあり、また数日いて次に行く場合など、それは状況に応じて不規則なものだったが、山上は呉から先へ竹原、三原を経て山陽線で広島市へ舞い戻るか、呉線を逆に広島まで簡単に辿るかして、たびたび山根町のよし子のもとへ忍び込んでいたようだった。

逃亡生活はなにかと気遣いが絶えない。不自由な追われる身であり、匿《かくま》ってくれる先にも気配りが必要であるうえ、暇だけはあり余るほどあるのだ。ヤクザ生活が実質的に短い山上は博奕もあまりせず、たまに瀬戸内へ舟を出して魚を釣るぐらいでは、気疲れが鬱積してしまう。そうなると思い出すのはよし子と二人の子供たちのことである。

そのあたりは岡も大目に見ていたようであった。

岡が山上に逃亡をすすめたのは、二つの理由からだと思われる。

一つは刑期のことであり、それはよし子と無関係ではあり得ない。よし子の再婚話を高橋国穂から吹き込まれただけで、絶食という生命を賭けたジギリで出所を図った山上なのだ。可愛い姪を想う気持ちにはほだされるし、よし子もまた山上を得て、塞ぎ込んでいた一時からいきいきと立ち直っている。逃亡がいつまで続けられるかは今後の状況次第でも、できる限り一緒にいられる時間は与えてやりたい。

もう一つは、因果が逆になったが菅重雄の射殺である。菅の大物たれを耳にして愉快ではなかったにしても、岡自身はさほど気にとめてもいなかった。しかし「菅を殺った」という報告を重立った幹部たちとともに受け、猿猴橋の道場へ幹部をやらせたところ、彼らは一様に声を揃えたのだ。

「菅の叔父貴はいつかは殺らんといけんと思うとった。親父さん、それがわしら若い衆の本心じゃろうと思う。それをみっちゃんが先にやったんじゃけん、それも今度なにかやったらもう生きとれんみっちゃんが殺ったんじゃ。親父さん、その根性を誉めたってくれい」

岡にしても思いは同じだったろう。菅重雄という名前さえ耳にしなかったら、たとえ山上といえども、相手が腹巻きへ手を入れただけでいきなり射殺という挙には出なかったはずだ。菅の大物たれが、いつか岡自身へ銃口を向けると思ったからこそ、光治は威嚇ではなく狙いを外さず引き金を引いたのに違いない。光治にはそれなりのことはしてやらなならん。

だから岡は、一カ所にいては危険なためよし子のもとへ居つくことは禁じていても、夜陰にまぎれて山根町へ舞い戻ることは大目にみていたのだろう。

山上は人目を避けてよし子のもとへ行き、一夜を過ごすと再び次の夜に呉線の預り先を頼って行った。

そういう春先のある日、山上は吉浦の中本勝一親分の賭場で「悪魔のキューピー」大西政寛と揉めている。

当時の大西は、呉の親分・久保健一の花会で土岡組のチラシの位置のことで怒り、火鉢を投げつけて暴れたあとだった。その後すぐ久保健一は引退を決意、四月三十日の全国総選挙で市会議員に当選、土岡組の呉進出となっていくように、大西にとってはまさに絶頂期にあった。

　山上、大西ともに初対面である。しかしお互いに名前は耳にしていて不思議はなかった。広島で派手な射殺事件を起こした男が、呉線を頼って流れてきているらしいという噂は、もちろん極道の幹部クラスは知っていただろうし、それが断食というジギリをかけた山上光治という男であることも、大西が聞いていて当然である。

　一方の山上にしても、呉線を辿り歩けば悪魔のキューピーの名は耳にしないはずはない。二人の男の片腕を斬り落とし、呉の親分を引退に追い込んで売り出し中の男なのだ。年齢は大西のほうが一歳上ながら同年代であり、土岡組・大西政寛の名は焼きついていて当然であった。

　揉めた原因は賭場での些細な動作だったというが、もしかしたらそれは、山上の三白眼のせいだったかもしれない。殺気だった賭場で、大西が山上の睨みつけるような視線に不快感を覚えて口に出したのだろう。

「なんじゃい、お前は」

「なんじゃいうて、なんじゃい。わしになんか文句あるのか」

「なにい、なに吐《ぬ》かすかおどれ」

　山上の三白眼が険しくなり、大西の眉がすっと寄ったときだった。

「大西、山上、やめい。ここをどこぞ思うとるんじゃ。わしの道場ぞ。勝手な真似は許さん」

　大声で怒鳴りつけ、二人の名を呼んで間に入ったのは中本勝一だった。それで二人はお互いに認め合うことになった。

「おう、おどれか山上は」

「大西はお前か」

　声が重なったとき、ともにその両手は懐の中に差し入れられていた。大西も二丁拳銃、山上もまた二丁拳銃だった。

　大西の眉間が縦に立ち、山上の白目が大きく不気味に光った。

「ばかたれ、おのれらやめんかい。わしの道場いうたらわからんのか、この命知らずめが」

　この間、ほんの二、三分。怒鳴っただけで効き目なしとみた中本勝一が体ごと割って入らなかったら、まったくどうなっていたかわからない状態だった。

「手を懐から出せい。ばかな真似したら承知せんど。死体が出たらどうするんじゃ、ばかもんどもが」

　二人はそれで仲直りさせられたが、のちに大西は中本勝一にきつく注意され、山上もまた仲間を通して岡の激怒を伝えられ平伏している。

そうしてこのあと大西は、五月末に市会議員・桑原秀夫事件のとばっちりで吉浦拘置所暮らしとなり、夏には割腹というジギリをかけて出所、秋口には岡道場へ顔をみせたことから、これまた時に道場へ姿をみせるようになった山上と顔を合わせ、お互いに挨拶を交わしたという。

短気な大西は割腹というジギリをかけたが、そこに至るまでには山上のことを思い出していたかもしれない。

山上は事件のほとぼりが冷めかけた夏過ぎから、夜陰に乗じて猿猴橋の道場へひょっこり顔をみせるようになった。

出入りするのは、裏の勝手口からである。道場は正面の入り口を除いて高さ二メートル近い板塀で囲まれていたが、山上は身軽にこの塀に飛びついたと思うと、ひらりと舞い降りるのだ。そうして炊事場に人影がなければ、そこにうずくまるようにして延々と待つ。

もちろん人影を認めれば、安全かどうかを確認してから声をかけて錠を外して貰うわけで、そういう意味では気が長いというより何事にも慎重な性格といえた。しかし決断はまた別のもので、それは拳銃の早業に現れているといえるかもしれない。

慎重な山上は変装の名人でもあった。

ちょうど夏あたりには髪ものび、山上はそれを分けて前髪を垂らして口髭《くちひげ》まで生やしていた。いまのようにアデランスでちょっとというわけにはいかない時代である。それだけでかなり印象は違うが、山上はさらに念を入れて眉を太く描いた。

さすがに三白眼だけは直しようがないが、それでもうまったく別人である。

「おい、そこにおるの誰じゃ。わしじゃ、山上じゃ、入れてくれい」

勝手口で忍び声がして、それが山上のものとわかって錠を開けた同僚が驚くのも無理はないだろう。

「誰じゃお前は、ほんまにみっちゃんか」

「わからんじゃろう」

「ほんまじゃ。おーい、びっくりさせんときい」

網野、原田は獄中にあったが、服部武、丸本繁喜らの面々は、それぞれが一人ずつ仰天することになった。

山上はそれで自信をつけたのだろうか。大西に会って挨拶を交わしたように秋口から塀を越す回数が多くなり、徐々に人気のない昼間でも出入りするようになった。

しかし山上はいまの銀山町《かなやま》、柳橋にある岡敏夫の本宅には絶対に近づかず、猿猴橋でも岡の姿は微妙に避けた。もちろん関わり合った場合の岡の立場を忖度《そんたく》したもので、そういう面でも山上は慎重で義理固い男といえた。

岡のほうも山上の心中は痛いほどわかっていたに違いない。山上がついに山根町に住みはじめたと知っても注意しないばかりか、重大情報までもたらすのである。

山上が猿猴橋の道場兼事務所へ頻繁に顔を出すようになったのは、変装に自信を持ったからでもあったが、もう一つは呉線回りを中止して、よし子と住みはじめたからであった。

もちろん堂々と住んでいたわけではなく、隠れ住む以上はそれなりのことが必要であり、どういうふうに造ったかはわからないが、山上は山根町の家に地下室を設け、そこで寝起きするようになったのである。そうして暇をもて余すと猿猴橋へこっそりと出かけていくのだ。

そういう情報は警察へもそれとなく流れていく。山根町の西村よし子のもとに山上光治がいるらしい。家宅捜索を行うべきだ。警察としてはそうなって当然だった。

しかしその警察情報は、そっくり岡へも流れてくることになる。暗黙の契約とはそういうものなのだ。

「山根町にガサ入れがある。山上はしばらく身を隠せ」

岡の指令がそれとなく伝わり、誰の発案か山上は再び変装することになった。今度は顔に煤《すす》をつけ、汚ない仕事着を身につけた二人が、山根町の奥の山へ入って炭焼き小屋へ身を隠すのだ。もう一人は若い者であり、ということはこれも岡の差し金だった可能性が強い。

晩秋の炭焼き小屋は寒いが、炭を焼くために火は欠かせず、さらに煮炊きの煙があがっても、炭焼きに煙はつきものである。山上は若い者と二人、十日ほどを山で過ごした。夜には幸いとばかり、腕が鈍らないように拳銃の訓練にも励んだ。

西村よし子宅は、山上が去って三日後に家宅捜索があった。もちろん収穫はゼロ、地下室は発見されず、山上の匂いすらなかった。それでもさらに一週間近く山に籠ったのは用心のためであり、二人は逆に西村よし子宅に警察の匂いがなくなったのを確かめてから戻っている。思う存分に拳銃の訓練が積めた山上には、むしろ充実した日々だったかもしれない。

燃えだした雑木の黄紅葉に、山上の口笛が低く勇ましく流れていったのは確かである。

この頃の山上は、仲間との雑談のときに二つの決意を語っている。一つは抱き続けている村上正明への怨念であり、もう一つは逮捕される場合の心構えだ。

「わしゃのう、村上正明が姿みせたら一番にいってやるけえの。死ぬほどの目にあわされたんが二度、木っ葉に殴られたんは数え切れんのじゃ。親父が駄目じゃいうから我慢しとるんじゃけえ、でも姿みせたら一番にいったる」

山上は朝の耳の手入れ、そうして相手の話を聞くときは、手を耳に添えて首を傾げる格好になったが、そのたびに村上正明のことを思い出していたのかもしれない。ピッケルであいた穴は、鼓膜まで達していただけに怨念は深かったともいえるのだ。

「警察がのう、山上、出て来い言うたらいつでも出たる。山上、往生せい言うたらいつでも往生したる。でものう、欺して撃ちやがったら、わしも撃ったる。みんな撃ち殺したる。弾がある限り撃ったる。覚悟いうたらなんじゃが、そう決めとるんじゃ」

山上にとって、警察が出て来いと言うのは、岡が手を引いて自首を命じるときと心得ていたのに違いない。それ以外は死を覚悟しているということになろうか。いずれにしても激しい気性である。

岡はそういう山上を、西村よし子との縁、菅重雄射殺の手柄以外にも、男として認めていたからこそ庇《かば》ってやったのだろうが、もちろん打算はあって当然だった。

村上正明は年末になっても姿を晦《くら》ましたままである。そして返しに原田倉吉を射殺、さらにそのあと菅重雄を山上が射殺しても、すでに九カ月が経過しているのに村上組に表面だった動きはない。二人は岡の舎弟でありながら、一人は拳銃で、一人は大物たれで楯突いた。その結果だから、岡がなにも言わない以上は何事も起こらなくて当然とはいえ、村上正明が再び事を起こす可能性はあった。そのとき山上の怨念は、菅に対してと同じように岡を救うことになって不思議はないのだ。

岡は幹部連中に「正明のことは忘れろ」と言っていたが、心の底ではそんなことも考えていたのかもしれなかった。

しかし、一方で岡が村上正明に対して怒っていなかったのは事実である。

岡は猿猴橋の道場が軌道に乗ってから、新年の行事を盛大にやるようになった。暮れの三十日に自分と舎弟は五升餅、直系は三升餅を搗《つ》かせ、その三方にのせたお供えへ半紙に岡自身が書いた名前を貼布して大きな祭壇に飾るのだ。それを前にして元旦は全員が集まって無礼講の酒宴となるわけである。

昭和二十二年元旦は、断食の仮死状態から回復した山上も末席でかしこまっていた。きっちり膝を崩さず、それは無礼講に移っても同じだった。みかねて同輩があぐらをすすめても、「わしはこのほうが楽じゃけん」と体を固くするのみである。その山上が膝を崩したのは、宴が闌《た》けて岡が座を外したときだったというから、山上がいかに岡への恩を強く感じていたかわかるが、二十三年は山上も席へ座れず、村上は逃亡、菅はいない。

しかし岡は、五升餅に前年に続いて「村上正明」の名を自ら大書するのである。

当時の準備係は丸本繁喜だったが、岡の本宅から近い弥生町の餅屋で、これ以上は搗けないという五升餅のお供えを六つつくって貰っているのだ。

一つはもちろん岡敏夫で下段中央。残る五つは舎弟用である。

紙屋町の打越信夫。西の岡と呼ばれた岡友秋。海田町の高橋国穂。そして村上組の村上正明、村戸春一。

打越信夫はのちに山口組に入り、岡の跡目を継いだ山村辰雄が本多会を背景にして「代理戦争」となるのは有名で、岡友秋の名とともに知る人ぞ知るところである。

だが、岡が村上正明と墨痕も鮮やかにしたためた胸中はいかがなものだったろうか。襲撃事件は忘れたから戻ってこいという意味に違いなかろう。岡は祭壇を前に満足そうに頷いたのだった。

だが、三十日から二日たった昭和二十三（一九四八）年一月一日、岡の心中とは逆に、今度は村戸春一が事件を起こして岡が激怒、山上の銃は運命に操られるように再び火を噴いてしまうのである。

復讐の鬼

昭和二十三年元旦は、まばゆいまでの初日の出で平和新春を迎えた。打ち塩がわりにちらついた小雪もからっと晴れ上がり、なにより日の出を待つ各家庭には明るい灯が輝いていた。

昨年末までは、真夏の日照りと雨飢饉で中国配電も打つ手なく、三十分ずつのリレー停電やホタル送電でしのいでいたが、せめて正月五日間は停電なしの全送電を、市民への新春プレゼントと決定したからだった。

一瞬の光爆から二年四カ月余、広島市の復興は目にみえて進んでいた。半壊半焼以上の住宅建物七万余戸、辛くも残った建物六千余戸が、二年後の前年八月には四万九千、この元旦には五万戸を超え、以後は毎年約四千戸ほどずつ増えてゆくのである。

もちろんバラック、掘っ建て小屋はまだ多かった。食糧不足とインフレーションも市民生活を苦しめていた。しかし岡敏夫が臼《うす》一杯の五升餅を搗《つ》かせていたように、一般市民もたとえ一合のお屠蘇《とそ》、一切れの餅であっても祝えるようになったのがこの正月だったのだ。

そうして戦時中の灯火管制を思い起こす停電やホタル送電もなく、バラックにもあかあかと灯がともれば、まさしく新生広島市は平和新春を迎えたといっていい。

広島駅は三月下旬を目処《めど》に復興をめざし、五月にはそのホームでコールコーヒーが売られるようになるのである。

この元旦はさすがに人の出足が遅く、午前十時では電車も道路も閑散、殺人列車といわれた芸備線や本線の長距離各列車も、平日の六割という乗車率であった。

もちろん停電なしで大入りを狙った猿猴橋日劇あたりも客は少なく、やっと日本髪の晴れ着姿が目立つようになったのが昼過ぎ、そうして新年らしい賑わいとなっていったのは午後二時を回ったあたりであった。

岡道場もまた同じである。

大晦日からの客が夜明け前に帰ったあと、新年のホロ酔い客が顔を見せ出したのは昼過ぎ、それが数えられるほどとなって手本引のはじまったのが午後一時頃であった。

この日は柳橋の本家で新年の無礼講の予定である。

そこへ出席する前に、岡の直系・丸本繁喜が猿猴橋の道場へ顔を出したのが、午後二時四十分頃であった。全員が本家へ集まってしばらく留守になるため、胴師や客にひと言でも挨拶しておこうとしたのである。

二階の道場は十人足らずの客だった。

「皆さん明けましてお目出とうございます。本年も旧年に倍増しましてよろしくお願い致します。本日は親分宅で初寄り合いがありますんで失礼させて貰いますけ、なにとぞごゆっくり遊んでいってくださいますよう」

「お目出とうさんの」

「こちらこそお願いしますけ」

みんな勝負に熱中している。丸本がそんな返事を聞き、少しだけ様子をみて道場を背にしたのが二時五十分頃。それから僅か十分ばかり後に惨劇が起こり、平和新春の気分が一気に破られたばかりか、以後、二十数年にわたる長い長い抗争の歴史が幕を開けるなど、まったく予想すらできなかった。

駅前から猿猴橋町にかけては着飾った人たちで溢れ、長閑《のどか》で平和な風景が展《ひら》けていたのである。

その十分ばかり後の惨劇とは、「中国新聞」一月三日付の記事によればこうだ。

《トソの香ただよう元日の昼すぎ、血で血を洗う殺人事件が広島市であった。

一日午後三時ごろ広島市猿猴橋町・岡敏夫氏事務所の二階へ数人の男がかけ上り、居合せた段原町下井留一さん（三七）へ矢庭にピストル一発を発射、心臓部を盲貫し即死させた。原因は怨恨によるものとみられ、東署では容疑者として広島市曙町の村戸春一（三二）を指名手配した》

以上を補足訂正すれば、その場面はこういうことになろう。

村戸春一が岡道場へ乗り込んできたのは事実である。おそらく屠蘇のほろ酔い気分だったのは、菅重雄の場合と同じだったかもしれない。また、この日の三時過ぎには、岡道場に当番がいなくなることも、彼は熟知していたはずである。

五升餅と名前のことは当然ながら耳にしているし、村上正明の岡道場襲撃がなければ、日時こそ違え、村戸は村上と揃って岡の家へ顔を出すところなのだ。もちろん無礼講のことも知っているから、思いめぐらせば村戸は丸本が岡道場を出るのをやり過ごしてから乗り込んだとも考えられる。

連れていった配下は七、八人。うち二人を見張りに置いて村戸は二階へ駆け上がった。山上の例があるだけに、拳銃はすでに手にしていたと見るべきだろう。

「岡はおるか、岡を出せい」

「皆さんは岡の親分宅でお祝いがあるけ、おらんですきに」

「なに、わしが来たいうにおらんのかい」

「柳橋のほうへ行けばおるんやないですか」

「なにい、気に入らんこと吐かすやっちゃな。行くか行かんかは勝手じゃ」

客たちの受け答えに、村戸は苛々を募らせたようだった。

「なにが岡道場じゃい。わしらのシマで堂々と博奕やりおって。一発、見舞うてやるわい」

村戸は手に提げるように持っていた拳銃を、唾を吐きながら引き金に指を当てて天井へ向けた。

ガーン。

凄まじい音が平和を破って轟き、威嚇であるのは確かだったが、そのとき信じられないことが起きた。村戸のほうへ向いていた客の一人が素っ飛んでいたのだ。

拳銃がどうかしていたのか、それとも腕を天井へ向けて振り上げるとき、すでに指が引き金にかかっていたのか、弾丸は天井へは向かわず、客の一人の心臓へ運悪く命中してしまったのである。

その客が下井留一という人で、もちろん怨恨があるわけではなかった。血がたちまち衣服を染めだし、銃声で数瞬の間だけ静まり返った道場の空気が揺らいだ。

「逃げろっ」

誰が言ったか、村戸春一らはその声で階段を音立てて駆け降りて行く。

「警察じゃ、柳橋へも報らせい」

猿猴橋はたちまち騒然とした雰囲気に包まれていった。

一方で報らせを受けて驚いたのが丸本である。

「そんな馬鹿なことない、おっさん。わしゃたったいま、覗いて挨拶してきたばかりじゃ。いま本家に着いたばかりよ」

「はい、その通りです。でも現実に起こったんですけん。下井さんは、たぶん即死じゃろう思いますけ」

「ほんまかいな、村戸の叔父貴が」

祝い酒にも手をつけず、丸本は使いの者と猿猴橋へと引き返すことになった。皆もまた二人のあとを追う。

銃声に続いた警察の到着で猿猴橋一帯は野次馬で溢れていた。そのなかを掻い潜《くぐ》った丸本は、その眼で二階の階段近くに倒れている被害者を見て納得するのである。その心臓部は、まるで灸《やいと》のあとのように弾痕がくっきりと残っていた。

岡敏夫は激怒した。

取り調べが済んで柳橋へ戻ってみれば、五升餅のお供えには、自分で書いた村戸春一の名が墨くろぐろと書き記されている。

怒る要素はまだあった。

被害者は岡の兄貴分で、花札の名人といわれた人の実弟、しかも堅気の人である。

また村戸が連れてきた配下の者には、山口芳徳、吉川輝夫ら、岡敏夫の若い者でありながら、不都合があって村戸のもとへ預けていた者が含まれていたのだ。その預りを率いて兄貴分に楯突く。それも柳橋へ来るならいざ知らず、誰もいない猿猴橋へ行った。

岡はこのときはじめて、明確に村上組の挑戦を感じたのではなかろうか。

「やるんなら、うちもやる」

岡の呟きを全員が肚で受けとめていた。


一人歩きが好きな岡も、なるべく勝手歩きはしないということと、ボディガードの当番がつくことを渋々ながら了承した。

直系の若い衆たちも、猿猴橋と柳橋へ当番以外でも詰めることが多くなった。新春気分はとっくに吹き飛んでしまっている。

といって、なぜ村上組が、というわだかまりは残っていて当然であった。

「なんで叔父さんたちが、三人も揃ってあげいなことをしたんじゃろうかい」

「考えられんけんのう」

「じゃきにわからんのじゃ」

「しかし、村戸の叔父貴にしても、狙わにゃいけんのは事実じゃ、親分を狙うとるんじゃけんの」

「そうじゃ、殺らな殺られるけん」

若い衆たちは、わだかまりはあっても、結局のところ結論はそこに落ち着く。一寸先が闇なのは、極道の世界の常でもある。

そうして、村戸の岡道場襲撃のあと、岡が道場へあまり顔を出さなくなったため、たびたび忍び込んで彼らの会話に白目を不気味に光らせていたのが山上光治だった。

村戸春一の住所となっている曙町は広島駅裏にあり、山根町の地下室から猿猴橋へ出る途中に通るため、ひそかに見回ってきていたのかもしれない。

村上を殺れないのなら村戸、山上は自らそう決心していたのだろう。まして岡の激怒を耳にすれば、どうせ先のない身である。二度も生命を救ってくれた岡のために役立ってからと考えて当然だった。

山上は変装したまま、夜ごと村戸の匂いを嗅いで歩き回っていたようである。もちろん、村上正明と同様に村戸春一の足跡もふっつりと絶えていた。

山上は炊事場兼食事室の片隅で、ひっそりとうずくまることが多くなった。多くの客が出入りする道場は、思わぬタレ込みがもたらされるのである。大手を振って歩けない逃亡者としては情報源として貴重だが、山上はそこに唯一の期待をかけていたのだろう。

そうして一月五日の夜、山上はその情報をつかむ。

山上は丸本繁喜をこっそり訪ねてきたボンクラ友達に目敏《めざと》く注意した。当番室へ入って行った二人は、低い声で話している。

「ヨネやテルが戻っとるのは本当じゃいうのか」

「間違いない」

「村戸はおらんのじゃな、その旅館には」

「姿はみえんじゃった」

情報《チンコロ》に間違いはなかった。ヨネは通称で山口芳徳、テルとは吉川輝夫のことで、預りの身ながら村戸について行き、岡道場を襲ったなかの二人のことである。

やがてボンクラ友達が帰る気配で山上は元の場所へ戻った。

丸本はそのまま浴室へ向かい、なにくわぬ顔で戻ってくる。浴室には山上もかつてそうしていたように、丸本たちが拳銃を隠しているはずだった。

「丸やん、どこへ行くんじゃ」

そこに山上がいるとは知らなかった丸本が、びっくりしたように思わず立ち止まった。山上はその驚き方で丸本が拳銃を隠し持ったことを確信した。

「どこへ行くったって、どこも行きゃあせんわい」

「ほうか、じゃけん、わしゃ聴いたで」

「なに聴いたいうんじゃ」

「丸やんのう、わしゃのう、右向いても左向いても、何人も奪《と》っとるけん、先は死ぬか一生ムショしかないんじゃ。丸やんに拳銃持たせるわけにゃいかん。おるのはヨネとテル言うたな」

「ほんま聴いとったんか」

「ああ、ほんまじゃ。丸やんに撃たすわけにゃいかんのじゃけんな」

「そうはいかん」

「まず、指詰めさせるわい。それで親分に詫び入れさせりゃよかろうが。わしが言うてみるさかいに、丸やん、一緒に行こう」

そこまで言われては、丸本にも否やはなかった。

目指す場所は、猿猴橋から歩いてもすぐの稲荷町から比治山町にかけてのところである。全送電で停電もないため、旅館の軒灯が淡く館名を浮かび上がらせていた。

「丸やん、離れや言うとったな。あっこがそうじゃ。わしが入って行くけん、丸やんは裏口へ回ってくれい。もし逃げおったら、そんときゃ頼むけん。ま、ヨネもテルもわしが断食で出たとき、丸やんらと面倒みてくれた仲じゃ、手荒なことにはならんじゃろう」

　時刻は八時を回っていた。

　丸本は山上の言葉もあって裏口へ回る。表の戸が開く音と、「ヨネ動くな」という山上の低い声が聴こえてきた。山口芳徳だけがいるようだった。女のキャッという声もあったようだが、それはラジオの音かもしれなかった。

「ヨネ、お前のう、指詰めて親分に断りせい。それが筋いうもんじゃろう」

「ちょっと待ってくれい」

「おう、その間に指詰めるんなら待とう」

　即座に山上の覆い被せるような声がする。山口はこのとき二十一歳。年齢も貫目も山上とは比較にならない。

　少しの間、静寂が訪れていた。寒の入りの寒さが身に沁みる。

　パン！

　短いが鋭い銃声がして、続けて二発の銃声がしじまを破った。

　あとでわかったことだが、山上が山口をうながしてちょっと向きを変えたとき、山口は座布団の下に手をすべらしたのだという。そこに拳銃があるのは、同じ逃亡者としても咄嗟に判断できることであった。

菅重雄のときと同様に、ほんの一瞬の差である。

「もう、いったけえ」

すいと暗闇に姿を現した山上は、丸本と自分に呟くように頷いてみせた。

「またしばらく逃げるけえな」

「気いつけいよ」

山上の背中に声をかけたとき、山上はすでに小柄な体を丸めるように疾駆していた。

それから三十分とたたず、丸本は広島東署に出向く。

「中国新聞」一月七日付によれば、事件はこう報じられている。

《五日午後八時ごろ、広島市稲荷町の福吉旅館前で、広島県安芸郡板村の丸本繁喜(二〇)は、下井留一氏の殺人容疑者として指名手配中の広島市曙町、村戸春一方に同居の山口芳徳君(三)と会い、やにわにピストルを三発発射、銃弾は山口の左胸部と右ひじから第一関節に、他の一発は臀部から大たい部を貫通。

山口は直ちに段原町の吉崎病院に収容、加療中であるが生命は危篤、犯行の丸本はその足で八時半ごろ東署へ自首した。原因はヤクザ仲間の怨恨とみられている》

警察発表の記事通りなら、銃弾は左胸部、右ひじ、臀部と三方からとなり、山口の動きも証明されよう。山上はおそらく、座布団下へ伸びた手をまず狙い、山口が撃たれてもんどり打つところを一発、それが尻で、止めが心臓だったと考えられるからである。

しかし、自首した丸本がいかに自白しようとも、山上の拳銃を持っていない以上、いかんともしがたかったようだ。

翌八日付の記事は「身替り自首か」という見出しになっている。

《即報＝五日午後八時半ごろ、広島市曙町の村戸春一方山口芳徳(三二)を射殺したと広島東署に自首した広島県安芸郡板村の丸本繁喜(三〇)について、同署では真相を取調中であったが事実と相違する点が多く、事件当時山口君は市内比治山町の吉川輝夫さん方の奥三畳間で、村戸春一の内縁の妻と雑談中、突然一人の男が侵入し、やにわに拳銃四、五発を射たれ、全身三カ所に貫通銃創をうけぶっ倒れたもので、やくざ仁義の身替り自首とみられ、同署では別の観点から犯人捜査に乗出した。

なお入院加療中の山口君は、六日午後二時、出血多量のため死亡、七日朝同署で解剖に付した》

第一報は締切り寸前か、あるいは自首で慌てていた警察が現場がすぐ近いため取り違えたのか、旅館名も町名も異なっているが、もちろん後者が正しいようである。

五日の午後八時五分頃には、広島駅発の己斐行市電で、発車早々に三人連れの男が乗客の一人の頬を匕首で切る事件が発生、三人組は的場町で降りて逃走、その足で路上の人を襲って現金一万四千円を奪い、八時二十分には近くの鯉城園ダンスホールに出現、MP通訳を刺殺して逃走という凶悪犯罪が起きているのだ。東署としても、手が回りかねたのかもしれないし、記者もまた確認どころではなかったのだろう。

七日付の丸本の自首記事の上欄には、それが三段見出しで報じられ、翌日の身替り自首記事の隣にも二段見出しで「一味二名が逮捕」と大きく報じられている。

丸本が山上の罪を少しでも軽くしようとした心情は、その凶悪事件のなかに埋没してしまったといっていい。丸本は三日を経ずして釈放されるのである。

一月七日からは、再び夜は暗黒を増すことになった。中国配電の節電計画によるもので、雨の降るまでという制限つきながら全送電は四日に一日と決められ、家庭停電は三十分ずつのリレー停電やホタル送電に切り換えられたからであった。

その夜の暗さを、山上は存分に利用したのに違いない。

警察は山口芳徳射殺の犯人をほぼ山上光治と断定していた。弾丸が菅重雄射殺と同一であり、丸本の身替り自首からいっても、それは間違いないと考えて不思議はなかった。

前年二月の菅重雄射殺以来、秋には西村よし子宅の家宅捜索を行ったように、警察としては山上追及をおろそかにしているわけではなかったが、山口芳徳射殺が村戸の岡道場事件の報復とみられるだけに、今度ばかりはその追及に全力を挙げだしてきていた。

もちろん山上としても、そういう動きは十分に察知していたに違いない。

山上は山根町の地下室へ帰らず、呉線の親分を頼りながら、夜になると広島へ戻って村戸一派の消息を追った。

匂いは山口を射殺した旅館に濃く漂っていた。丸本のボンクラ友達の情報では、ヨネとテルの姿をみかけたというのに、ヨネはいたが吉川輝夫の姿はなかったのだ。それはたまたま不在だったと考えられ、山口射殺で再び逃亡はするにしても、近いうちに必ず姿をみせるはずだと山上は思ったのだろう。

吉川を見出せば村戸の逃亡先もつかめるかもしれない。

山上は闇を利用して辛抱強く張り込みを続けていた。小柄な体を丸めて地べたにすくんだら、山上は一時間でも二時間でもじっとしていられるのだ。

煙草は日に十本ほどだから、吸わないで我慢することは当然ながらできたし、酒は元旦や祝い事のときにちょっと口をつけるだけである。無言でいることにも馴れていた。

岡道場の塀を乗り越え、勝手口で人の気配がするまでじっとしていられたように、山上は精神的にも肉体的にもタフといえた。

それにしても山上は旅館裏の暗闇にひそみながら、いったいなにを考えていたのだろう。よし子やその二人の子供たちとの楽しい団欒。満州・奉天の検査工時代。一転して二度にわたる刑務所務め。さらに村上組に痛めつけられた口惜しい思い出。さまざまな想念が山上の脳裏を駆けめぐっていたのは間違いない。その合い間には、そっと指折りながら短歌をつくっていたとも考えられる。

しかし断言できるのは、未来への想いが淡いものでしかなかったことだ。岡が「出ろ」といえば無期刑か死刑しかないし、逃亡が永久に続くことが考えられない以上、残るはこれまた自死しかないのである。

山上は闇の中で白目だけ光らせながら、そのためにも生ある限り、現在の目的遂行に全力を注ぐしかないと思い詰めていたのではなかろうか。そして心の中で勇壮に口笛を吹いていたに違いなかった。

〽さっと巣立てば　荒海越えて
行くぞ敵陣　殴り込み

山上にとってそれは、軍歌というより心の応援歌というべきものだったかもしれない。相手より早く撃つ攻撃と同時に、若さのみが簡単に決断できる己れの死に対しても、心地よいメロディで葬送を奏でてくれるのだ。

その山上が吉川輝夫を射殺したのは、それから間もなくであった。撃ったのをみた人もなく、死体をみたのも警察か身内の者に限られていた。岡組の面々が射殺事件を知るのは、岡敏夫自身の口からである。

「テルをいわしたけ、明日あたりなんかあるわい。ガサくるかわからんけ、それぞれの道具、きちんとしとけぃよ」

夜半にそう言われた若い衆たちは、早朝にこっそり旅館近くの現場といわれるところまで行ったが、そこはすでに片付けられていてなんの痕跡もなかった。

「みっちゃんから連絡あったんじゃろうが、ほんまかぃな」

「みっちゃんのことやからほんまじゃろう。それにしてもよういわしたな」

「いわせる」とは「殺る」であり、山上はやはり指詰めを迫ったが、村戸の潜伏先のことで思い通りに運ばず、揉めたあと今度は一発で射殺したのだろう。

その証明のように、岡組の面々が帰って間もなく山上の件で警察の手入れがあった。

しかし、岡の注意もあって道具もなにも出ない。射殺した弾丸が再び前の二件と一緒だったからだろう、警察の岡への追及は執拗だった。

「そういうても、うちに山上はおらん。どこへ行ったか連絡もないんでのう。正直いうてわしもくたびれとるんじゃ」

岡は捜査員にそう言って眉根を曇らしてみせた。

のちにわかったことだが、山上はその足ですぐさま市内を離れ、家宅捜索があった頃には釣舟で海へ出て、ひっそりと釣り糸を垂れていたという。そのとき口笛は堂々と吹かれていたかもしれない。

なんとも想像を絶する精神の持ち主というべきである。

しかも山口芳徳、吉川輝夫の射殺事件は、ついに山上の死とともに未解決で終わるが、山上は一週間もすると再び広島市の夜に姿を見せるようになるのだ。もちろん村戸と村上を求めて、である。

岡はこの頃、当分の間は戻るなと山上に厳命していたはずだった。預け先にも「光治を帰したらいけん」と頼んであったに違いない。

しかし山上は、夜になるのを待って「ちょっと散歩してくるけん」とぶらりと出るのである。そうしてその姿は、やがて大胆にも昼の市内でもみられるようになる。

山上はすでに自死を決意していたのかもしれなかった。

凄絶な自決

季節はゆるやかに巡って行った。

通りすがりの家の庭に紅梅が咲くと、やがてふくらみ切っていた梅の蕾《つぼみ》も開き、白い花がかすかな香気を漂わせだした。

七十五年にわたって一木一草も生えないといわれた広島だったが、春は原爆以来三度目を数え、けなげにも生き残った草木は、それら風説を吹き飛ばすように、年ごとに生命力の強さで季節を示していた。

広島駅も完成間近だった。初夏の五月にはそのホームでコールコーヒーが売られるように、季節は花見からやがて夏へ向けてゆっくりと、そして急ピッチの復旧のなかで巡り、また春へと廻《めぐ》ってくるはずであった。

しかし、山上光治の季節は、桜を前にしてその歩みを止める。

〽若い血潮の「予科練」の
　七つ釦《ぼたん》は　桜に錨《いかり》

山上は口笛でこそ低く桜を歌ったが、昭和二十三年の満開はみることなく、それこそ「生命惜しまぬ予科練の」ごとく、自ら散らしてしまうのである。

一月五日、ヨネこと山口芳徳を射殺、続いてテルこと吉川輝夫を射殺した山上は、自らの死を覚悟したのかまったく傍若無人にみえた。事件後こそ呉線の親分宅にひそみ、時に夜の広島へ舞い戻るのみだったが、二月の声を聞き、そして梅の香が漂い出すと、山上は昼夜もわきまえずその姿を市内にみせるようになるのだ。

焦燥感もあったのかもしれない。山上の死の覚悟は、同時に村上、村戸の二人を道連れにすることでもあったから、山上は情報にも飢えていたのだろう。

二人の消息は絶たれたままであり、ボンクラ仲間からの密告もすでになくなっている。そうなれば自分で探すしかなかった。

山上は岡敏夫が顔を出さなくなったのをいいことに、猿猴橋の道場へも連日のように顔を出すようになり、時には大胆にも手本引の客の一人にまでなった。

山上は変装に自信があったのだろうが、傍若無人はいずれ人の噂になりやすい。警察の追及は厳しかった。山上がつねに拳銃を手放さないことを知り、姿を見つけた場合はすぐさま署へ連絡、武装警官隊で包囲網を敷く手筈も整っていた。職務質問でもしたら、その場で発砲が予想されたからだった。

MPからも、抵抗があれば射殺も可という命令が出ていた。菅重雄と山口、吉川の銃弾はいずれも同一であり、警察やMPサイドからみれば山上光治は殺人鬼に等しい。射殺命令は以後の事件防止からも当然であった。

そういうところへの噂である。捜査員らは山上がなんらかの変装で、昼間から市内をうろついていると確信するに至った。

山上の死の一週間ほど前に、電車の中で会った警察関係者もいる。

山上が栄養衰退、重症状態の理由で岡敏夫のもとへ引き取られたとき、「岡、もうこれは駄目じゃや、なんぼ手を尽くしても、つまらん」とサジを投げた警察医が、偶然にも呉線の車中で出会《でくわ》すのだ。

しかも、ふっと視線が合った山上は、車内が空いていたこともあって、少しだけ逡巡はみせたが、すぐにつかつかという感じで歩み寄るのである。

「先生、見逃してつかあさい」

山上は三白眼を伏せて、ていねいに頭を下げた。

「わしも警察医じゃけの」

「ご迷惑かけて済まんです。恩にきますけ」

山上は警察医の声が穏やかなので安心したのだろう。そう言って再び頭を下げると別の車輛へ足早に移っていった。

そのことがすぐ警察へ伝わったかどうか定かではないが、三月半ばに至って警察は、広島駅から猿猴橋町一帯にかけての捜査をさらに厳しくしている。もちろん山根町の西村よし子宅周辺へも、再び捜査の手は伸びていった。

そうして迎えたのが三月二十三日だった。この日、山根町のほうから猿猴橋へ向かって歩いていた山上をみた人がいるように、すでに「山上らしき男」はマークされていたのかもしれない。さらに山上がその前夜、最愛のよし子宅に泊まり、午後までの濃密な時間を過ごしていたとすれば、それはこの日の最期を予感していたことになろうか。

山上は山根町からの道すがら、最後になる口笛を吹きながら、機嫌よく歩いて猿猴橋から広島駅へ出た。電車の中で発見、マークしていた刑事もいたといわれるが、山上が電車に乗ったかどうかは判然としない。

山上の姿が確認されるのは、霞がかった春の陽が傾きはじめた頃であった。駅前でばったり出会い、山上と確認したのは中国新聞の記者である。

山上が村上正明らに仮死状態にされた五日後、事件を耳にして尾長の岡敏夫宅を訪ね、はじめて食べ物を口にする姿をみた記者で、不敵な面構えで嘲笑う顔と三白眼が印象的だっただけに記憶は鮮明だった。もちろんその後に会って短時間ながら話をしているし、泉巡査射殺事件で逮捕されたときの山上もみている。

山上は出会した記者を避けるように早足になり、駅前の日劇へと入っていく。記者も追いすがる。背後から声をかけ、いままでどこにいたのか、なぜ広島に舞い戻ったのかと小声で質問を浴びせた。

もちろん自首もすすめたが、山上はすべてを無視した。

山上は当時よくあった母もの映画が好きだった。小学校の高等科を卒業後すぐ満州の奉天に渡り、十九歳で帰国すると呉の海軍工廠に徴用工としてとられ、休日に喧嘩の仲裁に入って人を刺し、傷害致死で徴役二年。そのあとは召集で軍隊生活をし、敗戦後は十月に復員、家に落ち着くことなくその冬には村上組から袋叩きにあっている。

短歌を詠み、書が得意で詩も好きだった青年が、暖かい家庭の団欒を思い描かないはずはなかった。よし子とその子供たちへの愛も、母もの映画好きも、そういう孤独な生活を続けてきたことの裏返しだったろう。

その日の映画が母ものだったかどうかはわからない。しかし山上は母ものだったとしても映画は眼に入らないはずだった。

新聞記者が山上と認めて追ったとき、すでに広島東署の二名の刑事が同じように認め、手筈通り駅前派出所へ連絡していたのだ。

猿猴橋町の日劇一帯は、武装警官二十数名で包囲されようとしていた。MPも応援にジープで乗りつけてくる。

何事かと野次馬も集まり出していた。

館内後部の暗い場所にいた山上は、間もなく外部の異様な雰囲気を察知する。そうでなくても新聞記者に追いかけられ、神経が過敏になっていた山上だった。

そっと外部を窺《うかが》いみたときは、自分の容易ならざる立場を悟ったに違いない。

「サツにチンコロしたんじゃろう」

山上は拳銃を手にし、それを記者の脇腹へ強く当てた。

「ま、まさか。わしは駅前からずっと一緒じゃろうが。サツに手を回す隙なんかありゃせんじゃろう」

震えながらも、新聞記者だけにつとめて平静をよそおって言うと、山上は無言で拳銃にこめた力をゆるめ、やがてそれを腹へ収めながら、再び外を窺い出した。

最初の突攻小隊なのだろうか、四、五人の武装警官が拳銃を手に入り口から身をすべらすと、さっと左右に散った。

　そのときだった。山上はドアをまるですり抜けるように出て、そのまま一気に出口へ突っ走った。

　小柄な男が背を丸め、しかも凄いスピードで駆け抜ける様は、まさに弾丸が放たれたときに似ていた。本当にあっといったとき、山上は十メートル余を疾駆していたのである。

「山上じゃあ、追えっ」

「山上が出たぞっ」

　武装警官たちが叫んだとき、山上はすでに向かいの商店街の一つに飛び込んでいた。日劇を取り囲むように位置についていた武装警官たちが駆けつけてくる。自動小銃を手にしたMP一個小隊も加わった。最初はわからなかった山上の行く先を、群集のなかの誰かが教える。

　群集の数は新聞によれば「数千」というが、千名を超えていたのは間違いなかった。その整理にあたるべく、制服警官が応援に駆けつけてくる。

　猿猴橋の岡道場へもすぐさま報告が入っていた。

「山上さんが日劇で包囲され、逃げ出して前の果物店に飛び込んだそうじゃ」

「MPが自動小銃を向けとる」

「もうあたりは黒山の人じゃ」

道場には丸本繁喜をはじめ、若い衆も数人がいた。

「なんとか逃がせんじゃろうか」

「そら無理じゃろう。できれば逃がしてやりたいけんのう」

丸本らも口々に言いながらも現場へと駆けつけていった。

刑事二人が山上を発見、日劇へ入ったところで通報したのが五時を少し回ったところだった。時刻はすでに五時半に近い。

丸本らが着いたとき、現場はMPの投光器で照らされ真昼のように明るかった。夕暮れとの明暗が異様である。

丸本らは群集を掻きわけて店に近い最前列に出た。

店内はひっそりと物音もしないようであった。武装警官たちは店を取り囲むようにそれぞれが位置につき、やがて出される指令を待っている。

「山上、おとなしく出て来ーい。もう逃げられんぞっ」

「包囲は完了したー。家の人に迷惑かけんように出て来ーい」

「山上、出て来んとこちらから行くぞっ。迷惑かけんように出て来いっ。無駄な殺傷はやめるんじゃっ」

警官隊が口々に叫ぶ。

「カモン、ボーイ」

「ヤマガミ、カモン」

MPの声もその間に混じった。

しかし店内からの反応はなかった。なかではどのようになっているか、外から知るすべはまったくない。


のちにわかった話を綜合すると、山上はその頃にはすでに自決を覚悟していたようだった。

「警察が出て来い言うたらいつでも出たる。往生せい言うたらいつでも往生したる。でものう、欺して撃ちやがったら、わしも撃ったる。みんな撃ち殺したる」といつも語っていた覚悟のまま、というより一月に二人を射殺して以来、徐々に心へ落ちていった死への覚悟が、包囲されながらも撃って来ない警察に対して、ゆっくりと固まっていったのかもしれない。

山上は店内に飛び込むなり、家の中をざっと見回してから奥の風呂場へ潜《ひそ》んだ。危険を察知して咄嗟にとった行動だったが、その後の状況をみてみれば、もう逃れられないのはよくわかった。そして落ち着くに従って次第に決心は動かないものになっていた。

死への恐怖はなかった。

最初の仮死状態、そして絶食による栄養衰退と二度まで医者に見放され、すでに死は経験ずみといえた。いま生きているのは奇蹟に近く、さらに愛唱歌の攻撃精神は死と隣り合わせのはずであった。死を覚悟してこその「敵陣殴り込み」なのである。

山上は小柄で非力なだけに、少年の頃から勇壮なものに憧れていたに違いなかった。その憧憬が根性に変わっていくには時代的背景もあったろう。軍国主義一色のなかで、山上は根性で敵を仆すべく不屈の精神を磨いていったように思われる。

一方で文学青年的心情は、つねに優しさを求めていた。飢えたように家庭愛を求めたのはそのためだろうし、餓死を覚悟してまでよし子への思いを遂げようとしたこともその表れだろう。

逆にいえば、勇壮さに憧れたのも文学青年的心情が根底にあり、それが脆弱《ぜいじゃく》に流れなかったのは、山上が本来もっていた決断と実行力のせいで、そのバランスがきわどいところで成り立っていたのが山上だったというべきかもしれない。

山上が過去についてまったく喋らなかったのは、己れのそれら二重意識が、どこかで相手にみえてしまうことを用心したからではなかろうか。

しかし、きわどいバランスは崩れやすく、崩れた場合は生への執着も失いやすい。山上は菅重雄を射った段階で、自らの無期刑状態もあって、すでにバランスを失していたといっていい。逃げる以外に生きる望みはないのだ。

しかし山上には復讐という目的があった。二度も生命を救ってくれた岡への報恩へも、その目的は重なっていた。山上はそこで再びバランスを取り戻し、今度は村戸春一という目標を得た。だが結果はヨネを射殺することにつながった。そこからはもう客観的にも内面的にもやはり殺人鬼だったろう。最後のテルの場合は成り行き、形容はおかしいが惰性だったのではなかろうか。すでにバランスは失われ、生への執着を絶ったからこそ、狙う相手を求めて日中から市内を歩くようになったと思われる。

そうして迎えたのがこの日だった。一度は逃げてみたものの、袋小路であることに変わりはなく、抵抗しても逮捕されても待つのは死のみである。

山上は淡々とした心境で自死の決意をしたのだろう。むしろ心境は冴え渡っていたのかもしれない。山上はここから実に冷静な行動をとるのだ。

山上は一旦は飛び込んだ風呂場から出て、そのすぐ近くですくんで動けなくなっている店の主婦に声をかける。

「迷惑かけて済まんのう。成り行きで飛び込んだもんじゃけえの。ほいてなんじゃが、も少し迷惑かける。これ貰うてくれんじゃろうか」

山上は懐中から有り金のすべてを出して、震えている彼女の手に握らせるのである。すでに風呂場での自死を決めていたのだろう、有り金はそこを血で染めることの賠償金の意味であった。

金を渡した山上は、今度は外へ向かってあらん限りの大声で叫んだ。

「おーい、誰か道場のもん、おるかあ。おったら聞いてくれー。親分を頼むぞー、くれぐれも親分を頼むぞーっ。それからみんな、長い間、有難うなー。有難う」

叫び終わった山上は、風呂場へとって返すと、五右衛門風呂の中に身を潜めた。流れ出た血が浴室いっぱいにならないことを考えたとしか思えない。

さらに山上は、拳銃に自分のマフラーを巻きつけるのだ。これも大きな音で近くにいる婦人を驚かせないための配慮だったと思われる。

これらの行動は、追いつめられた末の自死というより、日頃からの死の覚悟を冷静に実行したというしかない。山上は冴え返った心境で銃の引き金に力をこめたのではないだろうか。

バーン。

くぐもったような音が、かすかに外部へ洩れたのは、蓋を閉めた風呂桶のせいと、拳銃に巻いたマフラーのせいであった。

山上の生涯はそこで閉じられたのである。

昭和二十三年三月二十五日付の中国新聞によれば、自決とその後はこうなっている。

《山上は遂に所持の拳銃で前額部を射ち貫き自決した。現場には同人所持のブローニング四一八九八号拳銃、実包六発、空薬莢一個とがあり、嚢《のう》中に実包三発入り替弾倉一個を持っていた。

警官隊は一応死体を的場町秋本外科に運び応急処置をしてさらに東署に移し、二十四日午前十時、仲本検事、香川博士の執刀で解剖されたが、全額部盲貫と診断された。

また、最後に「岡敏夫氏(三五)談」があるので引用する。

《世間では山上を殺人魔といっているが、彼は泉巡査の場合泣いてその非を悔い、その他殺人については彼らしい正義感からヤクザ以外の人に迷惑をかけないのが信条だと語っていた。私が身元を引受けていたので世間を騒がしたことについては責任を感じている。ただ最後に警察官や一般の人に迷惑をかけずに自決してくれたことを、せめてもの幸せと思っている次第だ。

逃走経路について自分には全然連絡がなかった。家庭愛にうえていた彼の短い生涯を気の毒に思っている。自分の力で自首させることができなかったことが残念だった》

ＭＰのジープで運ばれた山上の遺体は、翌日の午前十時から警察医の香川博士によって確かに解剖に付されている。それを実際に見たのは、遺体を引き取りに行った丸本繁喜ら二名だった。当時の広島東署は柳橋の岡宅から歩いて五分ほどのところにあり、十時前に彼らが着いたときはすでに解剖準備は整っていた。

解剖がはじまって警察医も驚いたことが二つある。

まず弾丸が入ったあとは歴然としているが、弾丸の出たあとがないので頭部を調べる必要があった。ノコギリで挽かれた内部は真っ黒である。

不審に思った丸本が訊く。

「先生、どうしたんですか、こげいな色になって」

「ガスでこうなるんじゃ。弾がここから入ってここで止まっとるじゃろう」

警察医の説明によれば、右コメカミ上部から入った38口径の銃弾は、左へ貫通せずに頭内部を一周、再び右前額部付近まできて止まっていたのだ。記事の「前額部盲貫」は正式に「盲管銃創」であり、弾が体内を貫くに至らずとどまっている状態をいうが、山上の場合はとどまっているどころか、出口がなくて一周してしまったといえよう。

もちろん弾丸の力が弱かったのではなく、発射段階で貫いた頭蓋骨が強固で、すでにある程度の減速を余儀なくされた弾は、前方の頭蓋骨を貫通できず、頭部を一周してしまったという解釈になるだろうか。

そのために内部はガスで真っ黒になったのである。

「魂消《たまげ》たのう、弾はどこへどう行くのかわからんもんよの」

警察医の述懐は、次の身体解剖で再び繰り返されることになった。

氷を挽くような大きなノコギリで胸部を開いていて呟くのである。

「魂消た、こりゃ一枚アバラじゃ。並の人間じゃないのう」

一枚アバラとは、そもそもが相撲用語で理想の胸部をいうのだ。実際に見たことはないが、胸から腹へかけてを保護する十二対の肋骨が太く、隙間が少なくて一枚にみえることから呼ばれるようになったのだろう。いうなら剣道の固い防具が首下から腹までを守っているようなものである。確かに並の人間ではない。

頭蓋骨の強固さもそれで証明されるが、思えば村上組に仮死状態にまで痛めつけられながら生きていたのもそれゆえであり、こじつければ一枚アバラに守られた内臓だからこそ、四十七日に及ぶ絶食に耐えられ、しかもすぐに素うどん二杯でもびくともしなかったのだろう。

小さな体だったが、山上は肉体も根性も鋼鉄のそれであったといわねばならない。

解剖は一時間たらず、縫合で終了した。解剖中にとっていたメモに眼を通し終わったところで遺体返還である。

「よし、持って帰ってええぞ。それにしてものう、一度は岡君にもうつまらんと宣言した山上をの、こういう形で解剖するとは思わんじゃった。しかもこの骨よ、魂消たのう」

警察医の感慨は二人にとってもまったく同じことだった。

葬儀は柳橋で岡敏夫がすべてを取りしきった。当時にしては立派な葬儀で、警察署長をはじめ、署のお偉方たちも焼香に姿をみせている。

「最期は立派な男じゃった。警察官を一人も撃たんで、迷惑もかけずにの、自分で自分の生命を絶ったんじゃけん、極道の鑑《かがみ》じゃろうよの」

岡の手前もあるのだろうが、署長が誉めれば警察医も一週間前のことを披露する。

「こんなは度胸もんじゃったよのう、電車の中で会うたら逃げんで、挨拶に来たけん。ま、出所のときから解剖まで、なにかと縁のある男じゃった」

傍では山上の父親が黙って話を聞いていたが、どんな思いだったろうか。満州へ渡ったとき以来、山上はほとんど家へは寄りつかなかったと思われる。どんな事情があったかはわからないものの、岡が新聞談話で「家庭愛にうえていた」と語っていたのはそのあたりを指すもので、岡だけは事情を知っていたのだろう。

それでも目の前で息子を誉められれば、父親として悪い気持ちはしないはずである。遺体を貰い受けに行ったのと同じように、父親を迎えに行ったのも丸本ら二人だが、そこで顔見知りになったこともあって、父親は遺骨を持っての帰り際、丸本らに誇らしげに言った。

「光治は特攻隊の生き残りじゃったきにのう」

冒頭で「山上はもしかしたら、両親に予科練へ行ったと言っていたのかもしれない」と書いたのは、その父親の言葉が印象的だったからで、父親の言葉が誇張でない限り、家族は山上光治という男のことは本当になにも知らなかったというべきだろう。その意味では幸い薄い生涯であった。

山上の拳銃はその後、刑事が持っていると評判になった。警察の拳銃が不足していた時代だったからできたのだろうが、それが特徴的だっただけに話題になったのだろう。

ブローニング38口径オートマチックは、４１８９８とナンバリングがあるほか、銃把の部分にインディアンの顔が描かれ、その頬から口に黄色い矢が刺さっている絵が彫り込まれてあったからである。

進駐軍から流れたものだろうが、ガンマンとしての山上の誇りがみえるようだ。

山上はその短い生涯に傷害致死事件一、射殺事件四を起こしている。その意味では確かに新聞が戦後で二人目になる「殺人魔、殺人鬼」と書き立てたのもわかるが、取材をすすめるうちその実像との差が大きかったのは、叙述の巧拙はともかく述べてきた通りだ。

また山上光治の名は、広島極道の間ではすでに伝説であり、神話とまでいわれていると聞く。これまたそうである部分、ない部分、取材に私感を交えながら真実に迫ったつもりである。題名の「殺人鬼の神話」はそれら双方の意味をこめてつけた。

最後になったが、岡敏夫は葬儀のあと山上がこもった店へ行き、せめて風呂場の改築費用をと用意した金を差し出したところ、すでに戴いていると言って、前述の模様を話して固辞されたという。

岡はまた山上家に墓碑代を差し出したとも耳にした。しかし山上家の墓は二葉山中の寺院の墓地に建てられたものの、山上光治の墓碑銘は見当たらなかった。家族が「殺人鬼」の名を恥じたものであろう。

なお、西村よし子はその後、刑務官の妻として幸せをつかんでいる。

それはそれとして山上光治の短い一生を書き終えたいま、再び広島へ行って猿猴橋口に佇んでも、もう山上には会えないような気がしてならない。

解説――簡潔な答え

酒井信夫

小説『仁義なき戦い』と同名の映画であまりにも有名になった広島抗争は、ヤクザ史上、他に例を見ない二十五年の長きに亘《わた》って繰り広げられた。

加えて、この間の抗争のほとんどは広島ヤクザ同士、いわば身内の争いに終始した。それだけに、他の抗争と比較して、勃発《ぼっぱつ》の要因、経過、そして終結に至る一連のプロセスに独特な疵跡《きずあと》を残した。

具体的に言えば、四半世紀にも及んだことで、その間の抗争と、それに絡む人間があまりにも多く、ただでさえわかりにくい広島抗争の概要を一層わかりにくいものにしている。

さらに、広島ヤクザ同士といういわば身内による戦いは、互いの憎しみを一層つのらせ、骨肉の争いとなった。裏切りといったヤクザ社会ではタブー視されている行為が克明に描かれているのは、そうした背景があるからであろう。

『仁義なき戦い』をわかりにくくしている要因の一つは、広島、呉と阿賀という二つの地域でほぼ同時期に、しかしながら個別に萌芽した抗争がやがて合体し、広島全土を戦場としたためである。

戦後間もない頃、広島では博徒の岡組とテキヤの村上組が闇市などの利権をめぐって激突していた。ほぼ同時期、呉と阿賀では戦前からの博徒であった土岡組と戦後の新興組織である山村組、小原組が対峙していた。

両地域で火の手があがったそれぞれ個別の抗争が重なり『仁義なき戦い』となったのは、広島の岡組岡敏夫組長が引退し、その跡目に呉の山村組山村辰雄組長を選んだことが始まりであった。

飯干晃一著『仁義なき戦い』は何遍読んでもおもしろかったが、何遍読んでもわからなかった、というのが私の率直な感想であった。

向こう見ずにもヤクザ専門誌「実話時代」を立ち上げた私は、否応なしに『仁義なき戦い』のホンモノたちに会わねばならぬ〝義務〟を自ら背負い込んでしまった。

本堂さんと二人でまず突撃の取材を試みたのは当時三代目共政会最高顧問・小原一家門広

総長であった。門総長は若き日に小原一家の前身である小原組の幹部として呉、阿賀で土岡組と死闘を演じ、懲役累計三十年というジギリを賭けた人物で、すでに〝伝説のヤクザ〟の一人に数えられていた。

　新宿のホテルの一室で長時間かけての取材でありながら、取材後、ロビーで巻き戻した録音テープには雑音すら入っていなかった。

　どんな操作ミスがあったのかいまだにわからずじまいなのだが、その時、頭の中が真っ白になったことだけは確かであった。本堂さんの顔を正面きって見ることもできず、額と背中にじっとりと汗を滲ませながらうつむくしかなかった。

　以後、本堂さんと広島に行く度に必ずと言っていいほど、取材の内、外でトラブルやミスが生じた。

「どうも広島方面は鬼門ですね……」

　と平常心を装って言い訳がましいことを言ったものの、内心忸怩《じくじ》たる思いであった。

「ま、そんなこともありますよ」

　本堂さんはその都度大いに気遣いをしてくれるのだが、明らかに顔は引きつっていた。

　〝伝説のヤクザ〟として今なお語り継がれる殺人鬼・山上光治と悪魔のキューピー・大西政寛に関する取材は足掛け二年に及んだが、いつもそのような状況下で行われた。

二人はほぼ同時代を駆け抜けた人間だが、山上光治は広島の岡組、大西政寛は阿賀の土岡組（後に呉の山村組）で壮絶な人生を閉じた。

そして取材を通して明確になったのは、二人の短い生涯が『仁義なき戦い』の前奏曲《プレリュード》にあたるということだった。以後が過酷な戦いの連続だっただけに、二人の前奏も激しい音階の暗示曲となって当然だったろう。

その二人の軌跡を追うことができたのは、最後の博徒こと波谷組波谷守之親分の心あたたかい紹介があってのことだった。波谷親分は阿賀に生まれ、十代の前半に早くも地元の土岡組で博徒の修業に身を投じた生粋の博徒である。『仁義なき戦い』を終結に導いたのは波谷さんの命がけの奔走があってのことだった。土岡組で大西政寛は波谷さんの兄貴分であったのだが、渡世上の関係を超えて、波谷さんを実の弟のように可愛がった。

念願であった『仁義なき戦い』の一方の主役である初代美能組美能幸三元組長に引き合わせてくれたのも波谷さんであった。

美能さんに語って戴いた話は、一語一句すべて貴重であったことは言うまでもないが、なによりも目からウロコが落ちたのは初めて見る大西政寛の写真であった。

美能さんと供に半纏《はんてん》を着てカメラを凝視する大西政寛の姿にグイグイと私の身体《からだ》は吸い寄せられるばかりであった。

〝悪魔のキューピー〟……誰がいつそのように呼んだのかは知らないが、まさしくそこに写っていたのは小柄な悪魔のキューピーであった。

以前から大西政寛の凶暴性を様々なエピソードを交えながら聞いていた私は、その凶暴性ゆえに大男で鬼のような形相を頭にインプットしていた。

「悪魔のキューピー」こと大西政寛

勝手に思い込んでいたイメージと写真の大西のあまりの落差に、ただ愕然《がくぜん》とするばかりであった。

大西政寛の取材の過程で、少しずつ見えてきたことの一つは、噂にたがわぬ比類なきまでの凶暴性を発揮したという事実の一方で、身内に対してはこれまた異常なほどの優しさを注いだという事実であった。特に妻に対する優しさはキューピー以上のものであった。

一人の男の体内に、悪魔とキューピーが棲《す》み分けたという紛れもない事実に、単にヤクザの取材という範疇《はんちゅう》を超えて、彼が生きた時代背景と人間としての在り様《よう》をあらためて深く考えさせられることにもなった。

その日の取材後、宿泊先のホテルの一室で美能さんから拝借した大西政寛の写真を傍に置きながら、本堂さんと私はそれぞれに熱い思いを語った。

ひととおりの取材を終え、波谷さん宅にお礼の挨拶へ伺った際、波谷さんにかねがね聞こうと思っていたことを切り出してみた。

「二十五年にも亘った広島抗争とは、一体なんだったのでしょうか……」

どんな答えが返ってくるのかと固唾《かたず》をのんでいた私だったのだが、

「皆こう、呉の街を肩で風きって歩きたかったんじゃ、それだけのことじゃと思います」

それは、おそろしいほど簡潔な答えであった。

二年間に亘るいわば『仁義なき戦い』外伝としてのこの取材は私のミスと怠慢が原因で本堂さんに随分と迷惑をかけた、というのが私の今に至る思いである。

しかし、額に汗し、背中に冷や汗、アブラ汗をかきながらの同行取材ではあったが、本堂さんの終始変わらぬ取材姿勢のお陰でこの書が世に出たことは言うまでもないとしても、同時にその後、『〈兇健〉と呼ばれた男』の大長健一、『命知らず　筑豊どまぐれやくざ一代』の天野義孝（ともに幻冬舎アウトロー文庫刊）が生まれたことを思えば感慨深いものがある。

――創雄社代表

この作品は、『悪魔のキューピー 「仁義なき戦い」外伝・大西政寛の生涯』（一九九八年十二月・洋泉社刊）と『悪魔のキューピー 伝説広島ヤクザの激烈生涯』（一九九二年九月・三和出版刊）を合本し、大幅に加筆・訂正して再構成したものです。

幻影城アドベント文庫

●江戸川乱歩　『幻影の城主』乱歩随筆集
●江戸川乱歩　『うつし世は夢』
●江戸川乱歩　『幻影の蜃気楼』三幻楼随筆
●江戸川乱歩　『幻影の指紋』乱歩探偵小説・ミステリ本格論集

（内容・装丁未定のものもあります）

広島《ひろしま》ヤクザ伝《でん》

「悪魔《あくま》のキューピー」大西政寛《おおにしまさひろ》と「殺人鬼《さつじんき》」山上光治《やまがみみつじ》の生涯《しょうがい》

本堂淳一郎《ほんどうじゅんいちろう》

平成15年8月5日　初版発行
平成18年11月1日　4版発行
発行者——見城　徹
発行所——株式会社幻冬舎
〒151-0051東京都渋谷区千駄ヶ谷4-9-7
電話　03(5411)6222(営業)
　　　03(5411)6211(編集)
　　　振替00120-8-767643
印刷・製本—図書印刷株式会社
装丁者——高橋雅之

幻冬舎アウトロー文庫

ISBN4-344-40420-3　C0193　O-57-3